U0091652

嫡女大業

4

完

文創風

733

千江水 著

目錄

第六十四章

元瑾醒來時，天已經亮了。

她的後腦悶痛不已，揉著後腦勺坐起身，才發現自己竟然坐在一張架子床上，透光的月綃紗簾子放下來擋著，她能透過簾子影影綽綽地看見屋內的光景。

屋內的陳設非常簡單，就只擺了幾個箱子，屏風隔開一個外間，外間不過一張炕床，也是什麼都沒有。

這是哪裡？

元瑾想起被朱楨打暈的情景。她已經確定朱楨撤兵了，且他知道了她背叛的事。但他沒有殺她，甚至沒怎麼跟她廢話，就直接將她打暈帶走。

他想做什麼？

元瑾閉了閉眼睛。

這裡的陳設既然簡單，那就必不是朱楨在山西的老巢，恐怕他們現在還沒有到太原地界，只是找了個地方暫時歇腳。

那她現在能做什麼，跑得掉嗎？

元瑾現在非常不放心聞玉。他現在做如此大膽的謀逆之事，成則坐擁天下，敗則死無葬身之地。她如何會不擔憂，必須要回去看著才行。

更何況，現在落在朱楨手裡，下場怎麼樣還很難說。

元瑾下了床，走到槅扇前站定，透過雕花的縫隙往外看。這是一座普通的民居建築，房子修得整齊嚴實，屋外站著許多守衛，皆是朱楨的親兵，看來想要逃脫也不是一件容易的事。

她摸了摸自己的大腿內側，以防萬一，她暗中在自己身上放了把匕首。

她一摸便摸到了。沒想到朱楨竟沒叫人搜自己的身，那匕首還在。她將匕首取出放在懷中，才盤坐在外面的炕床上等待。

日頭越來越高，屋內光影變幻，這麼久都沒有半個人過來，這屋內又全無米水，元瑾已經有些餓了。難道他打定的主意是餓死她？

元瑾正胡思亂想，就聽到門「吱呀」一聲開了。

她瞳孔微縮看向門口，見兩個十六、七歲的丫頭，手裡端著托盤，走到她面前來微一屈身，將盤內的東西一一放在桌上。醬滷的羊肉、熱騰騰的鯉魚煨豆腐，湯色已經熬成奶白色。還有一碗麵條，只撒了些蔥花，湯色清亮，香味撲鼻。

元瑾早已餓了，聞到這香味自然食指大動，只是她仍然沒有進食，而是警戒地抬頭問：「靖王呢？」

兩人並不回答。

「他在打什麼主意儘管說清楚，不必用這些虛招。」元瑾又道。
兩人仍緘默不答，拿著托盤退下去。
食物濃香撲鼻，元瑾只吃了一點，因為她現在還拿不準朱槙究竟要幹什麼？
她抬頭看著窗外，窗外的光線一絲絲收起，漸漸轉變為金紅色，屋簷下的燈籠被一盞盞點亮。
深藍的天際浮起星子，她已經在這裡枯坐了一天。
屋裡並沒有燈，天色一暗，只有藉著燈籠的一點光線，才能勉強看清楚這屋內的陳設。
元瑾突然聽到門口有動靜，她頓時警覺起來。
門「吱呀」一聲被推開，是男子的腳步聲。他端著燭臺，燭臺的光透過那扇百鳥朝鳳的屏風，將花鳥的影子映在地上。花鳥透著燭光也活了起來，這簡單的屋子也映照出幾分精緻。
元瑾瞳孔一縮，輕輕地站起身，走進帷幕後隱藏起來。
那人走了進來，將燭臺放在小几上，燭火映照得滿室籠籠盈輝，他已經看清楚送進來的菜幾乎沒怎麼動。他表情平靜，甚至連一絲表情都沒有，也未有絲毫動作。
就是現在！
元瑾突地一步竄出去，從身後一把按住他的手，瞬間用匕首挾制他。
朱槙低頭看著雪亮的匕首，感覺到她軟玉溫香的身體貼著自己，淡淡地道：「薛元瑾，妳覺得這樣能制住我？」

「少說這些，朱楨，想來事情你已全知道了，我們也不用廢話！」元瑾根本不同他說這些，而是低聲說：「你抓我究竟想做什麼！」

她何嘗不知道自己制住他的機會不大，但若是半點也不試，豈不是就真的被困在這裡了？

這匕首削鐵如泥，是精鐵所製。且她跟著演武的師傅學過這種背後擒拿的技巧，能勉強制得住紫桐。

朱楨幾乎是微不可聞地嘆氣。他突然暴起，一把掐過元瑾的手將她一推，瞬間就將她抵在牆上。朱楨手下稍微一用勁，元瑾就感覺到腕間強烈的痠痛，匕首便脫了手掉在地上。

他這次絲毫沒有留情面，元瑾被撞得生疼，手腕間更是傳來強烈的劇痛。

兩人的呼吸又熱又近，他的身體如銅牆鐵壁一般壓著她，元瑾微皺了皺眉，卻看到他冰冷的眼眸，聽到他冷聲說：「我還沒先跟妳算帳，妳倒是敢跟我玩這個！薛元瑾，妳就不怕死？」

元瑾垂下眼睫，一言不發。

「妳不怕死，就不怕別的嗎？」朱楨嘴角一扯。「比如變成禁臠，哪裡都去不了，只能被關在屋子裡供主人洩慾。自此後，生命中就不會再有別的東西，妳想不想試試？」

元瑾終於神色微動。她的確不怕死，但朱楨有多少折磨人的手段是比死更可怕的，她不是沒有見識過。

感覺到懷中的身體終於有些顫抖，朱槙一把將她拉起一扔。

床上的月綃紗簾被她撞得飛開，元瑾又被撞得生疼，本來就頭暈，現在更是天旋地轉。她突然感覺到，現在的朱槙真的有些可怕！

他到底要做什麼?!

朱槙隨後也上來，伸手一抓，將她掐著按入被褥堆裡。

他卡著她的喉嚨突然用力，元瑾想要掙扎卻根本抵不過他的力氣，她漸漸無法呼吸，窒息的痛苦讓她不由自主地胡亂掙扎起來。她想說話，抬頭卻只看到朱槙的臉，竟是憤怒和心痛。

元瑾突然意識到：他在意她！

若是被一個不在意的人背叛，是不會有這樣複雜的情緒的。

那一瞬間，她心裡突然有了一絲說不出的感覺。她之前一直覺得，朱槙也利用她，甚至差點害死她，他對她是沒有感情的。但現在她才知道，原來他也是真的在意她的！

她張了張嘴想要說什麼，但只發出模糊的聲音，就已經痛苦得似乎立刻就要死去。

就在元瑾抓住朱槙手腕的那一刻，他放開了她。空氣重新湧入她的口中，嗆得她咳嗽起來。

在知道她背叛自己的時候，朱槙不是不憤怒，但這種憤怒很快被理智掩蓋。他需要把她抓走，將事情從頭到尾理清楚。但一直到他剛進來，元瑾試圖用匕首挾持他的時候，他終於忍不住了。

都到了這樣的境地，竟然還敢不自量力地威脅他！

在忍不住憤怒的時候，朱槙想讓她感覺一下痛苦。但是到最後，他還是放開了她。他無法對她下手，可也無法就這麼放過她。

元瑾還沒有真正緩過來，一具沈重的身體就壓了下來。

朱槙一手扳過她的臉，卡著她的下巴，看著她的眼眸問：「我待妳從未不好，妳為什麼要以背叛來回報我？」

元瑾仍然在咳嗽，卻不得不對上他冰冷的眼眸。

她嘴唇微動，聲音已經破裂，卻依舊透露出一股疏淡。「殿下言重了。您對我好？若真的對我好，會設計利用我除去對手？真的對我好，會幾次三番試探我？這樣的好，我恐怕無福消受。」

朱槙的嘴角勾起冰冷的笑容。

「我承認我利用過妳。」朱槙道：「但我做事都有我的目的，我只是想達到那些目的，沒有想過會傷害妳。而妳，」他一頓。「妳偷盜我的部署圖，陷我於險境，洩漏我軍中密情，可比我狠多了。」朱槙在她耳邊說，在她突然掙扎著想起來的時候，又狠狠地把她按了下去。

見她瞪著自己，朱楨俯下身，在她耳邊低聲又問：「當初在山西時妳接近我，就想從我這兒得到消息。妳早就如此打算了，是不是？」

「殿下實在是想多了。」元瑾冷哼，覺得他也是氣昏了頭。

在山西時，她根本就不知道他是誰，怎麼可能有如此打算？更何況兩人當初成親時，她就告訴過朱楨不要娶她。若真是為了報仇，一心設計想要嫁給他，又何必如此曲折！

「更何況，你當真沒有想過害我嗎？」元瑾冷冷道。

普通的利用、懷疑也罷，但當時宮中落水一事，她一直懷疑，其實幕後主使的根本就是他。

「我何時想過害妳！」朱楨眼睛微瞇。

「徐貴妃推我落水一事。」元瑾也冷笑。「殿下最後可是靠這事，鏟除了不少異己啊。」

她竟然連這個也知道！

朱楨凝視著她的臉。她長得極美，是那種讓人沒有戒心的，以為她便是小白兔般無害的美。

但今天，她的表情與往常完全不同，讓他感覺到一絲冷豔。大概是她不笑，對著他冷嘲熱諷的樣子，看得人心神撩動，只想重新逼她哭。

原來她一直知道他的試探和利用！也是，她這般聰明，連軍事圖都能被她偷到手，早就察覺也不足為奇了。反倒是他沒有料到，一直以為是個小白兔的嬌妻，偶有一日露出毒牙來，才發現是一條美豔的蛇。她並不無害，也並不由他擺布。

他們剛成親的時候，他的確利用她的名義，做過很多事情。

朱楨的情緒勉強緩和了一些。「我承認，的確利用此事鏟除許多不相干的人，還叫妳背負了一些罵名。但此事絕非是我作為，我以什麼方式除去這些人不行，怎麼會害妳？」

元瑾自然不信，若不是他害的，那徐貴妃為何會想殺她？

「總之朱楨，你我現在已經撕破臉皮。看來我不是什麼好東西，你也半斤八兩。你將我放回去，我們從此便各不相干了。」元瑾道：「往日的事一筆勾銷，從此你過你的陽關道，我走我的獨木橋，如何？」

朱楨聽到她的話，笑容又變得陰沈起來。

他強行將她扳過來，正對他的臉，嘴角露出一絲笑。「妳想離開我？」

不知道為什麼，面對他這樣的神情，元瑾方才還高張的氣焰又膽怯了一下。

難道有錯嗎？兩人既然都撕破了臉，他還要把她留在身邊幹什麼，繼續偷盜他的情報不成？

「你我從未成為真正的夫妻，現在正是一刀兩斷的好時機。」元瑾道。

「原來如此。」朱楨說。這樣的語氣，讓元瑾有了一絲不祥的預感。

「那這個再簡單不過了。」他說到這裡，手突然伸向她的腰間，一把撕開她的裙帶。

元瑾縱然冷漠，這樣一下卻讓她驚叫出聲。

布帛撕裂，雪白的裡衣便露了出來！

「朱槙，你這是做什麼！」她想打他、想掙扎，卻被他一肘就按住了。他不再問她任何問題，只是將她壓在床上，叫她不能逃跑。

很快地，她身上的衣裳只剩下一件肚兜。在昏暗的燭光下，瑩白的肌膚寸寸都如絲綢般光滑細膩。

他看得呼吸一滯。這身子他抱過多次，卻未曾真正看到過。

「你要做什麼！」她瞪著他，覺得自己是引火燒身。她說的未成夫妻，又不是暗示他要成夫妻！

朱槙卻只說：「現在做了夫妻，怕是就離不開了吧？」

他突然按住她吻下來，與她唇舌交纏。他熟知她哪個地方敏感，只需吻便能讓她在他身下軟下來。想打他的手也無力了，朱槙也對她的拒絕充耳不聞。

這個男人冷漠強硬的一面暴露出來，他不管她是否同意。

何況她本就是他的妻，現在他就要她成為自己真正的妻，這樣她便再也說不出什麼陽關道、獨木橋的話了。

元瑾怎麼敵得過他的力氣，朱槙將她完全壓在身下，粗實的胳膊撐在她身側。兩人雖成親已久，但哪裡這般赤裸相對地親密過？她閉目不敢看他的身體，但他卻按住她的手，將她的美景看得一清二楚。

她覺得他的呼吸似乎越發熾熱，撲在她的皮膚上，引起微微的顫抖。

元瑾也感覺到那種熾熱曖昧的氣氛，被籠罩在男性的氛圍中，而且她似乎也被挑起了情動。

他又俯下身一路往下吻去，除了按著她的動作依舊強硬，吻卻旖旎了起來，參雜著一種說不出的痲癢。

元瑾覺得身體裡有種陌生的熱流，不知道那是什麼感覺，尤其是他吻在自己的耳根上，竟又輕輕一顫。

「朱楨……！」她的聲音頓時變成一聲驚叫。

因為他突然占有她，且在她毫無防備之際！

元瑾覺得非常疼，而朱楨大概也感覺到了，停頓片刻，低啞著聲音安慰她說：「我若不這樣，妳會更痛。一會兒就好了，乖。」

但元瑾知道，他不會忍耐太久。因為他的呼吸越來越粗重，抓著她腰際的手也越發用力。而她顫抖得越發可憐，她越是顫抖，他就越是緊繃，額頭上都出了汗。

而後果然，他不再忍耐，動作了起來。

隨後的一切，她根本就沒有印象，只知道這一切都太過瘋狂了。

她是初次雲雨，且第一次就遇到朱楨這樣的，不僅精力充沛，而且體格健壯。朱楨一開始還容她適應，所以元瑾並不太疼，反而體驗到男女之歡的極致愉悅，但後來他便不管了，任她嗓子都喊啞了，他也不停。

在結束第一次後，還長久地開始了第二次，一邊在她耳邊問：「還會不會背叛我？」

「我……」元瑾意志渙散，根本聽不清他在說什麼。

他立刻施以更重的刑罰。她意識到這個是他不高興的答案，立刻改口。「不會了……再也不會了……！」

他仍然在意背叛，怎麼會不在意呢？若是一個不好，他就死了再也回不來了！

他仍然憤怒，還是覺得她更狠一些。

更何況，縱然有了皇宮的誤會，就是她背叛自己的理由嗎？

「會不會說什麼分開的話？」他又問她。

這該怎麼說？就算沒有背叛的事，她也無法同他在一起。兩人間真正的問題根本就不是這場背叛，而是她蕭家的世仇！

元瑾的遲疑又讓他生氣了，越發折騰得厲害。

「不會……也不會了！」元瑾被逼得哭出來。

到最後她已經徹底意識不清，他問什麼就答什麼，最後還昏迷了過去。

李凌的手已經包紮好，弄了個吊帶把手掛在胸前，他有緊急的事要告訴朱槙，但走到門口卻被侍衛攔下。

「怎麼了？」李凌指了指自己受傷的手。「我都這德行了，快別攔我。去通傳殿下一聲，我有要緊事稟報。」

「大人見諒。」侍衛道：「殿下剛才吩咐了，不准任何人打擾。」

李凌才後知後覺地明白是什麼意思，於是問：「……殿下可是和誰在裡面？」

侍衛道：「是王妃娘娘。殿下昨晚抱過來，說讓我們看守，不許娘娘離開。」

殿下把王妃娘娘關起來了？

李凌想起從宮中撤退的時候，殿下說他要去定國公府抓一個人，讓他先行一步趕往壽陽。

難道……

他心中悚然，又往前靠了一步，聽到裡面傳來王妃娘娘的低泣聲，隱約還能聽到殿下問她背叛之類的話。

果真是如此！

李凌有些焦急，王妃娘娘……難道就是太子他們的內應？

李凌嘆了聲。

殿下是不是弄錯了？王妃娘娘怎麼會背叛殿下呢？這著實說不過去。兩人相識於太原，在此之前，王妃娘娘同太子等人完全沒有交集，更不可能是被太子安排刻意接近殿下的。

若說是在此後才被太子收買，就又更說不過去了。國公爺是殿下的心腹，他的繼女怎麼會不幫殿下？且她已經成了殿下的王妃，又怎麼會想不通去幫太子？

李凌一個頭兩個大，希望其實是殿下弄錯了。他是當真不信王妃娘娘會背叛殿下的。

他進不去，但要稟告的事又太過緊急，便只能在外面等著。

內室裡，朱槙抱著已然昏過去的元瑾，他喘息未平，兩人還深深地結合著。她的身子陷入他的懷抱裡，越發顯得嬌嫩纖細，只是現在她身上布著點點紅痕，帶著一種別樣的美感。

朱槙看著她的小臉沾滿淚痕，剛才應該哭慘了吧。

她需要被懲罰，否則她不會明白他知道的時候有多憤怒，還有她果決地說出兩個人分開的時候，他有多生氣。

雖然曾經存在利用和懷疑，但知道她其實是對自己有所誤會，朱槙又覺得稍微好一些。她用這些事來激他，分明對他也是有意的。但她背叛他的深層原因絕對還有，只是朱槙還不知道是什麼。

朱槙抱著她靜坐，思索了一會兒。

他抬頭才看到天已經黑盡，皓月當空，月光自窗外透進來。而他帶進來的燭臺已經燒盡，一絲光亮也沒有。

朱槙才將元瑾抱入淨房，打開門走了出來。

李凌清楚地看到，殿下臉上竟有一道明顯的抓痕。方才殿下臉上並未受傷，這勢必是王妃娘娘做的。看殿下的臉色，並不知道他現在心情如何。

朱楨先招手叫一直站在旁邊等著的兩個丫頭。「點盞燭臺，妳們進去伺候王妃。」然後才看向他，道：「你像傻子似的愣在那兒做什麼，跟我過來。」

還有心情罵他，看來不算太糟。李凌摸了摸鼻子，跟著朱楨跨門進去偏房。

朱楨倒了杯茶飲盡。「說吧，什麼事？」

李凌的表情這才鄭重起來，低聲道：「殿下，朱楠死了。」

朱楨才看向李凌，皺了皺眉，有些不可置信。朱楠就這麼死了？

「怎麼死的？」

「說是因為宮變一事憂思過多，心悸而亡。我們離京後不久訃告就貼在紫禁城門口。」李凌道：「京城恐怕早已變天了，只是咱們還不知道，變的是什麼天。傳出這件消息後，咱們的線人就都音訊全無了。」

朱楨笑了笑，撐著桌沿思考。

線人不傳報，並不是被發現了，而是無法傳出來。看來還當真是後生可畏啊。

「您現在便可割據為雄了，裴大人已經啟程，鎮守西北。您坐擁山西、陝西、寧夏和山東北部。這些本來就是您的兵力地盤，北方兵強，您以此攻打京師，提出『清君側』的口號，他們的兵力不能與咱們抗衡。」李凌道。這也是殿下帶的智囊團臨時策劃出來的結果。

到了這一步，皇位幾乎唾手可得，殿下是不會放棄的。

「倒沒這麼簡單。」朱槙說：「壽陽不是久留之地，需得回山西再謀劃。」皇宮內雖然沒有消息傳出，但這不過是一時肅清。等到他們清整完了，就會向天下廣為宣佈新君，行登基大典。到時候便知曉是不是如他所猜測了。

「還有，屬下還不知，宮中突然撤兵一事……」李凌頓了頓。「殿下，您為何決定撤兵？」

朱槙輕描淡寫道：「那時候我們的軍情洩漏，不得不撤。」

洩漏軍情？誰洩漏了軍情？李凌很想問，殿下這般生氣地將王妃監禁起來，難道是王妃嗎？

但是李凌不敢問。

隔壁，元瑾其實已經醒了。

方才丫頭進來服侍她更衣時就醒了，只是她一直未曾睜眼，閉著眼睛假寐，想要釐清思緒。

朱槙這個瘋子，明明得知她的背叛，明明兩個人都說成這樣，卻又反而不放過她了。如今兩人有了真正的肌膚之親，她現在想跑，恐怕是難上加難。

朱槙也肯定不會放她離開的。

當她隱約地聽到朱楠殯天時，睜開了眼睛。

聞玉跟她說過，朱詢其實一直想將朱槙和朱楠都除去，所以他暗中在朱楠的飲食中準備相剋的中藥。朱楠又喜歡藥膳，長此以往吃下去，身體怎會不出問題？但這樣的法子極其隱密惡毒，又沒有人察覺。

現在朱槙撤退，朱楠的身體就是副空架子。他病的那些時日，權力早就讓朱詢架空，朱詢若是想除去他，再簡單不過。

現在朱楠死了，登基的究竟是誰呢……

偏偏他們沒有提到，連朱槙的探子都傳不出消息。

她一定要回去。

留在這裡，朱槙會怎麼對她，還會不會利用她是一說。聞玉那邊，她實在也放心不下。

她必須要想個法子……

元瑾再度閉上眼睛。

第六十五章

元瑾這一睡便是一晚上，許是體力消耗過大，竟睡得十分深沈。

早上醒來時，她才發現已經在馬車上。元瑾撩開車簾往外看，看到四周越來越荒涼，黃土漫天，遠處丘陵起伏。再往後看，隨行大概有四、五千兵馬，蜿蜒行進。

朱槙這是要帶她去哪裡？

她倚靠著迎枕，隨著馬車的搖晃思忖。

看這地貌，怕是已經到了山西。若隨朱槙到了太原，那就真的是銅牆鐵壁，插翅難飛了。

要趕緊想辦法才是。

馬車一路前進，直到中午才在一個驛站外停下來。元瑾也被丫頭從馬車上扶下來，進驛站休息。

驛站單獨闢了個房間給元瑾歇息，不一會兒丫頭就端了粥和羊肉包子上來，並幾碟爽脆的醬菜。

元瑾一邊吃飯，不動聲色地瞥了她們一眼。無論她做什麼，她們都寸步不離地跟著她，且兩人應是有幾分功夫在身，她想從她們手中逃跑，怕也不容易。

外面突然響起請安的聲音，隨後朱楨走了進來。

他的衣著與往常不同，一身勁裝，應該是為了方便行軍。麂皮護腕，衣襬和衣襟都繡有銀紋。

朱楨坐到她的對面，擺了擺手，讓那兩個丫頭退出去。

元瑾則低下頭繼續吃自己的包子。

朱楨把醬菜挾到她的碗裡，突然問道：「是在想怎麼逃跑，還是在想怎麼害我？」

元瑾卻不說話，白了他一眼。

她如今也不與他虛與委蛇，反正他什麼都知道了，也不會讓她好過的。

朱楨卻不在意地笑了笑，繼續說：「昨晚我說的那是胡話，其實我知道，妳一開始接近我並非別有目的。」

他昨天只是被氣壞了。但後來一想，當時兩人的許多細節根本無法作假，她故意接近自然也是無稽之談。

元瑾聽後只是扯了扯嘴角。「難為殿下了。」

昨天晚上他可差點掐死她，到現在她脖子還疼呢！

朱楨也嘴角一勾，兩人又不再說話了。

這般吃完飯，朱楨才招手叫丫頭們把東西撤下去，道：「今天我來找妳，是有事要問妳。」

元瑾心中一跳。果然來了，朱槙要問她的，自然不會是什麼簡單的事。而她若不說，朱槙逼問時自然也不是簡單的手段！

「第一件事。」朱槙看著她一笑。「妳究竟從我這兒弄走了多少東西？」想來，恐怕弩機和部署圖的事都是她所為，卻不知道她還做了什麼事。

談判講究的便是心理戰，自然不能透底。

元瑾道：「告訴殿下不就沒意思了，殿下不妨自己猜猜？」

她果然嘴硬。

朱槙站了起來，輕柔地告訴她。「元瑾，妳應該知道，我有很多折磨人的法子。」這元瑾自然是知道的，她還親眼見到過那些人的慘狀。

「殿下要真的這麼對我，我也不在乎。」元瑾淡淡道。既然走到這天，她就有這個準備，不過是皮肉之苦罷了。

朱槙聽了一笑，彷彿知道她在想什麼，俯身在她耳邊說：「我怎麼捨得對妳施以皮肉之苦呢？」

朱槙對外面招招手，緊接著元瑾看到紫蘇和柳兒兩人被押進來，手被綁縛身後，看到她便焦急地喊：「二小姐！求您救救我們……」

二人倒也沒受傷，只是面容憔悴、蓬頭垢面。且一看到朱槙，即便他還笑著，她們的神情也明顯地懼起來。

朱楨繼續道：「妳可想看看，妳的貼身丫頭被做成人彘，是什麼樣子？」

元瑾面色一白。

這個瘋子，居然抓這兩人來威脅自己！

他不是說著玩玩的，而是真的做得出來。他策劃的宮變被她攪黃，還發現她的背叛，卻沒怎麼傷害她，勢必要發洩在別人身上！

元瑾袖中的手捏緊。她無法做到，看到平日跟自己朝夕相處的兩人變成人彘，她還沒有心硬到這個地步。

罷了，說了也無妨，反正朱楨恐怕也猜到了。

她在朱楨的注視下，才開口說：「唯弩機和部署圖兩件事。弩機是我改過後給聞玉的，部署圖亦然，別的再也沒有了。」元瑾隱瞞了她只給聞玉半份部署圖的事。

朱楨看不出是信還是不信，但也沒有繼續追究，而是先讓旁人將這兩人帶下去，接著又問了她很多問題。

元瑾沒有瞞他，一一作答。因昨晚歇息得不好，精神就漸漸放鬆了，而後，突然聽到朱楨開口問：「那麼妳弟弟，是什麼人？」

元瑾頓時神情一斂。

朱楨怎麼會問到聞玉！

元瑾自然半點都不能顯露，只是道：「弟弟自然就是弟弟，殿下這話，卻不知道是什麼意思？」

朱楨哼笑一聲，然後又問：「妳難道真的想看她們被做成人彘？」

這次元瑾卻是不肯再吐露，只是漠然地說：「您前腳做，我後腳殺了她們，免得她們活著痛苦。」

她表達的是一種態度，即便是威脅到如此地步，她也不願意說。

朱楨看著她，知道她不會再說了。其實就算元瑾真的告訴他，他還要擔心真假。他只是想看看元瑾的態度。而她的態度表明了，薛聞玉的身分十分機密，機密到就連兩個日常最貼近她的丫頭，她也能捨棄。

「我還有最後一個問題。」朱楨看著她。「若妳答得好，我們之前的恩怨也可一筆勾銷。我不再計較以前的事，也不會對妳做什麼。」他甚至還做出承諾。「而且那兩個丫頭，我也可以放她們回京城。」

他這是在求和吧，不想兩人繼續僵持下去。

元瑾點頭示意他問。

朱楨頓了頓，才看著她問：「……妳為什麼會背叛我？」

元瑾聽得一愣。本來她還警戒著，卻沒想到，朱楨問的最後一個問題竟然這般直白。

朱楨繼續說：「縱然有妳誤會我害妳的原因在裡面，卻也說不通妳會做如此狠絕的事。這其中，必然還有更深層的原因。妳能告訴我嗎？」

他的態度比剛才好多了，甚至也沒有繼續威脅她。

元瑾卻有些沈默了。

她背叛朱槙？

不，她從來沒有背叛他。因為從嫁給他的那時候開始，她就只想為蕭家報仇。

他們之間蕭家的恩怨跨得過去嗎？那些都是她的至親之人，她永遠無法釋懷。

元瑾只是淡淡道：「既然已經發生了，殿下又何必執著於為什麼？」

朱槙的笑容一沈。

他都這般放軟了，卻沒想到她仍然不給面子。

他伸手卡住了她的下巴，道：「薛元瑾，我雖是勉強消了怒氣，卻還沒完全理解妳的動機。妳最好跟我說清楚。」

「沒有動機。」元瑾仍然道：「殿下不滿意，盡可殺了我。」

他自然對這個答案非常不滿意。手漸漸用力，捏得元瑾下巴泛白！

她疼得皺眉，強忍著沒有痛吟出聲。

極剛易折，元瑾這性子分明就是你硬她更硬、你強她更強。她知道自己不會殺她，所以才如此肆無忌憚。

他很生氣。他已經放緩態度，分明只要她好生解釋便可過去的事，她為何不說？

朱槙冰冷地看了她一會兒，還是鬆開了手，淡淡地道：「罷了，妳休息吧。今天住這兒，接下來的路程還很長。」他說完徑直走了出去。

元瑾卻在屋中坐了很久。

雖然有些事不能跟他說，但其實還有些事，是可以告訴他的。

其實這些話她也是想說的，只是不知道如何開口罷了。如今，就當作是最後的告別吧。

元瑾站起身，走到門外對丫頭說：「我要見靖王。」

其中一個丫頭應諾過去通傳，但是又很快回來，跟她說：「殿下那邊回話說現在沒空，娘娘怕是要稍等。」

他應該還在生氣吧？他畢竟是靖王，哪裡這麼容易低頭。

元瑾也沒有說什麼，坐下來想了會兒，又問丫頭。「驛站裡有酒嗎？」

直到晚上，朱槙才有空見她。

他的房間就在一旁不遠，點著燭火，幾個幕僚正從他屋中退出來，對元瑾拱了拱手，元瑾只是微微頷首回應。

元瑾走進去，在他的對面坐下，她身後的丫頭將一壺酒放在他們面前。

朱槙抬起頭看她，眼眸中透出一股沈重的打量，但是他沒有說話。

元瑾端起酒壺，給朱槙倒酒。這是驛站裡最普通的燒刀子，非常濃烈的酒。

她給朱槙倒了酒，也給自己倒了一杯。只是輕輕一抿，便有一股濃烈的嗆辣一直到喉嚨。

這酒的確太烈了。

見朱槙仍然不喝，元瑾垂下眼睫，握著酒杯說：「其實我知道，縱然有誤會在裡面，我也對不住你。」

朱槙看她一眼，嘴角一扯。

「當初同你成親的日子，是很快樂的。」元瑾繼續說：「包括在山西認識你之後，那時我要同一群人競爭，幫助弟弟爭奪世子之位。若沒有你的幫助，恐怕也無法做到。我是非常感激你的……」

可他偏偏卻是靖王。

朱槙端起酒飲盡，知道她是來講和的，態度略鬆了些，緩緩地張開手，突然說：「元瑾，妳知道宮變那一日發生了什麼嗎？」

元瑾才發現他的手上，竟然有很多細小的傷口。

這是怎麼弄的？

她想起他來定國公府帶走她的時候，滿身是血，那是從戰場廝殺下來的血。其實她知道，朱楠不是個東西，陰狠無情，而淑太后卻又一味地向著他。朱槙在宮變的時候，肯定是受到了淑太后很大的刺激。

元瑾伸手輕輕抓住他的手，傷口似乎已經結痂，摸上去很粗糙。

她問：「宮中究竟發生了什麼？」
朱槙一笑，他是個鐵血的男人，其實並不願意暴露自己的情緒。
他又倒了一杯酒飲盡，燒刀子太濃，醺得他眼底微紅。他突然一把抓住元瑾的手，直逼她的眼睛注視自己。「妳以後還會不會背叛我？」
他這時候的表情嚴肅而陰冷，被他捏著的手也隱隱作痛！
元瑾一時沒有回答。
他又提高了聲音。「回答我！」
元瑾才輕輕道：「不會。」
朱槙聽了忽地一笑，眼底染上幾分暖意，說：「好，那我也利用過妳，就勉強算扯平了吧！」
元瑾才問他宮中究竟發生了什麼事，他的手為何會是這樣？
朱槙卻不願意再說。
他不說就算了，元瑾只是一杯杯地給他倒酒，他接了就喝，說一些宮中時的事、說之前他還利用過元瑾做過什麼小事。而元瑾也說她什麼時候還謀劃過害他，兩人之間的氣氛一時一觸即發，一時又怒目相瞪，但到最後卻奇異地溫和起來。
反正都半斤八兩。
燒刀子太烈，元瑾有些頭暈，就將頭靠在朱槙肩上。

他也將她摟住，靜靜地摸著她的頭髮，聽到她輕聲問：「疼嗎？」

她的手指放在他的腰際摸索。他說在殺出重圍的時候，那裡的傷口裂開了。

「疼啊。」朱槙低聲說，看著她的目光柔和許多。「我若不計前嫌，元瑾，一直留在我身邊如何？」

縱然強大如靖王，卻也無親人可依。從這方面來說她何其幸運？太后、父親都將她視作唯一最疼愛之人，家裡的幾個叔叔也無不寵她，前半輩子就是泡在蜜罐裡養大的。

若沒有這些，她必定會留在他身邊。

她卻沒有答應，而是輕輕地喚他的名字。「陳慎……」

他嗯了一聲，又看她一眼。

她是不是又不勝酒力了？喝了酒之後把他當作陳慎。

「其實當初我是喜歡你的……」

「我知道。」朱槙親了她的嘴角。

他的心裡溢滿柔情。

罷了，本來就曾相互算計，他也不計較輕重了。

就這樣吧，既然她是喜歡他的，那便是最好的事情了。

他需要她也愛他，需要她的相伴。雖然他不會將這些話說出口，但又的確是這麼想的。

二人既結為夫妻，那就是不一樣的。

「其實我也希望，能一直陪在你身邊……」她說完這句話後，便徹底閉上了眼。

她在他懷裡，臉頰紅潤，安靜又甜美。

朱槙凝視了她許久，才將她抱起，走進她房間，將她放在床上歇息。他還有些事情要做，不能陪她。

在他走後不久，元瑾就睜開眼睛。

剛才那些話，一則是她的真心話，一則也是為了放鬆朱槙的警戒。

這間驛站簡陋，後方是一大片起伏的丘陵，十分方便逃跑。她不能留在朱槙這裡，縱不說別的，她不可能同朱槙好好在一起。且她也擔心聞玉一旦登基，她會成為朱槙制衡聞玉的棋子。

眼下天色將黑，趁著夜色掩映，正是逃跑的好時機。

元瑾四處打量，這房間的確只有一個出口，出去必然會經過那兩個丫頭。

她先在這屋中找了張紙，寫了幾個字壓在小几下，然後走了出去，對守在門口的兩個丫頭說：「妳們去給我燒壺熱水來，我要洗漱了。」

其中一個便應諾出去了，但另一個還留在她身邊，看樣子是寸步不離的。

元瑾眼中微動，只能問剩下的丫頭。「淨房在何處？」

驛站自然是不會有淨房的，只有一間茅房，很是簡陋。

那丫頭將她帶到茅房外，元瑾看了就皺眉，直接道：「這個著實沒法用，是否還有其他的？」

丫頭有些猶豫，這驛站的確就這麼一間茅房，總不能現在給王妃娘娘蓋一間出來。但娘娘的要求，她們又不敢不從。

王妃娘娘似乎也看出她的為難，便道：「能不能將就用後罩房？」

後罩房無人把守，且後面連通的正好就是樹林。

「那娘娘能否稍等。」丫頭說：「奴婢告訴李大人佈置一番。」

朱楨的人果然心思縝密，元瑾心道，卻又皺了皺眉。「這樣的事如何能讓男子知曉？妳只需帶我前去，守在外面就行了，不要告知旁人。」

丫頭有些為難，但又想著王妃娘娘一個弱女子，她應該也守得住她，便應了是，帶著她往後罩房去。

元瑾面色沈靜，順利地騙了這丫頭帶她去後罩房。

誰知穿過二門時，卻遇到迎面走過來一隊人，打頭的人正是李凌。

元瑾心下頓時一緊，那丫頭已經向李凌屈身。而李凌也向她行禮，笑著問：「娘娘這是要去哪兒？」

那丫頭牢記著元瑾的話，就道：「娘娘這是要回房歇息。」

「哦？」李凌看了眼後面。「走這裡回房？」

去後罩房和回住處並不順路。

「我悶了許久，想散散步罷了。」元瑾才說：「李大人覺得不妥？」

李凌就不敢多問了，反正王妃娘娘還有人陪著，就笑道：「那娘娘去吧，屬下就不叨擾了。」

元瑾看了他的手一眼，才跟著丫頭向前走。

李凌看著王妃娘娘離去的背影，又疑惑地看了好幾眼。總覺得有什麼地方不大對勁，但一時半會兒又說不上來。

他也沒多想，帶著一隊人到前院吃晚飯，依舊是羊肉包子搭配烤全羊。這地兒米難得，羊卻到處都是。驛站這羊肉包子做得地道，大塊大塊羊肉餡兒，綿軟的包子皮，再吃一口烤得外焦裡嫩的羊肉，著實是人生一大快事。

李凌吃了四個羊肉包子並兩大塊羊排才飽，正要去安排軍隊，卻見一個丫頭著急慌忙地從靖王殿下的房間裡出來。

「大人、大人，不好了！」

李凌皺了皺眉。「妳慌慌張張做什麼！」

「是王妃娘娘……」那丫頭嚥了一下唾沫才說：「是王妃娘娘不見了！」

李凌一聽就暗道不好，他大步向後罩房走去，一邊讓人趕緊去稟報靖王殿下，然後問這丫頭。「究竟是怎麼回事，妳沒跟著娘娘？」

突然，剛才偶遇王妃娘娘的詭異湧上心頭，李凌立刻想起了是哪裡不對勁。難怪呢，當時只有一個丫頭跟著王妃，平日兩人可都是寸步不離跟著她的。

「娘娘說想洗臉，叫我去燒熱水。」那丫頭說：「我想還有合蜜跟著，又是在屋子裡，應該也無妨，就去了。等我燒了水端進來，才發現她們兩人都不見了。我前後找了找都沒有發現，這才慌了。」

從剛才他遇見王妃娘娘到現在，已過去兩刻鐘，如果王妃娘娘已經逃跑，那便難追了！

李凌讓人將後罩房的門統統打開搜查，他正挨個兒地看，其中一個士兵跑來通稟道：

「大人，隔壁有發現！」

李凌連忙帶人過去，就見另一個伺候王妃的丫頭倒在地上，已經昏了過去。

她被潑了一瓢涼水就醒過來，茫然了一會兒，才抓住另一個丫頭的手，聲音帶著哭腔。

「娘娘……娘娘把我打暈了！恐怕已經跑了……你們快去追娘娘！」

李凌一看，這後罩房正好是放置廢棄家具的地方，高處有一扇小窗，地上還搭著桌子和凳子，王妃娘娘應該就是從這扇窗戶逃跑的。那窗戶極小，略胖些的人恐怕鑽不進去。而在王妃娘娘逃跑的時候，巡邏士兵正好在前院吃晚飯，竟無人發現。

李凌心裡暗道糟糕，這時候門外傳來腳步聲，他連忙迎出去，就看到靖王殿下黑沈的臉色。

他什麼也沒問，進屋一看這樣子，就知道是怎麼回事了。他目光一掃那兩個丫頭，她們都羞愧地低下頭。殿下千叮嚀萬囑咐，說過王妃娘娘狡詐，叫她們一定要小心，沒想到還是讓娘娘給跑了。

「殿下，這怎麼辦……」李凌小聲問。

「派人追了嗎？」朱楨的面色稱得上平靜了。

「已經派了！」李凌連忙道：「只是不知道娘娘會往哪條路走……這四面八方都是荒野……」

朱楨面色更難看，尤其現在是晚上，更加不好追。

「殿下！」有人進來，在朱楨面前跪下。「屬下們四處搜查，雖未發現王妃娘娘的蹤跡，卻在娘娘房中發現這個。」

他呈上一張紙條，只見上面正是元瑾的字跡：緣到盡時，莫追。

朱楨嘴角掠過一絲冷笑，將紙條捏成一團。

緣到盡時？

如今都已經嫁給他，是他的人了，跟他說什麼緣到盡時？

恐怕剛才那些話，也是她為了放鬆他的警戒才說的。

他不把她抓回來，好好地懲罰她一番，她恐怕不知道天高地厚！

朱楨眼中閃過一絲陰冷。

給了她機會她不要，那就別怪他手段多樣了。

「殿下！」又有人進來，跪地道：「京城快馬急報，有人……登基了！但不是太子。」

朱楨才轉過頭，眼睛一瞇。「怎麼回事？」

那人連忙將信從懷中拿出來，李凌接過去遞給朱楨。只見上面寫著「密報，加急：先太子遺孤被兵部侍郎、遼東總兵、大理寺卿等護擁登基，禮部尚書、國子監祭酒等佐證，為皇室正統，是以扶正龍脈。朱詢不知所蹤。」

「先太子遺孤？」李凌有些驚訝。

在朱詢之前，皇室還未曾立太子，自然沒有先太子的說法。他問道：「殿下，這從哪裡冒出一個先太子遺脈？咱們難道還有什麼先太子？」

旁邊一個幕僚說話了。「李大人那時候年幼，應該不知道，這先太子指的唯有一人。」

李凌更是好奇，這究竟指的是誰？

朱楨示意了可以說，那幕僚才繼續道：「當年蕭太后在成為皇后前，先帝還曾經有過一個皇后。那皇后三十歲得一子，因是嫡子，便立刻冊封為太子。只是當時那皇后家族犯了重罪，不僅家族傾頹，連皇后也被廢入冷宮，不久就病逝了。

「而這個太子卻消失在宮中，沒有人知道他去了何處。後來卻又查清，那重罪不過是誹謗，先帝痛悔不已，又將先皇后加封仁孝文恭皇后，還派許多人尋找先太子的下落，卻再也沒有找到。」

原來是這麼個先太子！

李凌又看向朱楨。「殿下，當真是這先太子的遺脈登基了？」

這麼說來，此人豈不是比朱楠，甚至朱詢更為正統？

朱楨卻面色不定，仍在思索。

當年他還小，朱楠年紀也不大，但那場轟轟烈烈的廢后事件，他還是記得很清楚。陷害皇后的主謀，其實不是旁人，正是淑太后的胞兄，他的親舅舅，當年的鄭國公。為了讓淑太后能坐上后位，讓朱楠成為皇帝，才親手策劃這場陰謀。直到後來蕭太后上位，才暗中將舅舅一家削權。

李凌道：「既然這事已經過去快二十年，先太子遺孤怎麼會突然冒出來，難道是朱詢有詐？」

朱楨嘴角一勾，淡淡道：「他不會使這個詐。是真正的先太子遺孤，登基了。」

李凌更加不明白了。「我們撤兵的時候，朱詢不是已經控制局面了嗎……這先太子遺孤會是誰？」

朱楨看他一眼。「你還不明白嗎？」

見李凌很是疑惑，他才輕輕一頓，道：「宮變之時，突然出手的是誰？」

李凌被朱楨這麼一點撥，才突然想起……是薛聞玉！

殿下說過，他為什麼撤兵，也是因為薛聞玉。

他的聲音不由得抖了起來。「難道是薛聞玉……王妃娘娘的弟弟，他是太子遺孤，他……登基了？」

朱槙沒有否認，那就是肯定了。

李凌覺得非常不可思議。這說不通啊，薛聞玉……薛聞玉竟然登基了！

他究竟是什麼時候開始謀劃的，又是怎麼辦到的？

「那您打算怎麼辦？」李凌頓時有些不確定了。

朱槙眼睛微眯，自然更要把薛元瑾抓回來了！

現在薛聞玉登基了，她若回到京城發現她弟弟竟然登基了，自然是呼風喚雨，肯定會幫著自己弟弟來對付他。

這是他非常不願意看到的。

第六十六章

元瑾一直在黑夜中前行，若她不趁著天亮前逃跑，很容易就會被朱槙的追兵抓住。她必須在天亮前，到達她計劃中的目的地。

她快速行走在山林間，為了防止被人認出來，她已經將頭髮拆了半綰起來，做成一個簡單的少女頭。頭上的兩支嵌碧璽石的蓮紋金簪，還有一對綠貓眼石的耳墜已經被她收起來，這些價值連城的東西可不能輕易拿出來。

幸而她的禁步上綴了幾個鏤空的銀球，還可以拆下來當銀錢使。

不僅如此，她還用了些灰將臉蛋抹黑，衣裳也抹了灰。否則在人群裡，她的樣貌太過扎眼了。

她輕輕地按了按懷中放置的金簪，心裡才覺得穩妥一些。

晨光漸明，前面也出現了岔路，元瑾看著這岔路口停下來。

其實這段路她是熟悉的，以前她的父親西北侯駐紮山西，便曾將此處作為據點。前後哪裡有驛站、哪塊地形容易躲避、有沒有山狼，元瑾都知道。

就是因為在馬車上時發現到了這塊她熟悉的地方，元瑾才敢直接逃跑。

這岔路口，她記得一條是通往鄉間集鎮的，一條是通往荒野的。

雖說有「小隱隱於林，大隱隱於市」的說法，但是有人的地方就有江湖，倘若被人發現了蛛絲馬跡，恐怕很快就會把朱楨招來。畢竟這裡是山西，是朱楨的老巢，哪一處不是在他的控制下？

思前想後，元瑾還是覺得荒野安全，繼續朝荒野的方向前進。

這路說是荒野，倒也不盡然，路邊有不少良田，剛收了小麥，如今種著綠油油的玉蜀黍，嫩玉米苞子剛吐出鬚，路邊又種著些棗樹，只是棗子也還是小小的淡青色，這初夏時節青黃不接的，東西都還吃不得。

元瑾一直提心吊膽，生怕有人追上來。雖然已經經過她周密的計劃，選擇的是朱楨最不可能追上來的一條路，但朱楨這般手段，誰又知道呢？

只是追兵雖然未曾看見，卻日高人渴漫思茶了起來。

元瑾擦了擦額頭的汗，望了下頭頂的太陽，又看了看旁邊未成熟的玉蜀黍地。

她記得，之前跟著父親、三叔等來任地時，他們時常帶著她烤玉蜀黍吃，加上父親獵來的野兔，大家都能飽餐一頓。

算了，也沒其他吃的，只能對不起主人了。

元瑾掰了三根玉米，在地上留下一顆最小的銀球。

玉米還非常清嫩，既香甜又解渴，她吃了之後恢復了精神，才能繼續趕路。

元瑾要到的目的地，是一間民間開的驛站。她記得那驛站裡有趕驢車的，可將人送回京城。且那驛站老闆經營多年，信譽良好，童叟無欺。

隨著玉蜀黍地漸漸稀少，視野重新變得開闊起來。一條平坦的鄉路出現在元瑾眼前，鄉路的對面便是一些小院，其間有一座五間房，一面掛旗上繡著一個「驛」字，店家賣油餅、麵條和羊肉湯，有來往的行腳商人正在喝茶，路邊停著馬車和驢車。

跟元瑾記憶中的那間驛站一模一樣，以前，父親曾經帶她來過。

多虧她超乎常人的記憶力，這些路她也多年未曾走過，竟然還記得分毫不差。

元瑾仔細看了看，雖然同往來的農婦相比，她還是顯得不太一樣，卻也不扎眼了。她走過去，低聲向店家要了一碗麵湯和一盤羊肉，這才坐下來。

旁邊的行腳商人們看了她一眼，見她灰頭土臉的，就沒太過在意，而是繼續說他們的話題。

「……我看咱們這天就要變哩！」其中一個一臉絡腮鬍的漢子，操著官話的口音。「皇城裡，剛登基的皇帝老兒，曉得不？」

元瑾微抬起頭，朝他們那邊看了眼。

應該是長期往來於京城和山西的晉商，他們說話的語氣兩邊夾雜，她才大約能聽得懂。

「這咋能不曉得！」另一個瘦些的說：「聽說是啥剛冒出來的太子遺孤，才叫登基，現這皇城裡都不一樣了，咱這生意怕都不好做了。靖王回來是要打仗的。」

「可不？」還是頭先那個說話。「咱西北靖王是啥身分，我看皇位就該是他的。叫個毛頭小子得了去怎麼行？我還聽說，靖王已經傳了四方，要把軍隊都集結起來，把那小子推翻了！」

在靖王統轄的地區，說這種話不僅不犯法，反而會被周圍人追捧。對他們來說，替他們剷除邊患、保佑他們長治久安的朱楨才是真正的皇帝，那遠坐在京城裡的什麼也不算。所以他說完後，周圍的人群裡發出應和聲。

元瑾低頭吃羊肉，心裡卻激動起來。太子遺孤……難道聞玉登基了？

聞玉竟然成功了！

那她更要想盡辦法，趕緊回到京城才是。

元瑾正想到這裡，卻聽到外面傳來兵馬鐵騎的聲音。

驛站內的人也聽到了，紛紛好奇起來，出門去看是怎麼回事。

元瑾心下一沈，難道是朱楨的人追上來了？不可能啊，除非他們一路跟著自己，不然怎麼可能找得這麼快！

她來不及多加思索，看到驛站有個後門，丟下吃了一半的羊肉，只將兩個白麵餅用油紙一合，放進懷中，趕緊從後門退出去，倒也沒有走遠，就躲在門後看他們究竟是什麼來意。畢竟若真是來抓她的，那她倉皇出逃不是更引人注意？

只見門口跑來幾匹青驄馬，那馬隨著主人吁的一聲停住，一人從馬背上翻身下來，元瑾一看就皺了眉。

來人面容俊美不凡，身著暗紅勁裝、黑牛皮革帶和長靴，外頭還披了件薄甲。嘴唇微抿，永遠一副別人欠了他八百兩銀子的表情，不是顧珩是誰？

他走進驛站，官兵便將店內清場。見是官兵，也無人敢招惹，這驛站中的人瞬間離去。

顧珩挑了張桌子坐下，將佩劍放在桌上。他身後的親兵立刻吩咐店家，端了熱騰騰的羊肉湯和麵條上來。

他卻一時沒有吃，而是凝視著羊肉湯許久，不知道在想什麼。

見顧珩一副坐下來吃飯的架勢，元瑾便放心了，那這自然不是來抓她的。朱槙退回山西，肯定是要割據山西和西北，自立政權與聞玉敵對。像顧珩等他的支持者，自然也會回到山西。

但他現在在驛站裡吃飯，她自然也不能過去。

顧珩看了一會兒，對親兵說了句話，那親兵立刻將驛站老闆帶到他面前。

驛站老闆不知哪裡招惹了官老爺不高興，怕得渾身發抖，賠笑道：「老爺有什麼吩咐？」

顧珩道：「我記得你這裡之前有賣一種羊肉餡的烙餅，現在還賣嗎？」

老闆聽到是問食物，才鬆了口氣，道：「那餅做起來費時，現在已經不賣了。」看到顧珩瞟過來的眼神，他又立刻說：「當然，如果官老爺想吃，小的立刻給您做！」

「快去做吧。」顧珩淡淡道。

那親兵立刻從懷中摸出一錠十兩銀子放在桌上，雪白的銀子上還印著官印，驛站老闆立刻滿臉堆笑地接過銀錠，下去和麵了。

這倒是奇怪了，此處去太原不遠，怎地顧珩不先趕路同朱楨會合，反倒在這裡停留，要吃什麼羊肉餡的烙餅？

元瑾突然想起，當年她剛救了顧珩的時候，似乎就是將他帶到這附近的院子裡。這驛站鋪子，她似乎也曾領他來過，吃的正好就是羊肉烙餅。

難道顧珩是在這裡停下，追憶往昔的？

不，怎麼會呢？再說這又如何，關她什麼事呢？

現在該怎麼辦？

聞玉登基的事既然已經傳遍，顧珩遇到她恐怕也只有一個舉措，那就是抓她。

元瑾看了看周圍，這是驛站的後院，養了些驢和馬，後面還有幾間客房，不知道有沒有住人。這四周的圍牆太高，且無墊腳的東西，恐怕她是爬不上去的。

元瑾只能盼望顧珩吃完東西趕緊走，不要在此逗留。

她突然覺得有些不對，又將目光轉回去看那幾匹馬。這幾匹馬似乎都非凡品，馬匹高大，肌肉遒勁，金棕色鬃毛，彷彿是塞外名馬大宛駒的模樣。元瑾曾跟著父親在任上，是認得馬的。

一間普通的驛站養了幾匹大宛駒，是不太可能的。若只是歇腳的客人，又自然不會將馬養在驛站的內院。

還沒等她思考出所以然來，外面突然有人說：「大人您看，此物甚是奇怪。」

她立刻往外看去，只見一個親兵手裡端著這驛站老闆的銀錢盒子，走到顧珩面前，然後從其中拿出一顆銀球，遞給顧珩。

元瑾心中一跳，那是她方才當作銀錢，付給老闆的銀香球！

顧珩也接了過來，捏在手上打量一番。

這銀香球做得極為精緻，鏤雕海棠花紋，裡頭又有一銀質半球，用來盛放香料。這樣精細的做工，似乎不是這地方能尋到的。

他問驛站老闆。「此物你是從何處得來的？」

老闆猶豫了一下，才說：「方才有個姑娘來此吃飯，當作銀錢付給我。我見是銀的便收下了。」

「那姑娘長什麼模樣？」聽說是個獨身的姑娘出現在這裡，顧珩便起疑了，立刻逼問店家。

老闆也說不上來，只道：「灰頭土臉的，看不清樣貌，年紀應該不大。方才還坐在那兒吃飯呢，現在也不知道去哪兒了……」老闆往後看了看。

元瑾聽到這裡，看顧珩的臉色，就知道他已經起疑。

他也許不知道究竟是什麼事，但他有極強的眼力。如此精緻之物，只能是御造或京城中最頂級的家族才能擁有，無論是誰，出現在這裡都很可疑！

顧珩果然抬起頭，一句話沒說，就直接道：「給我搜！」

這瞬間，元瑾已經飛快地離開後門，一掃院中，沒得選擇，只能藏進這些客房中了。怪她出門不看黃曆，竟碰到了顧珩！

若真的被他抓回去，朱槙也許會活吞了她！

在士兵湧進後院前，元瑾已經迅速跑進其中一間客房藏起來，又將門嚴實闔上。

她透過門縫往外看，果然看到那些士兵已經湧進後院，顧珩隨即也走進來。

老闆不知道發生了什麼事，跟著追進後院，賠笑道：「官爺，方才那人趁亂走了也不一定。我這後院您看，也沒個人哪！」

顧珩根本沒理會，站在原地，一臉冷漠。

元瑾緊緊盯著顧珩的下一步動作，卻沒料到，耳邊突然傳來一句刻意壓低的沙啞嗓音。

「妳這是在做什麼？」

這房間裡竟然有人！

元瑾心下一驚，立刻就想轉過身來，但這人卻按住她的肩，不讓她轉。

「別動，妳動了光線會有變化，顧珩會察覺得到。」這人又貼在她耳邊說。

這人竟然還認識顧珩！

元瑾立刻想起院子裡那幾匹大宛駒。難道此人……也是邊疆戰將？只是這聲音實在太過沙啞，她聽不出是誰，不知道他究竟是哪個派系的人物。

她也壓低聲音道：「……敢問閣下是？」

「不必問我是誰。」這人卻繼續說：「我倒是想知道妳是誰，為什麼要躲著顧珩？我看妳年紀也不大，難不成妳被家人強行嫁給他，妳不願意，所以逃婚了？」

元瑾聽了，心道這人真是無聊，怕是平日三言二拍看多了。

不過他見自己躲著顧珩，非但沒有出聲舉報，反而還幫她隱藏，可見是同顧珩有過節的人，倒是可以利用一二。

「他追我是因為我哥哥在他府上做事，摔了他一個碗，我家所有家產給他抵債還不夠，他還要將我捉去賣給人家做奴婢才算完。」元瑾隨口就瞎掰了個理由，反正把顧珩的人品說得越惡劣越好。

「哦。」那人煞有介事地應了，忽地又轉了個語氣。「好無聊，我還以為會有什麼愛恨情仇。比如妳哥搶了他未婚妻，他拿妳來抵過。或者妳懷了他的孩子，他卻納了小妾，妳一氣之下離家出走……」

這人怎麼這麼聒噪？

「你能不能稍微安靜點？」元瑾輕輕道：「顧珩也不是聾子。」

那人「喲」了一聲不再說話了。

但不知道為何，這人的說話風格，給元瑾一種莫名的熟悉感。說不出像誰，可是非常熟悉……

這人是誰？但這聲音，她分明從來沒有聽過啊。

那人將一隻手撐在她身側，也往外看。「他似乎要走了。」

顧珩也只是略有懷疑，見的確四處無人，就準備這麼算了。最後再看了一眼，招手讓軍隊撤出院子。

直到看見顧珩退出後院，元瑾才稍微鬆了口氣。她正準備轉過身同此人好生說道，就又聽到前面傳來勒韁繩的聲音，緊接著傳來一聲。「侯爺，急報——」

元瑾頓時有一絲不好的預感。

大約過了兩息，顧珩看了急報是什麼，隨即他的聲音再次響起，比剛才嚴厲許多。

「立刻給我搜，掘地三尺，也要把她找出來！」

元瑾心下一沈，他恐怕接到朱槙的傳信了！知道她已經跑了，而朱槙正在四處圍捕她。顧珩再聯想那銀香球，自然就能立刻想到是她在這裡出現過。

方才還沒有搜查的後院自然不能放過，一群軍隊湧入，而顧珩也將這裡作為重點搜查的地方。

他看了一眼這些房間，冷冷道：「給我一間間地搜！」

元瑾眼看著他們開始搜索起來，隔壁發出很大的動靜，想來是櫃子、桌子都要踹開，不放過任何一個有機會躲藏的地方。

馬上就要搜到他們這間了，躲藏肯定是沒用的。

元瑾正思索該怎麼辦的時候，背後那人卻似乎變得警戒，道：「陣仗這麼大，不像是什麼他要抓妳去賣吧。妳究竟是誰？」

他笑了笑。「妳如何知道我與他有仇？」避而不談自己的身分。

元瑾道：「等價交換。閣下不妨先告訴我你是誰，與顧珩究竟有什麼仇，如何？」

外面的聲音越來越近，元瑾不回答他，而是壓低聲音，道：「便先不論你的身分，你有多少人馬？」

他還未說話，元瑾就說：「他若是找到此處，發現你我，恐怕都逃不掉。我現在有個計謀，但是需要你配合。你帶的人能否與他一半的兵力相抗衡?你不用再問我怎麼知道你有人馬，院子裡的大宛駒必是你的，你又能一眼認出顧珩，必不是普通人。既然如此，你出門不可能不帶人馬。」

他果然沒再多問，而是頗有些讚賞一般，勾了勾嘴角。「帶了三十人，如今潛伏在這院子暗處，應該是沒問題。」

元瑾才道了一聲「好」，低聲道：「希望我幫閣下這一把，閣下也帶我離開，屆時必有重酬。」說完整了整衣裳，走了出去。

「魏永侯爺，別來無恙了。」元瑾淡淡地說。

顧珩一眼就看到她款款走出，小臉上還沾著灰，卻一點也不影響她的笑容。

他眼睛一瞇，伸手一揮，讓軍隊將她團團圍住。

「王妃娘娘倒是讓屬下好找。」顧珩的嘴角竟也露出一絲笑容。「剛收到殿下的命令，必須抓王妃娘娘回去。屬下也不想傷了娘娘，娘娘看自行跟我上路如何？」

「明人不說暗話，想必侯爺已經知道我背叛了殿下。」元瑾道：「一個背叛者回去是什麼下場，侯爺也知道，我今天，恐怕是不能跟你回去的。」

「哦？」顧珩的語氣冷淡下來。「王妃娘娘的意思是，需要我動粗了？」

「侯爺少安勿躁，其實，我是有東西能同侯爺交換的，只希望交換後，侯爺能放我一條生路。」元瑾道。

顧珩倒也沒有立刻反對，而是冷笑道：「王妃娘娘又有什麼花招？」

元瑾淡淡地道：「我聽說，侯爺這麼多年未曾婚娶，是因為當年在山西時，曾經遇到一心愛女子。這些年，你都在找她的下落，我說的可對？」

顧珩並不意外，這件事很多人都知道，薛元瑾身為朱槙的枕邊人，知道也是正常的。

「妳究竟要說什麼？」顧珩的表情沒有絲毫波瀾。

「我知道這女子的下落。」元瑾道。

她終於看到顧珩臉上的一絲表情波動，但是並不明顯。

因為顧珩根本不相信，他找了這麼多年都沒有找到的人，薛元瑾隨便就能知道，這怎麼可能！

元瑾也不管，繼續說：「侯爺不是曾覺得，我與她十分相似？那正是因我曾與她相處過一段時間的緣故。她教過我下棋，她還告訴我說……」她刻意頓了一下。「她曾在戰場上救下一個年輕男子，那時候他的眼睛看不見，她用盡辦法都沒有將他的眼睛治好，最後不得不離開。想來，這個人就是侯爺你了。」

元瑾說到這裡，顧珩的神情才有了明顯變化。他幾乎有些震驚地看著元瑾，嘴唇動了動。

「妳……妳是怎麼……」

不，不可能，她不可能知道……這是她的陰謀詭計，是她想逃跑的陰謀詭計！

可是，他被救過的事的確很多人知道，但他那時差點雙目失明的事，他從沒有跟任何人提過！她是怎麼知道的？難道，她當真見過阿沅？

或者……還有別的什麼，他不知道的可能性。

「妳休想騙我！」顧珩冷冷道：「這是妳從哪裡聽來的吧？」

元瑾又道：「侯爺還不信？那你們曾住的那院子裡，有一株槐花，她曾親手摘了槐花送你，還差點從樹上摔下來。」

說到這裡，元瑾自己都頓了一下。其實她並不想利用這件事，她甚至不想再提到這些事，但她現在必須要利用。「這樣的事，除了她親口告訴我外，沒有第二個人會知道吧？」

顧珩聽到這裡，已是徹底心神大亂。

那時候他雙目失明，看不到樹上開的槐花，他之前從未看過槐花是什麼樣子，阿沅就跟他說：「這有何難！」

她像隻猴子般靈活，很快就爬上了樹。但是在下樹的時候，他卻聽到她摔落的聲響，他連忙走過去要拉她起來，她卻笑嘻嘻地說：「你看，這不就是槐花？」

她將摘下的那束槐花塞進他的手裡，抓著他的手指去摸索，還道：「你看，它就長這樣的！」

她急切地想讓他摸索，而他卻一把將她擁入懷裡，抱得緊緊的。

他更怕失去她，更怕她會出什麼事。

她才是那個，讓他不至於墮落黑暗深淵的關鍵。

想到這裡，顧珩心情為之激動起來。他上前一步，一把抓住元瑾的手，聲音有些顫抖。「快告訴我，她……她在哪裡？現在在哪裡？」

他找了這麼多年，已經快要瘋魔。如今突然知道真正的線索，怎能不激動！

元瑾見他這般，心中驀地升起一股悲涼。

而顧珩由於太過激動，連她這一絲異樣都沒有注意到。

她淡淡地道：「我自然會告訴侯爺，但是我有個條件。我只告訴侯爺一人，你周圍的這些人都必須要退出去。」

顧珩幾乎沒怎麼猶豫，他實在太想知道了，立刻就吩咐：「你們都先退出去！」

他身後的軍隊如潮水般退出。

元瑾笑了笑。「退到門外還不夠，需得退到三十丈外。」

顧珩這時候有些猶豫了，他緊盯著元瑾。如果元瑾只是普通人，那他就是對她嚴刑拷打也沒關係。但她不是，靖王殿下沒有發話，她仍然是靖王妃，就是他也不敢造次。

可他太想知道了，這甚至已經成了他的魔障。對他來說，沒有比這個更重要的事。

顧珩吩咐親兵去傳話，他的軍隊果然退得更遠，直到元瑾目測當真是在三十丈外，她才看向顧珩。

她的手已經快要被顧珩抓青了。

她看看他，又看看自己的手，露出一絲笑容。「不過現在，恐怕還不能告訴侯爺。」

她話音剛落，從房簷、牆後甚至屋中，突然竄出二、三十人，元瑾乘機甩開顧珩後退，這三十人持雪白長刀將她團團圍住。

顧珩也瞬間反應過來，將佩劍拔出來，冷冷道：「薛元瑾，妳又在騙我？」

隨即，一個人才從房內走出來，說：「顧珩，你對一個弱女子都這般陣仗，她騙你又能如何？」

那個人慢慢走到前面，元瑾才真正看到他的臉。

他身材高大，約莫三十歲，長相應該是英俊的，可惜臉上徒添了一道刀疤，將他的額頭幾乎劃為兩半。他的眼珠是淺棕色的，左側嘴角帶著一個小小的笑渦，即便不笑的時候也有。他看著元瑾，對她露出一個笑容，他的梨渦因此就顯得更深了。

元瑾看得渾身一顫，驀地一股鼻酸突然湧上，頓時她眼眶就紅了。

竟然是五叔！

他回來了，他竟然從邊疆回來了！

這是元瑾重生以來，看到的第一個長輩親人。這和看到靈珊的感覺不一樣，縱然五叔可能根本不知道她是誰，但是也不知道怎的，看到他對她笑，元瑾就突然有種，他也是知道她的感覺。

但是他的聲音……他的聲音怎麼會變成這樣？

元瑾分明記得，五叔的聲音是很清亮的。而且他的臉上又怎麼會有疤！

在蕭家覆滅的時間裡，他究竟經歷了什麼？

「竟然是你！」顧珩眼睛一瞇，立刻就認出眼前這個人，正是蕭家剩餘的最後一個嫡子蕭風。

他冷淡道：「怎麼，蕭大人也敢到山西地界？」

「侯爺這話說的，普天之下，莫非王土，我怎麼就不能到山西來了呢？」蕭風微笑道：「難道你們家靖王殿下，還能攔得住我不成？」

顧珩卻是不屑的，冷笑說：「宮變時若不是薛元瑾洩漏殿下的部署圖，殿下早已將你們拿下，怎輪得到薛聞玉那毛頭小子登基！如今你們身在山西，這是靖王殿下的地盤，還以為你們逃脫得掉嗎？」

他手一揮，門外立刻湧入三十多人，與蕭風形成對峙之勢。

看來他也是留了一手，沒完全被迷惑了心智。

其實局勢仍對元瑾和蕭風不利。

雖然他們能同顧珩對峙，且蕭風還比顧珩有更豐富的作戰經驗，但是他們不能耽擱太久。剛才顧珩一發現元瑾時，恐怕已經派人快馬加鞭地去通知靖王了。此處去駐地不遠，靖王又一直沿著往京城的方向追來，應該很快就會趕來了。

若朱槙追上來，那才是真的走不掉，所以必須要速戰速決！

蕭風沒有接話，而是往四處看了看，才道：「算算看，我似乎有五年沒回到山西了。沒想到一別經年，這驛站倒是跟以前一樣。」

五年前，這裡還是元瑾的親生父親蕭進的駐地。

顧珩徑直看著蕭風，嘴角帶笑。「這憶當年之事，沒想到名滿天下的蕭風蕭大人也會做啊。」

自蕭太后下臺後，蕭家的人都同他有深仇大恨，根本不必客氣。

「當年，我還經常帶阿沅來此吃麵。」蕭風口中，突然又冒出一句話。「阿沅特別喜歡這家的羊肉餡烙餅，她時常跟我說，她能一口氣吃三個。」

顧珩的臉色突然凝滯，他盯著蕭風，慢慢道：「蕭大人這話是什麼意思？」為什麼會突然提到……阿沅？

元瑾聽蕭風說出這句話，也是微微一怔，突然看向蕭風，眼中也閃過一絲驚訝。

蕭風一笑。「怎麼，侯爺可是曾聽過這名字？這是我姪女的小名。」

「你姪女……」顧珩說到一半，像是意識到什麼，喉嚨咯了一聲，臉色突然變得煞白。

蕭家陽盛陰衰，蕭風這輩只有蕭太后一個女眷，而蕭風的下一輩，也只有一個女孩，就是當初曾被指婚給他，他卻又想盡辦法拒絕，甚至不惜逼宮還害了她全家的那個蕭元瑾。

「你姪女不是……」顧珩說話頓時變得有些艱難，他問道：「你不是只有一個姪女，便是當初的丹陽縣主？」

「是啊。」蕭風的臉上露出奇異的笑容。「元瑾的小名就是阿沅啊。」

顧珩聽到這句話，腦中轟然一聲。

不是的，不會是像他想的那樣！

蕭風又繼續說：「只不過旁人不知道，只有她親近的人才知道罷了。她十三歲那年到她父親的駐地玩，我時常帶她到這驛站吃麵。不過她生性貪玩，經常亂跑……我記得她好像還曾經從邊疆撿了個傷兵，養在這附近……」

「不！」顧珩突然暴吼，眼睛突然漲滿紅血絲。「你說謊！」

阿沅怎麼會是蕭元瑾……怎麼會是那個太后養在深宮裡，數次插手政權的丹陽縣主呢！

不可能……不可能的！

「侯爺怎地突然如此激動？」蕭風卻笑了笑。「我聽說，大姊曾想將阿沅指婚給你，可你不想要，說自己早就心有所屬，且為了抵抗，還參與靖王的謀逆，害了我蕭家滿門，是嗎？」

顧珩心亂如麻，聽到蕭風的話後，他捏緊了拳頭。

他腦海中，浮現了阿沅模糊燦爛的笑容，很多曾經的細節也突然浮上心頭。

阿沅其實是個身分特殊的女子，因為她在西北侯的駐紮地猶如出入無人之境。那時候他以為，阿沅只是某個小官之女，因為她周圍沒有什麼隨從。但這不正是她身分極高的象徵嗎？因為她在軍中行走，連隨從都不需要。

而在西北，哪個小姑娘的身分，能高得過當時的西北侯之女蕭元瑾的？

阿沅小他四歲，當時說媒時，母親曾告訴他，縣主也只小他四歲。阿沅喜歡下棋，而母親也曾跟他說，縣主精通棋藝，以後兩人可以閨房對弈。

他之前一直認為蕭元瑾就是養在深宮的，從來沒想過她會是阿沅。

但現在越想，彷彿就是如此！

他之前為什麼會遍尋阿沅不得？是因為阿沅根本就不在山西，她早就已經回到宮中。

他之後為何也尋阿沅不得？因為阿沅已經死了啊。

不……他不能相信！

顧珩突然看向元瑾，他朝她衝過來，根本不顧周圍人的弩箭，一把抓住她的手。「妳告訴我，阿沅究竟是誰？她究竟在哪兒！」

她剛才說了這麼多只有阿沅本人才知道的事，所以她應該知道的！

蕭元瑾淡淡道：「方才那些，的確是一個叫阿沅的姑娘告訴我的，只是我後來再也沒有看過她。說知道她在哪兒，不過是騙侯爺罷了。但阿沅姑娘的確告訴我，她的本名是叫做……蕭元瑾。」

顧珩的手漸漸鬆開，最後一絲希望落空，他的臉色蒼白得都不像個活人了。

蕭元瑾！

蕭元瑾竟然就是阿沅！

他後退幾步，突然間幾乎無法站穩，手下不得不立刻扶住他。「侯爺，您怎麼了！」

顧珩說不出話來。

如果……這件事是真的……

那個救他、照顧他，為他治眼傷，帶他重新感知世界，感知一花一草、一事一物，重新給予他生存勇氣的阿沅，竟然是丹陽縣主。而他呢？拒絕與她的親事，還毒死了她，害了她滿門。

顧珩越想越無法承受，口中竟然湧上陣陣的腥甜！

第六十七章

顧珩重新閉了閉眼睛。

不行，他不能被這麼蠱惑，這件事還有疑點，他們完全可以串通一氣來戲弄他。

況且就算真是如此，這時候也不能亂了方寸。他現在應該做的，是抓住這兩人。只要抓住這兩人回去逼問，什麼問不出來？到時候便能知道真假了。

是他魔障了！

他突然睜開眼睛，眼中的猩紅仍然沒有褪去，厲喝一聲：「給我抓住他們！」

顧珩最後還是清醒過來了！

元瑾看了蕭風一眼，他似乎早有準備，向她點頭示意。

蕭風的人馬立刻與顧珩的人纏鬥起來，蕭風拉著元瑾迅速走到馬廄旁，將元瑾送上了馬，自己也翻身上馬。

門外就是重重守衛，蕭風卻根本不管不顧，而是低聲對元瑾說：「把馬鞍抓緊了。」

元瑾聽他的話抓緊馬鞍，蕭風一勒韁繩的同時一夾馬腿，馬嘶鳴一聲立刻向前衝去。

顧珩一看暗道不妙，想帶人上前阻攔，但那馬助跑後，竟身姿矯捷地一躍衝過院牆，落在地上，沒有任何停頓地向前衝去。

他們竟然連前門都不走！

顧珩立刻帶著人想追過去，誰知那馬在不遠處停下來。馬兒掉頭過來，元瑾看著他，淡淡地道：「魏侯爺，我們這便要走了，我最後只有一句話告訴你。你可知道，靖王其實早已知道，你一直在找的那個女子就是丹陽縣主？」

顧珩一愣，心頭也隨之一震，卻仍然冷冷道：「妳以為我會信嗎？」

元瑾只是一笑。「侯爺回去問問便知，盡可不信吧。」

說完她才向蕭風點頭。

蕭風一勒韁繩，那馬兒又飛快地奔馳起來，很快就從山坡上消失了。

剩下的人馬見蕭風離去，也不再戀戰，紛紛翻上戰馬，準備殺出一條血路。只是有些人死在了軍隊的圍攻中，另一些人卻成功突圍，追在蕭風後面遠去。

顧珩的親兵見攔截不成，跑過來問顧珩。「侯爺，逃走了二十三人，咱們……可需要追捕？」

顧珩卻久久地不說話。

親兵小聲提醒：「侯爺？」

顧珩淡漠地道：「傳話告訴殿下，就說他們往榆棗關的方向去了。」

「那……咱們不追？」親兵遲疑，明明他們現在追擊更有利。這時侯若是不追，靖王殿下知道了肯定會怪罪的。

「我還有一件要事處理。」顧珩道：「你立刻去附近找個畫師來，再把曾經在慈寧宮當過差的松統領找來，我有事要吩咐他。」

「侯爺！」親兵還是忍不住勸道：「他們並沒有跑多遠，雖領頭的騎的是大宛駒，但剩下的人並不足為懼。咱們若是抓住他們……」

他剛說到這裡，卻看到侯爺突然轉過身來，一把揪住他的領口，語氣凌厲而冰冷。「我說不追了，現在就去請畫師，你明白了嗎！」

親兵跟了顧珩這麼久，還是頭一次看到他這樣發脾氣。顧珩的雙目仍然泛紅，竟然有種瘋狂之意。

「……是！」親兵自然不敢再違逆他，立刻小跑著去吩咐了。

元瑾一行人沒有停歇，直到跑到一處李子林才停下來。

這個季節是李子成熟的時候，枝頭上掛著纍纍的紫色果實，大家也口渴了，不少人去摘李子吃。蕭風見天色不早，馬也跑累了，就命令在這裡紮營休息一會兒，否則馬匹會支撐不住。

他們在地上燃起篝火，除了蕭風外，其餘人都去打獵了。元瑾才起身看著蕭風，方才情況危急，她都來不及和他說說話。

但這時候四下無人，看著他卻又不知道說什麼。

只覺得滄海桑田，所有的言語都化成堵塞在喉嚨的哽咽，化作心中湧不出來的熱流，讓她一句話都說不出來，害怕自己一張口就會忍不住。

蕭風卻露出她熟悉的笑容，輕聲說：「怎麼我的阿沅像傻子一般地看著我？」

只他這一句話，元瑾的眼淚就突然湧上來。

她震驚地看著蕭風，張了張嘴，想說什麼，又覺得喉嚨哽得厲害，勉強才道：「你怎麼會知……你怎麼……」

「五叔有什麼不知道。」蕭風說：「阿沅，五叔回來了，妳再也不會是……孤單一人了。」

元瑾竟一時控制不住自己的情緒，撲進他的懷裡，終於忍不住痛哭起來。

蕭風也緊緊摟著她，輕輕地哄她，而元瑾則放聲大哭。她什麼也不說，就只是哭。

蕭風知道她其實痛苦到了極致，她肯定以為蕭家人都已經死了，她再怎麼聰明堅韌，也只是個普通少女。得知家人盡亡、家族盡毀，曾經那些疼愛她、保護她的人化為飛灰，她只能自己強撐。

能讓她哭成這樣，再想到兩人之前所經歷、遭遇的一切，蕭風心裡充滿了心疼，他只是不斷地撫摸她的頭髮，安慰道：「不要哭了……都已經好了，都過去了……」

「他們都死了……」元瑾緊緊捏著他的衣襟，哭聲帶著抽噎。「五叔，他們都沒有了啊……」

「我知道。」

「我以為再也見不到你們了，我以為只有我了……」

「五叔也知道。」

蕭風不停安慰她，元瑾雖然跟他們在一起的時間不多，卻是從小被他們寵大的，畢竟是他們幾個兄弟底下唯一的嫡女，怎能不寵？

元瑾發洩完後冷靜下來，她其實不是那種喜歡撒嬌示弱的人。發現自己竟將蕭風的衣裳哭濕一大片後，有些不好意思。倒不是因為與他親近，兩人自小玩得好，蕭風曾用肩頸馱著她騎大馬，還在她不聽話的時候，一把將她抱起來就跑，不理會她的吱哇亂叫，她怎會因為這個不好意思。她是因為自己少見的軟弱。

以前跟蕭風一起玩，就是從樹上摔下來，她的第一反應也不是哭，而是去踹他一腳，因為他沒接住自己……

不過這都是小事，元瑾立刻問蕭風，是怎麼看出自己的？

蕭風苦笑。「是那份名單。」

他說的是元瑾曾經讓徐先生交給他的名單。

「我很早就知道蕭家有這股勢力在，但家族中只有一個人知道，就是大姊，連妳父親都不知道。」蕭風說：「我一開始以為是大姊沒有死，但是又得知，這是出自一個年輕姑娘之手，我便開始懷疑是妳。」

他的眼神越漸深沈。「這個姑娘一切的行為、做事方式，都與妳的習慣符合，只是年歲什麼的完全對不上，我也只是半信半疑。」

蕭風看向她。「直到我剛才遇到妳。」

「妳的言語、神態是不會變的，我越看就越懷疑。而當然我真正懷疑，是在妳和顧珩說那些話的時候。」蕭風的嘴角露出一絲笑意。「阿沅生性謹慎，絕不會將這些事告訴旁人。且她在山西那段期間，從未出過大哥的駐地，又怎麼會遇到什麼小姑娘將這些事告訴她呢？這樣推測，只有一個解釋，便是妳就是阿沅。當然，我最後真正確認，還是在妳撲過來的時候。只有阿沅才會這般撲我。」

「雖不知妳為何會變成這般，但我知道妳就是阿沅。」蕭風說著看向她。

元瑾也笑了笑，他不刨根問底也好，否則她也不知道該怎麼解釋。但她的目光落在蕭風臉上，又皺了皺眉。

「你這臉上的傷……」元瑾伸手想去摸一摸。「還有你的聲音怎麼……」

蕭風卻別開頭，錯過了她的手。

他頓了頓，似乎也不知道怎麼說。「能留下一條性命已是萬幸。阿沅，不要過問了。」

看著一貫談笑風生、幽默風趣的五叔變成這樣，元瑾心中也一痛。他要經歷多少苦痛，才能平淡地講出這番話。他其實遠比自己更痛苦吧？她一覺醒來異變都已發生，而蕭風卻是實打實地經歷了這一切。

「罷了，不說這些了。」蕭風盯著她，嚴厲地道：「我還想問妳，為什麼會嫁給朱楨？」

元瑾沒料到他突然提起這個，嘴角微抿。「五叔，我是為了……」

「不論妳是為了什麼，」蕭風打斷她的話。「萬一他發現妳的身分，妳還能活命嗎？就算妳想為大哥他們報仇，也不能如此不在乎自己的性命，妳若有個閃失，我怎麼同他們交代！」

原來他是明白自己要做什麼，擔心自己的安危。

她眼眶一紅，又要辯解。

「當我不知道，妳曾為了大姊刺殺他五次，妳以為他真的不記恨妳？」蕭風說：「我這次來，就是要把妳帶回京城的。從此以後妳就離朱楨遠點，此人極擅權謀軍政，妳不能應付。」

蕭風都將話說到這個地步了，她還能說什麼？

蕭風見她眼眶紅了，又緩和語氣道：「總之，既然我回來了，接下來這一切都由我接手，妳好生休息就是。」

元瑾知道，蕭風是想擔負起蕭家男人的責任，不想再把這一切給她扛。

但是，蕭家的女眷，也從來不是無能之輩啊。

元瑾苦笑道：「五叔，恐怕這是不行的。」她繼續說：「你一個人是戰勝不了朱楨的。

加上我或許還有可能。」

蕭風的確是蕭家除了父親外，行軍作戰最有天分的人，但跟朱楨比可能還要差一些。

蕭風看了她一會兒，只能嘆氣。

元瑾從來不是那個會躲在他背後任他保護的人。

這時候打獵的人回來了，在篝火上將兔子、野雞等物烤熟，只撒上一點鹽，吃起來就很鮮美了。

蕭風遞給她一隻烤好的雞腿。「罷了，這些都回去再說。眼下我們還在山西境內，朱楨肯定在追捕妳吧？明天就到榆棗關了，只要過了關，他便不能再追上來了。」

過了榆棗關，應該就是聞玉如今的地盤。

元瑾接過雞腿卻沒吃，看了下蕭風帶的二十多人。他這次輕裝入山西，就是為了來救自己的。為避免打草驚蛇，只帶了三十多人，不過都是精銳中的精銳。方才折了十多個，眼下這群人也略顯疲憊。

「若是朱楨追上來，我們必要想個萬全之策才行。」元瑾道。

朱楨軍隊的行軍能力很恐怖，這個方向能出山西的地方只有榆棗關，極有可能會被追上。

她看了看遠處一望無際的戈壁灘，突然問道：「五叔，這附近有集鎮嗎？」

蕭風微微愣了一下。「妳問集鎮做什麼？」

朱槙是在傍晚到達驛站的。

他高坐在馬上，緊抿嘴唇，舉目四眺周圍的地勢。

有人跑到他的馬前跪下，道：「殿下，侯爺說有急事要立刻去處理，先行離去了，只留了一半的軍隊在這兒，以及這張字條給您。」說完他站起來，將字條遞給朱槙。

朱槙看完後，面無表情地將之捏成團。

顧珩的這個行為是很大膽的，他才發號施令，顧珩真正應該做的，是將元瑾追擊回來，但是他沒有，只留了一張似是而非的字條，甚至都沒有等到他來。

這其中一定發生了什麼事。

李凌也騎在馬上，有些憂心地道：「殿下，如今西北各將領已經被召集到太原，恐怕您要趕回去了……」

現在薛聞玉已經登基，他們必須要拿出應對的態度，再晚就來不及了。

朱槙自然也知道，他不能浪費太多時間。

薛聞玉想坐穩這個位置，肯定會除去他。同時他也肯定不會讓薛聞玉坐穩那個位置。如今朱槙總算明白一個道理，只有把這天下都抓在手裡，才能不愧對自己這麼多年保家衛國所受的苦，才能得到真正的安寧，才能擁有極致的權勢。而極致的權勢，則代表了一切。

「不行。」朱槙淡淡道：「縱虎歸山，後患無窮。先向榆棗關追去再說，他們沒有替換的馬匹，肯定會停下來休息。」

他現在還暫時放不下這件事，必要知道，薛元瑾是為了什麼不可。

他不覺得光是因為薛聞玉，就能讓元瑾做出這樣的事來。

他都已經主動求和，原諒她的過往，她竟然還敢跑。不把她抓回來，好生懲戒，他心裡如何過得去！

朱楨沒有在驛站停留多久，就帶著兵馬繼續向前追。

元瑾一行人則是天還沒亮就繼續趕路。

榆棗關是以種植棗子聞名的地方，路上村落不少，棗樹鬱鬱蔥蔥，半青的棗子纍纍綴在枝頭，將枝椏都壓彎了，可見今年又是個豐收的年景。

他們從凌晨一直趕路到了下午，才看到榆棗關出現在眼前。

一片荒涼草野展開，路也近乎荒蕪，卻有不少宅屋立於關口。據說這關口是山西與北直隸五臺縣的交界處，供往來的棗貨商人經商，還出現了小集鎮。但後來此道被官府查封，所以集鎮荒蕪了，守衛的人也不多。

只要過了榆棗關，不久就是五臺縣。

眼前榆棗關在望，蕭風等人也加快了速度，將要跨過那關口。

「將軍，這榆棗關竟無人守候！」有人大喊，聲音有些興奮。「咱們不用衝關了！」

蕭風卻心中一涼，總有種說不出的預感。

正好旁邊的元瑾也大喝一聲。「不好，快停下！」

蕭風立刻勒馬停住，喝令手下倒退，就看到前方那些荒廢的宅屋間，果然冒出不少人，為首的正是高騎在馬上的朱槙。

他身穿玄色勁裝，許是完全不需要任何偽裝，他的英俊中有幾分邪異，看著蕭風，淡淡地道：「蕭大人，沙場久別，你可是別來無恙？」

朱槙竟先他們一步，到了榆棗關！

蕭風皺了皺眉，他們比不得朱槙，他一路過來可以在驛站換馬，但他們一人只有一匹馬，不敢讓馬不休息，怕就是這個空檔讓朱槙追了上來。若不是元瑾發現端倪，他們已經陷入朱槙的包圍了。

「上次見靖王殿下時我正要被發配充軍，如今我自然是無恙的。」蕭風說著，含蓄一頓。「只是靖王殿下千辛萬苦為朱楠取得皇位，卻仍然被他算計，而今退回山西，恐怕才算是有恙了。」

朱槙的目光卻落在元瑾身上。

她竟然會騎馬，單獨騎在一匹略小的馬上，站在蕭風身後看著他。看來她的確有很多事瞞著他，一點也不像表面所顯現的那樣乖巧。也是，她能在自己身邊蟄伏這麼久，這可不是普通人能辦到的。

朱槙的情緒並未被蕭風煽動，而是繼續說：「當初就是你大哥，在我面前也要恭讓三分，怎地你反倒如此猖狂，真當我這山西是你想來便來、想走便走的？」

當初蕭進在世時，的確對朱楨有所忌憚，畢竟能斬殺寧夏總兵，攻下土默特的人自然不簡單！而後的無數次戰役，也證明了這一點。

蕭風見朱楨未被激怒，也暗道不好辦。若是遇上顧珩，他們還有衝擊之力。眼下朱楨堵住榆棗關，他們想要衝關口就是癡人說夢。若此時背後再來軍隊，便是形同甕中捉鱉了。

憑朱楨的性格，他會考慮不到這一點嗎？

元瑾則突然抬起頭，道：「別硬衝，往左撤走高洪口！」

高洪口亦是關口，去榆棗關不遠。只是因榆棗關把守較少，他們之前才選擇此處。現在朱楨帶人守住榆棗關，高洪口勢必薄弱！

蕭風聽後立刻一拉韁繩，帶眾人朝左側奔突而去。他們本就未中埋伏，又突然朝左撤離，讓朱楨的軍隊措手不及。

朱楨冷聲道：「給我追！」他也立刻策馬追上來。

元瑾這時則和蕭風對視了一眼。

夏季的荒野，天乾物燥，元瑾他們一躍至丘陵的高處時，回望朱楨。

元瑾策馬上前，對朱楨笑了笑。「殿下，您還是別追了吧。」

她的神色出奇平靜，讓朱楨頓時有了幾分不好的預感。他正要策馬上前，只見這草野荒林間突然燃起大火，火勢也出奇詭異，竟然自上而下蔓延開來，瞬間就將他們包圍。

火舌突地竄起一丈高，熱浪逼得他的馬倒退好幾步，其餘的馬也被火勢驚嚇，竟不顧主人呼喝地往後退。

他們處在下風口，火勢擴展得非常快，竟幾下就將他們逼得越發後退。

朱楨立刻聞到空氣中火油的味道。

火攻。

當年在崇善寺時，這還是他教她的對付他的方法。現在竟然立刻被她給活學活用，用到了他身上來。

朱楨嘴角泛起一絲冷笑，抬頭看向元瑾。「這是妳早就準備好的？」

這不會是蕭風的計謀，蕭風是正統行軍打仗出身，沒有這麼詭計多端。

元瑾卻不回答，只是一笑。「朱楨，再見了。」

看著她轉身離去，朱楨略微低頭，嘴角露出一絲笑容。隨之眼神一厲，竟不顧眼前張揚的大火，策馬踏過熊熊烈火，追了上去。

元瑾跟在蕭風等人身後策馬而去，心料如此大火，他應該不會再追來了，便趁這個時間趕緊往前奔逃。誰知她身後突然擦過猛烈的風聲，還沒等元瑾反應過來，那人已經在接近她的瞬間一腳踏上她的馬鐙，落到她的後面，緊緊控制住她的馬匹。

是朱楨！他竟然不顧烈火，追上來了！

他箝制住自己無法動彈，身上的熱度灼熱得燙人。元瑾回頭死命地瞪他，朱楨卻是冷笑，在她耳邊說：「怎麼，剛才想燒死我？」

感覺到她的掙扎，朱稹緊緊將她按住，繼續道：「妳怎地如此狠心，殺了我妳便要守寡，妳就這麼想守寡嗎？」

元瑾氣急。「誰要給你守寡了，你死了我正好高興！」

朱稹抱住她的身軀，懷中這人是如此詭計多端、狡詐心狠，就連說話都這麼毒。

「為什麼？」朱稹在她耳邊問，熾熱的呼吸就撲在她耳朵上。她整個人都陷入這個男人的懷抱中，聽到他繼續問：「妳不僅背叛我，還三番兩次逃跑，究竟是為什麼？這絕不只是因為妳弟弟，妳必須告訴我！」

前面的人已經發現元瑾被制住，立刻策馬前來圍攻朱稹。

元瑾冷笑。「朱稹，你在榆棗關的糧草庫也被我倒了火油，你再不回去看看，恐怕軍馬入冬就要挨餓了。」

朱稹緊緊掐著她的下巴，逼她看著自己。這時候他的嘴角仍然有笑容，但是語氣卻很冷酷。「知不知道我現在想幹什麼？」

她並不想知道。

朱稹繼續說：「我想把妳抓回去，關在屋子裡，日夜懲罰妳。」

叫她說不出這些刻薄的話來，叫她只能順從自己。

雖然知道他現在不可能做到，但元瑾仍覺得背脊竄起一股戰慄，竟然想起那夜的情景。

她人生中首次經歷這樣的事……慾望的狂亂，以及索求的無度。

「朱槙，你……」

元瑾欲言又止，她看到朱槙的衣角有被燒過的痕跡，知道他必然是十分在乎，否則絕不會這樣以身犯險。

但是她不能告訴他真相，告訴他又能改變什麼？

這時蕭風已經帶著人拔劍追了過來，朱槙抬頭一看，知道他不能再待下去了。這次是他輕敵了，沒想到元瑾竟是這樣詭計多端。

他的人被留在火勢之後，他的戰馬又在跨過火時受了傷，而朱槙也沒料到，元瑾這匹馬恐怕是在集市上買來的小馬，根本承受不住兩人，他無法用這匹馬，再把元瑾帶回去。

這馬身已經有些顫抖，若是他此時還不離去，下場很可能是被抓。

他在她的唇上親了一下，低沈道：「別以為我放過妳了，我立刻就會來抓妳。」

反正他總會再將她抓回來的。

朱槙說完，伸手一攬她的腰，瞬間將她放下了馬，終是策馬回奔。

蕭風過來後，一把將元瑾扶上自己的馬，沒有停頓，繼續帶著人往前跑。生怕火勢燃盡，朱槙的人會追上來。

但他看著元瑾回望了好幾次，也覺得有一絲不對勁，臉色一沈，道：「阿沅，妳難道對靖王……」

阿沅還年輕，又和靖王那樣的人物長期相處，難道真的不會愛上他嗎？蕭風非常不希望如此。

「不會。」元瑾淡淡地道，閉上了眼睛。

蕭風只看了她平靜的面容一眼，沒有再問。

在她閉目沈思的時候，馬匹已經衝破關口，朝著她未知的京城奔去。

第六十八章

進入五臺縣後，元瑾便不需要再騎馬，而是換乘了一輛馬車。

馬車搖搖晃晃，在第三日的清晨抵達京城順天府。

元瑾在這個時候醒來，她撩開車簾，看到永定門打開，正如一道畫卷在她面前徐緩展開，透出清晨金橘色的光芒。

元瑾靜靜地看著，想起她五歲時，第一次從父親身邊被接到京城。抵達時，大抵也是這樣一個清晨，隨行的嬤嬤給她吃了紅豆餡的甜麵糕，就這樣開始了長達十數年丹陽縣主的生活。

而今，她似乎是以同樣一種面貌，再度回到京城。

馬車駛動後，蕭風才挑簾上來。

「妳終於醒了。」他在她身邊坐下後，遞給她一個油紙包。

元瑾看了他一眼，接過打開，才發現是一包松仁餡的粽子糖。個個都是小小的棕色尖角，只有拇指指甲蓋大，晶亮誘人。

「妳小時候愛吃甜的，尤其愛吃這種粽子糖。」蕭風說：「我記得那時候妳的一口乳牙都吃壞了，大哥發現了，便勒令我們不許再給妳糖吃。但是妳饞糖，仍然威逼我偷偷帶給妳吃，結果妳的糖被大哥發現，妳便把我供了出來……我挨了宗法，要領十軍棍。妳還記得嗎？」

五叔說的是她很小，還在父親身邊的時候。元瑾仍然模糊記得，那時候五叔不過十四、五歲，就被父親罰了軍棍。軍棍不同一般的杖責，一棍下去便能疼得人冷汗都出來。

「我記得剛打了兩棍，妳就哇的一聲哭出來，撲到我身上不讓大哥再打。」蕭風笑著說：「後來敷藥的時候，妳抱著我一邊抽噎一邊哭，賴在我懷裡。那時候我心想，我是要一輩子護著妳的。」

元瑾拿起一顆糖放進嘴裡，熟悉的甜味瀰漫口中，帶著一股松子特有的酥香。

「五叔竟還記得這麼久的事。」元瑾笑了笑。

蕭風就說：「在我苦的時候，這些便是支撐我活下去的動力。」

元瑾看向他，他的神情有種無法言說的平靜。

蕭風又繼續說：「阿沅，妳打小就非常有主見，又極聰明。太后曾說若妳是男兒，就沒妳幾個堂兄弟什麼事了。」

這話姑母說過很多次，元瑾記得。

「如今很多事，只有妳我可以完成。」蕭風說著，眼中露出幾分冰冷。「阿沅，到了當斷即斷的時候，千萬不要手下留情。」

元瑾終於明白五叔想說什麼。

她淡淡道：「五叔不用多言，我都明白。」

馬車朝著皇宮的方向駛去，宮門次第打開，元瑾在乾清門外下了馬車。

早已有個身著赤紅袍，約莫四、五十歲的太監等著，向元瑾行禮。「二小姐，奴才是皇上的貼身太監劉松，皇上已等候您多時，請您隨奴才來。」

元瑾回頭看了蕭風一眼，蕭風則道：「我正好去瞧瞧靈珊，便暫時分開吧。」

說到靈珊，元瑾欲言又止。「卻不知道怎麼向她解釋我如今的身分。」

「我來跟她說。妳看到她，恐怕一時半會兒說不清楚。」蕭風道，隨後露出幾分猶豫的神色，卻沒有說什麼，只是道：「妳先去見陛下吧。」

元瑾才頷首，隨著那大太監一步步上了臺階。

蕭風看著元瑾走上臺階，直到她隱沒入乾清宮大門中，才收回視線。

身後的手下見他一直望著，便輕聲道：「將軍，您怎麼了？」

蕭風一步步朝御花園走去，輕聲說：「阿武，從我初上戰場到現在，你跟了我多少年了？」

阿武側頭一想。「十二年了，將軍。」

蕭風露出一抹苦澀的笑容。從蕭家的巨變、命運的浮沈到現在，竟然已經過去十二年了。

他淡淡說：「現在仔細回想當初蕭家的悲劇，你可知道，我們究竟敗在哪裡？」

阿武不敢胡說，沈默了一下才說：「可是因為靖王？」

「不全是。」蕭風笑了笑。「真正的原因，是因為大姊沒有立朱詢為太子。」

真正的潰散是從內部開始的。倘若不是朱詢的裡應外合，靖王怎麼可能這麼容易扳倒蕭家？

阿武也有些疑惑。「這說來倒也是，只是屬下也不明白……」他猶豫了一下才問：「當初，太后娘娘為何不立朱詢呢？」

蕭風這次卻沒有再回答。

很多人以為，太后不立朱詢，是因為朱詢身分低微。但其實不是，太后不立朱詢，第一是因為他心思詭譎，行事狠毒，日後可能會對蕭家不利。

第二個原因，卻是因為元瑾。

這個原因，太后幾乎從未對誰說過，唯獨向他說過一次。

那便是朱詢對元瑾有違逆的心思。

朱詢自小跟著元瑾，日漸長大，元瑾對他又極好，他的心思就漸漸偏了。

蕭太后對他說：「阿瑾對他並不喜歡，且他們倆又有輩分之差，自然是絕無可能的。朱詢若登基，他日必當執掌大權，到那時就無人再能阻止他了，元瑾若未嫁人，自然是會被他強行收入身邊。元瑾若已嫁人，他必會將元瑾弄得家破人亡……」蕭太后的語氣很平淡，內容卻又是絕對的狠厲。「所以，絕不能讓他有登上帝位的那一天。」

而今，蕭太后的做法，從某種程度來說仍然實現了。

但是……蕭風想到第一次見到薛聞玉的情景。

薛聞玉初去除一切阻礙，還未曾登基，但是皇宮內外都已經是他的人了。

他坐在金鑾殿的那張龍椅上，高大的身材、秀麗典雅的面容、微抿的薄唇，他血統裡天生就帶著這種貴氣，同權勢的巔峰、同這金碧輝煌的一切交相輝映，彷彿他天生就該如此。這讓蕭風意識到，有時候血統真的有其本質意義。

當他聽到元瑾被朱槙擄走的消息時，竟突然發怒砸了一套玉器，隨後他冷靜下來，吩咐人去施救，但他的表情、眼神仍然沒有絲毫放鬆。

那樣陰冷的眼神……讓蕭風想起了朱詢。

他對元瑾的感情，絕不僅是姊弟這麼簡單，可能有更深層次的占有。

朱詢，未曾坐上皇位。

但是這位薛聞玉，卻已經是皇上了。

這簡直讓人不寒而慄。

蕭風嘆了口氣，只希望這不過是自己的錯覺，且也只能慶幸，眼下還有大敵朱槙未曾解決。有他牽制，很多事情就只會被壓在水面下，暫時不得爆發。

元瑾踏入御書房內，卻看到一個著寶藍色繡銀龍紋的身影，正背對著她在看書。聽到通傳她進來的聲音，才轉過身，怔怔地看了她半晌，突然放下書朝她走來，一把將她緊緊摟住，一時間仍然都說不出話來。

元瑾笑了笑，將這個已經比她更高大的身軀推開，然後要屈身行禮。

「姊姊這是做什麼！」薛聞玉眉頭一皺，立刻將她扶住。「我如今到這個位置，可不是要姊姊向我行禮的！」

「禮數不能缺。」元瑾卻堅持，仍然向他行了大禮。

等到站定時，她才仔細地打量他。聞玉仍然如往常一般秀雅俊美，只是因為身著帝王常服，有了一些氣勢。但看著她的時候，仍然眉眼純澈，是她所熟悉的聞玉。

她帶著他坐下，舉目看四周。

乾清宮她來過許多次，但總是伴著太后或皇帝，而今只有他們姊弟在此。

她先問聞玉，當初究竟是怎麼謀劃的，為何沒跟她說過？

薛聞玉才告訴她，當初的確是臨時起意的想法，沒跟她說就是知道她是絕不會同意的。他打算好了，趁著朱槙撤退、朱詢以為勝券在握的時候，他們突然反水。蕭風也提前回到京城，埋伏在皇城內，再加上金吾衛指揮使是他的人，故才能將朱詢拿下。

「……不過朱詢也的確厲害，竟早準備好了退路，現下他不知所蹤，我們也在找他。」薛聞玉最後道。

雖然他已經繼承皇位，但朱詢不除，就始終是個心頭大患。

薛聞玉只說了寥寥幾句，但其中的驚險艱難遠不是這幾句可以概括的。

「如今坐在這位置上是什麼感覺？」元瑾含笑問道。

薛聞玉露出一絲苦笑，他這幾日心思完全記掛在元瑾身上，恨不得能親身去山西帶她回來，只是眾人阻止才作罷。至於做皇帝的感覺，他還沒有體會到。

「這位置倒也不算穩。」薛聞玉道：「前天草草舉行了登基大典，先鎮住了京城局勢。我是突然冒出來的先太子遺脈，所以反對的聲浪仍舊不少，我們暫時都沒有管。眼下還有一個大敵未除——那就是朱槙。」

上次朱槙退兵，並非他的軍隊不足以一戰，而是出現了很多意外情況——他身中迷藥、宮中第三方勢力介入、他的部署圖被洩漏。倘若他重振旗鼓，再攻過來，他們也未必能一戰。

而朱槙會放棄皇位嗎？

一旦對皇位表現出了絲毫意圖，就不可能放棄。他恐怕會立刻自立為王，開始反攻，不會給聞玉太多鞏固政權的機會。這些元瑾都知道。

兩姊弟正說到這裡，外面就有人通傳，說是禮部尚書有事覲見皇上。

薛聞玉叫他先等著，才對元瑾說：「姊姊舟車勞頓，先去歇息。我已將慈寧宮收拾好作為姊姊的住處，其餘問題，等妳休息好了我們再討論。」

聽到聞玉說慈寧宮將作為她的住處，她抬起頭來看了聞玉一眼，但他的神色平靜，又看不出什麼異常。
她住在宮中更方便與聞玉討論政事，便也沒有推辭。
元瑾在慈寧宮中轉了一圈，其實內部陳設與她當年是丹陽縣主的時候一般無二。
薛聞玉將原來在侯府伺候她的人都派了過來，另外加了十二個宮婢、十個太監服侍她。他們在她面前跪下，仍稱她為二小姐。
元瑾靠著羅漢床上的迎枕，透過朱紅窗扇照進來的光芒也朦朧了，她看著對面擺放的一個豆釉細口梅瓶，想起這梅瓶還是當年她親自選了放在此處的。
一時間，她心中複雜萬千。
景物全是，不過人事全非。姑母、伺候她的珍珠，這些人都消失成了泡影。而這個熟悉的地方，唯餘她一人躺著。
元瑾靜靜地閉上眼睛。
她醒來時，聽到說話聲，似乎是兩個人在相互指責。
「當初若是你說清楚，我會這般對他嗎？如今他成了皇帝，你說要怎麼對我！」
「我當時如何能跟妳說清楚？就妳那嘴巴，恐怕沒幾天就給我宣揚出去了！」被指責的人也很不高興。「如今人家聞玉不計前嫌，已經封妳為四品誥命夫人，妳還怕什麼……」
元瑾一聽這聲音就知道是誰，揉了揉眉心，有種被拉回俗世的感覺。

她對守在身邊的寶結說：「去把父親、母親請進來。」

寶結領命而去，不過片刻，就看到薛青山和崔氏先後進來。

兩人的打扮又比之前還要富貴了，薛青山原是做了個正五品的郎中，如今竟換上了正三品補子的官服。他這官做得才是比旁人容易千百倍，靠著兒子、女兒，竟一路就這麼發達了。

崔氏拉著薛青山，坐在元瑾的床邊。「我的乖女兒，妳現在可好？妳被擄走的時候，我可是心急死了！」

「尚好，母親不必掛心。」元瑾又問：「方才你們二人在外面爭執什麼？」

說到這個，崔氏立刻扯了扯薛青山的衣袖，薛青山卻似乎有些不願意說，直到崔氏瞪了他一眼，才開口道：「這不是……妳弟弟被證實是皇室血脈，又登基做了天子。妳母親掛心……早年那些事，妳弟弟還記著嗎？」

元瑾聽到這裡，看向崔氏，崔氏立刻露出一個討好的笑容。

她在薛聞玉成為世子後，並沒有怕他會報復她。但是現在不同了，現在薛聞玉成了皇帝，皇帝是這天底下最厲害的人物，是老天爺的兒子，崔氏本能地就害怕起來。

崔氏低聲道：「這也不能全怪我，若妳爹當初把這事說清楚，我哪裡會這麼對他？當時我只當他是妳爹在外頭與別的女人生的，我怎麼嚥得下這口氣？」

薛青山卻道：「怎地又怪我？當時友人是秘密之託，我怎能相告！再說妳這也是歪理，便是外室的孩子，那就能苛待嗎？」

崔氏梗著脖子道：「當年老娘嫁你的時候，你連個舉人的功名都沒有，一個無依無靠的庶子，我家卻是那一帶有名的富戶。你那嫡母對你這般苛刻，連科考的銀子都不給你，若不是我家拿出銀子給你趕考，你現在連官也沒得做！你還敢帶個懷孕的小妾回來，讓我幫你養別的女人的兒子，我呸！作你的春秋大夢去！」

薛青山也登時紅了臉。「妳怎麼在女兒面前說這些？妳這……妳這無知婦人……那些往事，能隨便說嗎！」

元瑾卻在旁聽得笑出來，她沒想到，原來崔氏和薛青山還有這麼一段，難怪平日薛青山這麼怕老婆。

他們二人沖淡了元瑾的愁緒，她道：「母親，我只問您一句話，您覺得您現在可還好？」

崔氏愣了一下，才道：「除了愁這件事，別的還好……」

「憑聞玉的性子，若聞玉真的想對您做什麼，您怎麼會好好地站在這兒呢？」元瑾說：「您只管放心，聞玉當初入選後，您對他也不差，他早就不計較了。」

崔氏仍不能完全放下心，跟元瑾說：「我雖無事，但薛家裡，妳大伯和二伯看著妳弟弟如此飛黃騰達，想來求見聖上做大官。但不僅人沒見著，還被人趕出了京城，說自此不許他們入京。妳親祖母還因此跑到定國公府來，罵了妳父親半個時辰，要追著他打，誰知老太太裹了小腳，一時激動就絆倒了，腦門磕在臺階上，當場就磕出個血口子，所幸她人沒事……」

「就是老夫人當場憋不住，笑出了聲，讓老太太記恨上了，恐怕從此不會再來往了。」薛青山補充說。

元瑾也笑了笑。薛老太太之前討好老夫人，多半也有為了親兒子前程的緣故。眼下兒子前程被毀，自然就會斷了來往。反正她對薛老太太並無感情，對老夫人的感情還要深一些。

元瑾正好問他們老夫人如何了？

「別的還好，就是這背叛靖王殿下的事，她一開始不原諒聖上。」薛青山說：「還懷疑國公爺的事，是聖上做了手腳。後來聖上去給老夫人請罪解釋，最後差點下跪，老夫人才勉強諒解他。眼下總歸是慢慢好了。」

知道他們這些人一切都好，元瑾就放心了。她之前也是放心不下老夫人，怕這接二連三的打擊她承受不住。看來明日得去看看她老人家才是。

眼見到了飯點，元瑾便讓寶結傳菜。

夫妻二人現在仍住在定國公府陪著老夫人。老夫人待他們好，如今國公爺不在了，他們便打算侍奉老夫人終生，因此今日只是陪元瑾吃個飯就走。

元瑾一邊吃飯，一邊聽他們講錦玉進學的事，聽說他現在長高了，人也比以前孝順有禮。

待吃完飯，兩夫妻走了，元瑾才想去御花園散步。

夕陽金色的餘暉灑滿御花園。

元瑾緩緩走著，這御花園已經被清理過，現下沒有妃嬪住著，只有先帝的幾個太妃還在。淑太后則在朱楠病歿後不久，也跟著病去了。至於她究竟是不是因為病去的，也沒有人關心。她的兒子一個死了，另一個活著，恐怕也是與她斷絕關係，老死不相往來了。

元瑾站在浮碧亭外，看著夕陽下的皇宮。金色琉璃瓦上的光輝，將這世界浸染得格外溫柔，直到聽見後面的腳步聲，元瑾才轉過頭。

一個長相明麗、眉宇間帶著幾分英氣的少女走到她身後，少女的眼眸深得像兩汪泉水，定定地打量她。

元瑾笑了笑，輕輕喊她的名字。「靈珊，妳來了。」

蕭靈珊卻看著她很久，才嘴唇微抿說：「五叔公跟我說了……說妳就是……」她的眼眶驀地紅了。「……是真的嗎？」

元瑾笑著說：「我記得妳十歲的時候，我曾帶妳在慈寧宮的那株梨花樹下，埋下一罈子酒，約定來年挖出來喝。妳來年挖出來喝了嗎？」

蕭靈珊聽到這裡，再也忍不住，撲進她懷裡緊緊抱著她，大哭起來。她從小就跟元瑾最親，也是元瑾帶在身邊養著。這件她同元瑾做的私密事，只有她一個人知道。

是姑姑……真的是姑姑！

「我以為……我以為您死了……」她哭得喘不過氣來。「我還想把那些人殺了給您報仇……可我、我不知道該怎麼做……我什麼都不會……」

元瑾輕輕摸著她的頭髮，安慰道：「沒事，姑姑都知道。」

蕭靈珊哭得跪到地上，元瑾便也半跪在地，任她摟著自己。

而薛聞玉正站在不遠處，看著這邊的情景。

他處理完國事，準備去慈寧宮找姊姊共進晚膳，宮人說元瑾去御花園散步。他趕過來，便看到這樣一幅景象。

「那人是誰？」他問身邊的太監劉松。

劉松道：「回陛下，那是蕭大人的姪孫女，原來蕭氏一門的遺脈，養在宮中太妃的身邊。」

薛聞玉靜靜地站了一會兒，劉松看著他的側臉，卻不知道他在想什麼。

聖上的眼神有種說不出的寒意。這讓劉松揣摩不透。

他只知道一點，這位新聖上，絕對是個極其不好伺候的人物。他得打起十二萬分的精神應付他。

想起今天這位新回宮的二小姐，據說是聖上在民間的姊姊，曾嫁給靖王。聖上十分看重，不僅讓人辟了慈寧宮給她住，還早早地讓御膳房準備她愛吃的菜，那應該是沒錯的吧。

劉松低聲道：「……奴才看咱們如今回宮的二小姐，人品、才學皆是上品，又得陛下看重，助陛下登上皇位，端是夠得上長公主的封位了。如今后位空虛，宮中若有長公主殿下掌事，倒也方便。」

薛聞玉卻淡淡道：「如今大敵當前，還不是說這些的時候。」

這話讓劉松心中微驚，知道自己並未拍對馬屁，反而還很有可能拍錯了，瞬間後背就有些出汗，連忙笑道：「自然，殿下是有考量的，倒是奴才多嘴了。」

薛聞玉看著元瑾和蕭靈珊的身影，一直到天色徹底黑下來。

元瑾回到京城後沒多久，就不得再休息了。因為到了第三日，事情開始發生轉變。

朱槙宣佈自立為王，同時打出「滅奸臣，扶正統」的旗號，要攻打京師。

古往今來，不管是造反還是起義，都脫離不了一個名正言順的藉口。

朱槙指出如今在位的薛聞玉是半路出來的私生子，根本算不得正統的皇室血脈。且戕害皇族、誅殺皇帝，這是大罪。他要為兄報仇，匡扶正統皇室血脈，自然是指他自己。至於他是不是比薛聞玉更想殺皇帝，這不要緊。總之他手底下已經派了很多人將此事變成順口令，在大街小巷傳頌，以佐證他的正當性。

朱槙統轄北方，勢力囊括山西、陝甘地帶，以及河南部分地區。雖說大周疆域上只占了很少一部分，但這部分卻占了絕大多數的九邊重鎮。當初兩任執政者肆意使用朱槙鎮壓邊疆的後果就來了，他在這些地區有著說一不二的權勢，雖然只占了一部分版圖，卻將近一半的兵力攏在自己手中，且是驍勇善戰的精銳部隊。

同時他的軍隊在他宣佈自立為王的時候，已經很快做出戰略部署，出兵河南，攻打保定府。

大家早已料到，朱楨會很快反應，卻不想他反應如此之迅猛。

如今御書房中站著蕭風、現任翰林院學士兼工部侍郎的徐先生、兵部侍郎李如康，以及遼東總兵崔勝。

看到元瑾出現，那遼東總兵崔勝先是不服，冷哼一聲，對薛聞玉拱手道：「陛下，這談論如此重要的軍事機密，怎能讓一個女流之輩參與？臣以為不妥。」

蕭風自然護她，冷笑道：「女流之輩又如何？當初蕭太后何嘗不是女流之輩，你崔勝可說過半個『不』字？」

崔勝見有人開口護她，有些不服，但往旁邊看去，卻沒一個人開口說話支援他。徐先生知道元瑾底細，那李如康又是個極為精明的人，深知能出現在御書房的女流之輩絕對不簡單，可能比在座男子還要厲害，更是半句沒有多嘴。

「崔大人不必多言。」薛聞玉坐在首座，叫了諸位坐下。「這是我姊姊，若非是她，我如今也不會坐在這個位置上。如今商議應對朱楨要緊，旁的再議。」

崔勝總算才沒有說話，一行人坐下來商量。

徐先生先站出來說話，認為保定一向堅固，不大可能被攻破，不必太過驚慌，要緊的是加強周圍的防禦。

李如康卻提出不同的意見。「臣以為，朱楨做事必然有他的道理，他不會明知不破而攻打，此事還要從長計議。以臣之見，應當立刻選一武將前往保定坐鎮。」

崔勝冷哼道：「李大人怎地如此囫圇，朱楨究竟有什麼道理，我們也不知道，你也不能光靠猜吧？」

李如康也臉色難看。

這時，外面傳來了急報。

太監引了個參將進來，那參將跪地道：「皇上，前線傳來消息，駐守的衛兵支撐不住，朱楨已破保定衛的慶都！」

一時間，堂內議論紛紛。

「不管怎麼說，現在需立刻支援慶都。」薛聞玉當即任命蕭風為撫安將軍，帶京衛五萬人前往。保定衛是必須要保住的，保定衛若不保，下一個首當其衝的就是順天府了！

「而且……」那參將又道：「朱楨抓了保定衛指揮使，說是派人去同他談判，否則要將指揮使斬首示眾。」

己方將領若被俘，還因此斬首示眾，會對軍心產生很大的動搖。

但派誰去談判，這又是個問題。

「我去吧。」元瑾放下茶杯，淡淡道。

一時間，眾人的目光皆集中到她身上。

薛聞玉眉頭一皺，並不同意。「姊姊，妳此番回來已是不易，不能再以身犯險。朝中有許多可用之才……」

元瑾卻一笑道：「我自是不在明面上出現。你派一個人明面做這個談判之人，我暗中跟著就是。如今在場的人中，應該是我最熟悉朱槙的行事套路，我應該要去的。」

元瑾說得很有道理，且她精通兵法，造詣並不在在場諸位之下。有她暗中把控，的確更好一些。

元瑾見薛聞玉不做決斷，加重了語氣。「聞玉，你該讓我去。如今還有什麼比得上你的社稷重要？你若是真的不放心，派暗衛一直暗中保護我就是了。」元瑾將話說到這個地步，其實隱有逼迫之意。

見這女子竟然直呼聖上名諱，李如康和崔勝都有些驚訝。

薛聞玉微微一嘆，他心中自是極不願意，好不容易讓姊姊回到他身邊，怎能又放她出去？但她偏要去。以他對元瑾的了解，只要她想去，千方百計都會去。還不如置於他的保護中，更不易出事。

「既是如此，那徐賢忠聽封。」

徐先生出列一步跪下。

「晉封翰林院學士徐賢忠為按察使，加一等侯，次日與元瑾前往保定談判。」薛聞玉又看向蕭風。「你再派五十護衛、二十暗衛一路跟著姊姊，不可有絲毫差池。你可要謹記。」

元瑾與蕭風一起領旨，起身時與蕭風對視一眼，都從彼此眼中，看到對此事的慎重。

說是去談判，其實元瑾是想和蕭風合作，擊退朱槙。

這和之前山西的對決不同，這次他們兩方皆是兵強馬壯。誰強誰弱，自然就能見分曉。

畢竟她與朱槙的這場對決，遲早是要來的。

第六十九章

西北邊漠，夏季夜晚的涼風獵獵。

顧珩背對明暗不定的帳中燈火，面對波濤洶湧的黑暗河流，風吹著他的長袍。他的面色堅寒如玉，像是雪山之巔的寒冰雕鑿而成，對岸的點點星火映在他的眼眸，卻宛如沈入最深的夜色中，隱沒得不見蹤影。

下屬立在他的身後，低聲道：「侯爺，人找到了。」

顧珩抬起頭，望著沈暗無光的天邊，半晌才伸出手。「畫像給我。」

下屬恭敬地遞上一幅畫像，他接過展開。

風將畫紙吹得嘩嘩作響，那畫上女子斜倚梁柱，眉眼清冷，容貌絕世，瞳色略淡。淺棕色的瞳仁是蕭家人一貫的容貌特徵，若是遇到日光照射，必當美如清澈琉璃，將畫上的女子襯得更清淡了幾分。

這便是當年名動天下的丹陽縣主的樣貌，也是他曾經自小訂親的對象。

顧珩收起畫像，朝營帳的方向走去。

極小的時候，母親就頗帶幾分神秘地告訴他。「你有一門自小定下的親事，是如今西北侯蕭家唯一的嫡女，太后親封的丹陽縣主。你不知道，旁人有多羨慕你這門親事。」

但當時的他並不是很感興趣，他自來就不是在乎風花雪月的人。何況他少年傲骨，也不喜歡母親說起，自己有個如此家世顯赫的未婚妻的語氣。他是個男子，建功立業理應靠自己，難不成有了這個妻，他就坐享一輩子榮華富貴了？

後來他遇到了阿沅，更對這丹陽縣主不屑一顧。這世上再也不會有阿沅那樣美好的女子。那丹陽縣主生在權力中心，每天所面對的就是勾心鬥角，縱然兩人自小有親事又如何，他從未見過她一面，更是半點不想娶她。

但是現在，一切都不一樣了。

營帳被挑開，裡面的人看到他，慌忙地立刻站起來行禮。

這是個年已半百的老頭，穿著件粗布長衫。雖年事已高，倒也目光明亮，只是可能因生活勞累，額上密生皺紋。他抬起頭來看到顧珩的臉時，先是眼睛一張，很快露出驚訝的神色。

「曹先生不必驚訝。」顧珩坐了下來。「我的確是當年你治好眼疾的那個病人。」

這人就是當年阿沅找來給他治眼疾的鄉間大夫，顧珩費盡心力才找到他。看他驚訝的神情，應該是認出自己來了。

曹先生有些惶恐，立刻又恭敬地拱手。「……不知您竟然就是魏永侯爺，實在有失恭敬！」

顧珩擺擺手，示意不用說這些客套話。

「當年我患眼疾一事，知道的人甚少，不必再提。」顧珩輕輕道：「今日找你來，是為了向你詢問一件事。我這裡有一幅畫……」

顧珩將那幅畫拿出來，本來是要打開的，卻突然停頓了一下。

不知道為何，他突然覺得手有些沈重，不聽使喚地顫抖。

這個結果，有可能是他這一生都無法承受的，也許他要背負一輩子的痛苦。

但是，他必須要知道！

顧珩終於定下心，將畫展開，放在曹先生面前。「老先生既然還記得我，想必記性也是極好，應該還記得當初帶我去看病的姑娘吧。你看這畫像中的女子……可是當初那位姑娘？」

曹先生看那畫中女子，先是皺眉，隨後露出笑容。「沒錯！雖然打扮不同，五官也長開了些，但的確是這個樣貌。尤其不同常人的是她的眼瞳，要比旁人淺淡一些……」

顧珩的手將紙捏得皺起，語氣仍儘量保持平靜。

「曹先生沒有看錯吧？」

曹先生又仔細看了看，最後確定地點頭。「您那時看不清東西，這姑娘還給了我一錠金子，叫我一定將您治好。老朽這輩子也未見過一錠金子，記得實在清楚！」

哪個普通姑娘會出手就是一錠金子！

「我知道了。」顧珩儘量平穩地說：「送客吧。」

立刻有官兵進來，恭敬地請曹先生下去。

曹先生離去後，顧珩就支撐不住了，腦中轟然一聲，差點沒站穩。

下屬連忙扶住他。「侯爺，您怎麼了？」

「我……阿七。」顧珩顫抖地說：「竟然是真的，是真的！」

下屬顧七的心中酸楚。他這些年一直跟在侯爺身邊，侯爺究竟遭遇了什麼，他一清二楚。

侯爺知道阿沅姑娘就是丹陽縣主，一時無法承受，這是傷極攻心了！

「您先別急，我扶您起來！」他忙說。

顧珩也想站起來，但用力了好幾次都不成功，只抓著顧七的手，目光茫然，嘴唇顫抖。

「……真的就是丹陽，她竟然就是丹陽！她是我殺的……阿七，她、她是我殺的啊！」

「您當時也不知道。」顧七也為他痛心。「您是一直在找她的，想將侯夫人的位置留給她，所以才發生了這樣的事，您是沒有錯的！」

想起阿沅的笑聲，想起阿沅跟他說「這就是槐花，你快摸一摸。」、「你看不見也可以下棋啊！」、「你什麼時候才能好起來，你整天吃我的飯、花我的銀子，我的私房都要給你花光了。」

想起他把阿沅抱在懷裡，說：「妳若不告訴我妳叫什麼名字，我就不放開妳。」

然後她終於說：「我叫阿沅。」

聲。

結果她是丹陽縣主，是被他拒親、被他一碗毒湯藥殺了的丹陽縣主。

顧珩突然哭了出來，顧七從未見過他這樣，像野獸的悲鳴，絕望到了極致，嘶啞而無聲。

顧七非常擔憂，他心裡明白，這些年支撐顧珩的就是尋找阿沅姑娘。現在知道阿沅姑娘竟然就是丹陽縣主，兩人若是沒有陰差陽錯，本是可以幸福一輩子。但是顧珩跟著靖王反了蕭家、殺了丹陽縣主，恐怕他現在是真的幾欲求死，想去地下見阿沅姑娘了！

「侯爺、侯爺，您別這樣！」顧七連忙將他扶住，勸道：「當年的真相，您可一定要查清楚！這不是您的錯，這是老天爺心狠毒辣，造化弄人。對了，還有靖王，那天靖王妃不是說，靖王其實早就知道了嗎？您難道就不查清楚嗎？」

顧珩似乎仍然聽不到他在說什麼。

顧七心裡焦急不已，又突然想到什麼，說道：「還有，那靖王妃薛元瑾也可疑得很！侯爺，您難道沒有想過嗎？薛元瑾、蕭元瑾，這兩人的名字如此相似……她們……究竟是什麼關係？」

顧珩聽到這裡，似乎終於有所觸動，看向了他。

顧七彷彿終於找到突破口，有些激動地繼續往下說：「您想想，我雖不了解阿沅姑娘是什麼樣的人，但她和您的事這般隱密，她會告訴旁人嗎？且連細枝末節都說得這般清楚。靖王妃那時才多大，她在家中大門不出、二門不邁，是在哪裡遇到阿沅姑娘，還能知道這些消息？」

「你……你這是什麼意思！」顧珩低啞地道。

其實顧七之前也只是一個模糊的感覺，剛才脫口而出，不過是想挽回侯爺的求生意志。但是現在，他卻隨著自己的話，思路越來越清楚。

他的眼眸驀地一亮，像是發現什麼關鍵，一個所有人都不知道的秘密。

「這整件事其實都非常可疑。」顧七說：「侯爺，我有個大膽的想法，但我也不好說究竟是什麼。我先問您一個問題，您說，當時為什麼靖王妃會告訴您那些事？」

為了混淆他的視聽、擾亂他的心神，以便她能全身而退。

顧珩想到這裡，突然也醒悟了什麼。

一個普通的內宅婦人，怎麼可能有這麼冷靜理智的計劃。且一個普通的姑娘，又怎麼會背叛靖王，難道只因為她的弟弟是皇室遺脈？不，這絕無可能。她已經嫁給靖王，這樣的行為，只能是她本身的想法和謀劃。

薛聞玉的登基過程，真正重要的人物是薛元瑾，是她在其中謀劃，從靖王身邊偷走部署圖。她既有如此的心機手段，又有這麼強的行動力，且還對靖王、對他，甚至是對朱詢都恨之入骨，那麼……

顧珩突然抬起頭，他先前因為太過激動和悲痛，根本沒有想到這一層。

只有一個解釋——薛元瑾，就是丹陽縣主！

只有這個解釋，才能說明一切。為什麼她給自己的感覺如此熟悉，為什麼她會背叛靖王。這個推測，使一切的古怪之事完全得到解釋。

顧珩閉上眼睛。

如果她真的是阿沅，那她心裡必是怨恨極了自己。她明明救了他，他卻害了她。

顧珩一想到這裡就如墜冰窖，但這又是僅存的一絲希望。

如果她還在人世，那他必定用盡一切辦法去幫她、去愛她……

他低啞地開口。「立刻去查薛元瑾有沒有出過太原、遇到過什麼人。」他眼中冰寒。「另外，再查當年朱楨是不是知道阿沅就是丹陽縣主。」

顧七領命而去。

保定已經進入了秋季。

朝廷增援的士兵很快就穩住了戰局，同朱楨形成牽制之勢，但那保定衛指揮使仍在朱楨手中。

薛聞玉派徐先生去和朱楨談判，徐先生去了一天，回來時面色蠟黃，嘴唇發白。

「……朱楨的態度很強硬，要求我們放棄保定，他才會放了張指揮使，除此之外一步不肯讓。」

蕭風聽了就一股子怒火攻心，冷笑道：「他這是癡心妄想！」

竟然連保定都要求送！保定可是京城的喉首，怎麼不說把京城也送給他，那多方便，連仗也不必打了！

元瑾卻在一旁帶著寶結泡茶。

徐先生看向她。二小姐一直沈默，這不符合她一貫的作風。每當這個時候，其實就是她在思考什麼。

他拱拱手問：「二小姐，您可有什麼看法？」

元瑾卻說：「這茶叫小葉苦丁，在四川等地很普遍，又叫青山綠水。」說罷她將沸水倒入茶杯，那茶葉竟在瞬間內舒展開來，宛如剛盛放時一般新嫩。一時間，杯底果然如青山綠水般清新，叫人看了就心曠神怡。「只是味極苦，初喝的人怕是有些不習慣。不過這茶去火靜心。寶結，妳送一杯給大家。」

寶結屈身應是，將茶端至幾人面前。

姪女親手泡的茶，蕭風怎會不賞臉，他抿了口就皺起眉。元瑾這泡茶的手藝跟她做菜一樣爛，偏她還挺喜歡泡茶的，實在有點折磨人。「阿沅，妳有什麼話便直說吧。」

「我只是在思索一個問題。」元瑾頓了頓。「朱槙做事必然有他想達成的目的。那麼現在，他提出要保定，明知道你們不會答應，他為什麼還要提？」

蕭風與徐先生對視一眼，突然像是明白了什麼。

這麼說來，其實朱槙根本就是為了激怒他們……他根本就不想求和！

徐先生道：「那如今可難辦了，若我們當真進攻，不顧將領生命，那便是正中朱楨下懷，輿論傳出去於我們不利，也容易動搖軍心；若我們不進攻，坐以待斃，卻讓朱楨占了先機。」

元瑾笑道：「徐先生，咱們還有別的選擇。」

徐先生看向元瑾，眼眸一閃。

二小姐果然早有想法！

三日後，朱楨的軍營中急匆匆地跑入一個參將。

此時的朱楨正和清虛等一眾謀士站在沙盤前，他身著鎧甲，面容沈靜端肅，正平靜地商議決策。

那參將跪在地上，稟道：「殿下，不妙了，咱們陳副將……被敵方擒獲了！」

朱楨皺眉看向他。「怎麼回事？」

那參將才將事情詳細道來。

朱楨是有豐富戰鬥經驗的人。這陳副將是朱楨留在五臺縣的部隊指揮官，他的任務便是保證朱楨後方的安全，以及糧草運輸的絕對效率，算是後防的樞紐。

陳副將今日早上說是去巡查糧倉，卻一去不返。下屬正焦急尋找時，蕭風卻已經傳了話：人在他們手上，想要得用保定衛指揮使交換。

「他怎麼會被蕭風抓住！」清虛也皺了眉。「如此一來，就和保定衛指揮使的事發生衝突，那用保定衛指揮使牽制朝廷的做法，就不管用了！」

對方的思維很直接，根本不跟他們繞什麼救不救人，直接將他們的人也抓了，雙方對峙，看他們能怎麼辦。

謀士們交頭接耳地商量一陣，其實攻打保定衛並非一個太正確的選擇，雖若攻下保定，那麼京城的防線便猶如無物。但保定衛附近有京衛、真定衛，京城中有羽林軍、神機營和千戶營，是朝廷兵力的強勢集中處，且地勢易守難攻，非常難打，他們並不理解為何殿下會選擇直接進攻保定。

清虛大人倒是知道，卻不會跟他們明著說。

朱楨還沒說話，那參將就道：「不僅如此，咱們後方的糧草也因此被他們截獲，短時間內恢復供應是不可能的。蕭風那邊還傳話說……若是殿下您順意投降，他便將幾車糧草再度送上……」

這話一出，帳中立刻譁然。

朱楨的嘴角露出一絲冷笑。

這套路的行事作風有些熟悉啊，只有元瑾熟悉他的部署模式，清楚他後方有人管著，以此作為突破口，另闢蹊徑。也只有元瑾才會如此刁鑽，回回對他下手都極狠。搶了他的糧草，可能是想在入冬的時候餓死他。

她果然跟著來了，且還在與他作對！

「這我早已有打算。」朱楨道：「保定內有個隱密的糧倉，旁人都不知道，便在我們管轄以內，不必驚慌。」

原來殿下早就考慮到了這一層。

「那殿下，保定衛指揮使的事……」一個謀士猶豫道：「咱們可還用他作為談判的籌碼？如今陳副將被抓，恐怕是不能了。」

「這我另有打算。」朱楨卻只是冷笑，眼眸中透出一股邪妄，沒說究竟是放或不放。

就在不遠處，元瑾被入秋的涼風一吹，便覺得遍體生冷，不由攏緊了薄斗篷。

她在營帳中待久了，才想出來走一走，透透氣。

她在一條清淺的小溪前站定，許是因過了汛期，水並不深。看得清水底的鵝卵石，以及一些半透明的小蝦游來游去。遠處的草地已經開始泛黃，天際呈現出一種透明的淡藍色。

她半蹲下來，想用手去觸碰那些小蝦，但還沒碰到，便一隻、兩隻地躲進石頭縫裡。

她只能笑笑地收回手，正想叫寶結拿手帕來擦，卻突然聽到一陣響動。

元瑾抬起頭，看到對岸突然出現幾個人。為首的一人身披黑色斗篷，正隔著河岸，靜靜地看著她，目光中湧動著說不出的情緒。

元瑾眼睛一瞇，竟然是顧珩！

他不是正幫朱楨鎮守太原嗎？怎會出現在這裡！

這裡雖然沒有駐紮，卻也是在軍營中，她只要隨便一喊，就能招來大批人將他圍攻，他是瘋了不成！

她立刻退回來，她身邊的寶結也隨即高聲道：「前面那位是誰，請快些離開，莫驚擾了我們貴人！」

那幾人卻沒有絲毫動作，寶結又道：「你若再不離開，可別怪我們不客氣了！」

顧珩卻動了，他徑直地朝元瑾走過來。

元瑾見他走近，立刻要避開，他卻一把抓住元瑾的手。「我……有事要同妳說！」他的聲音非常嘶啞，彷彿很久沒有好好休息的樣子。

「侯爺這是做什麼？」元瑾冷笑一聲。「強闖敵方陣營，你是不想活了？」

她才發現，不光他的聲音嘶啞，嘴唇竟也發乾起皮，但他抓著自己的手仍然十分用力，可以說用力得筋骨凸起，目光也十分執著。

她被捏得疼了，努力地想甩開他。

「我有事跟妳說。」他頓了頓，欲言又止，但又目光灼熱地看著她。「元瑾，我已經知道了。」

元瑾心中亦是震驚。他知道什麼了？他這般的態度……難道是……

她冷冷地看著他。「侯爺在說什麼渾話？你知道什麼與我何干？」說著便甩開他的手想走。

「我都知道了。」顧珩卻在她的背後說：「阿沅，妳不必再偽裝了，妳就是……丹陽縣主。」

元瑾眉心微跳，閉上了眼睛。

「所以妳才要背叛靖王、才會這麼對我，因為我們這些人都曾對不起妳。朱詢背叛了妳的家族、朱槙殺了妳的親人，而我……」他繼續說：「妳救了我，我卻恩將仇報，幫助朱槙害了妳……所以妳才這麼對我。妳為什麼不告訴我，為什麼隱瞞我這麼久？如果妳早些告訴我的話，我分明是……」

元瑾聽到這裡，卻再也忍不下去，她冷笑著回過頭。

他知道就知道吧，他知道了又能如何！

「我為什麼要告訴你？」元瑾聽到自己冰冷而殘酷的聲音。「是你的話，會對你的仇人如何？我巴不得你永遠都不知道，永遠都沈溺在害死她的痛苦中。你便是不想娶我又如何，你拒絕便拒絕，為何要來害我的家人！」

她幾乎是聲嘶力竭地吼出這句話，緊接著眼淚也模糊了她的視線。

她不難過嗎？不後悔嗎？她恨不得殺了那個救顧珩的自己，但是她不能，她還有很多事要去做。

現在她終於能夠對著這些罪魁禍首，憤怒地喊出她的不甘與痛苦。

顧珩心中寒痛不已，但看著她如被觸怒的小獸般，他仍然過來拉她的手。「阿沅，我不知道是妳啊。我是為了妳才拒絕的，如果我知道是妳，我……」

人生最痛苦的事，莫過於和自己最想要的東西失之交臂。

若是當初他答應，同她成了親，一揭蓋頭發現竟然是阿沅，那是多麼美滿。

但是他偏偏沒有。

「怎麼，你是想讓我原諒你嗎？」元瑾甩開他的手，嘲諷一般地道：「我告訴你，你這輩子都休想！」

雖然早已知道，但聽到她親口說出這句話，顧珩還是無法承受。

他艱難地道：「不……我不是希望妳原諒我。我、我已經知道了，妳告訴我的事是真的。」

透過調查，他從朱槙的一個手下那裡知道，當年朱槙的確調查過這件事。雖然朱槙查的是丹陽縣主有沒有去過山西，且待了多長時間，但真正的聰明者，不需要知道太多。

當年朱槙想找出顧珩愛慕的女子，送給顧珩，讓他能夠全心全意同自己合作。

他在軍中有顧珩無可比擬的影響力和人脈，很多顧珩沒有找到的線索都被他找到了，誰知他發現那個女子不是別人，正好就是蕭太后的姪女，丹陽縣主。

他怎麼可能會把這樣的事告訴顧珩，他不僅不能說，還要把一切都壓下來，讓顧珩再也找不到。

所以就算後來顧珩自己去找，卻也半點收穫都沒有。

他憎恨朱楨，也憎恨自己。

「我會幫妳。」顧珩只是說：「朱楨對我沒有戒心，我會在他身邊幫助妳。」

我會用我的餘生來贖罪。只要能夠彌補妳，那就是值得的。

在朱楨身邊當臥底，是一件非常凶險的事，元瑾就是前車之鑑，可顧珩不一樣，他若是被發現，朱楨可不會對他手下留情。

他的表情沈靜。「但妳需要安排一個線人同我聯繫，地點在京城一家名叫仙味樓的酒樓裡，那是我的產業。」

元瑾冷笑，閉上了眼睛。

這人世間的種種，這些薄情嘲弄的命運，多麼可笑。

她仍然甩開他，朝營地的方向走去。

「妳沒有任性的權利。」顧珩在她背後說：「其實妳心裡明白，就憑妳和蕭風，想要戰勝朱楨是不可能的。你們沒見過朱楨真正的能力，他強大到妳不敢置信。之前妳和薛聞玉險勝他，那是因為他根本沒有防備妳。現在不一樣了。」

元瑾停了下來。

接受他的幫助，等同接受他的贖罪，接受過去的醜惡。

她不喜歡這樣，心裡呼喊著拒絕，但正如顧珩所說，她沒有任性的權利。

她怎麼會不知道朱楨有多厲害？無數年的敵對，難道她真的撼動得了他的根基？並沒有。之前能勉強壓制朱槙的是蕭太后，渴望著她這幾年的成長能夠戰勝朱槙？這是不理智的，只是在孤注一擲罷了。

元瑾的拳頭握了又鬆，最後才緩緩道：「你的接線人，叫什麼名字？」

顧珩的嘴角勾起一絲笑容，他看著天光自雲間的縫隙落下，落在初秋的原野上。

他的心中終於還是有了一絲寬慰。

幸好，他還能幫她。希望這一切，都能如她所願。

第七十章

元瑾回到營帳的時候，臉色有些蒼白。

寶結有些擔憂地看了她兩眼，剛才二小姐和魏永侯爺見面實在有些詭異。但她打小就在定國公府訓練長大，知道不該問的話就半句都別多嘴。這是為奴為婢的生存之道。

「二小姐，您要不要歇息一會兒？」

元瑾擺擺手，明日京衛增援三萬人，他們準備一舉將朱槙打出保定。眼下蕭風正和徐先生商議，她這時候可不能休息。

她走入主帥營帳，同五叔和徐先生議事。

制定作戰方針、攻擊計劃，根據不同的結果有不同的應對。等商議完這些下來，天際已經出現了皎潔的明月。

蕭風也注意到她臉色不是很好，以為她是有些傷寒了，便道：「這裡晝熱夜冷，妳可要注意保暖。」

「不過是方才走到河邊，一時冷著罷了，現下已經好了。」元瑾不想多提。

蕭風讓人端了晚膳上來，是一小盆炭火、一口小銅鍋，以及幾盤切好的新鮮羊肉、花生芝麻醬加香菜。看來今晚是吃涮羊肉。

「聖上今兒傳信問妳安好。」蕭風給元瑾挾了好些羊肉，她一邊吃著，他一邊問：「阿沅，妳跟聖上似乎挺親密的？」

元瑾想了想，覺得並沒有什麼親密的。「五叔這話怎麼說？」

「妳還記得朱詢嗎？」蕭風喝了一口酒。「妳與他就曾很親密，當時那小子依賴妳，恨不得拴在妳身邊，直到離宮了才好些，可也是三天兩頭地往妳那裡跑。」

元瑾沈默，然後淡淡道：「五叔，不要拿朱詢跟聞玉比，他不配。」

蕭風就笑了笑。「我不過是隨口說說罷了。對了，千杯不醉，妳要不要喝酒？」說著搖了搖酒壺。

元瑾原來跟著他們在軍營，偷偷學會了喝酒，酒量很不錯，同蕭家人一脈相傳，還得了個「千杯不醉」的稱號。

元瑾苦笑，她現在滴酒都沾不得，哪裡還是千杯不醉？

但她突然間很想喝酒。

反正一會兒也是回營帳睡覺，倒是無礙。

她讓蕭風給她倒了酒，她一杯接一杯地喝盡。直到蕭風覺得有些不對勁，才阻攔她。

「好了，便是妳千杯不醉也要醉了。妳今日本就不舒服，快回去休息吧。」

元瑾卻覺得自己還好，並不難受。但五叔堅持要她先回去歇息，元瑾就從他的營帳中出來，回到她的營帳。

她的營帳佈置得比其他營帳更寬敞，床上鋪了三層棉被，小桌上放著燭臺，擺了簡單的妝鏡。營帳裡很是幽暗，點了一枝蠟燭，但也不算太亮。寶結正帶著兩個侍女給她準備熱水洗漱，看到她進來一屈身。

「妳們先退下吧。」元瑾今天也著實乏了，想早些睡覺。

寶結帶著兩個侍女退下。

元瑾正要解開斗篷，突然感覺到有什麼地方不對勁。

燭火幽幽顫動，但這營帳中沒有風，燭火為什麼會動？

這營帳中還有人！

她還來不及喊，突然就被人從背後抱住。

這人手臂結實，瞬間就制住了她的胳膊，讓她不能輕易動彈。他在她耳邊低聲說：「薛元瑾。」

是朱槙！

他怎麼會潛入她的營帳！

她貼著他的胸膛，他熾熱的呼吸撲在她的頭上。元瑾立刻想要掙扎，但是控制住自己的手臂如銅牆鐵壁，半點都動不了。她想喊人，朱槙卻眼疾手快地捂住她的嘴。

朱槙究竟是怎麼潛入的！

她低下頭，看到他穿著夜行服，聽到他淡淡道：「想知道我是怎麼進來的？這裡只有妳營帳中的東西，每日都要換洗，會有生人出入，趁此機會便能進來。」她是個女子，行軍中多有不便，容易找到漏洞。

元瑾只能瞪著他。

「被制住了還不聽話。」朱槙低聲道。薛元瑾就像帶刺一樣，隨時準備跳起來刺你一下。他夜探營地，本來是要拷問她將他的副將關在哪裡，卻又看到她從蕭風的營帳中出來。

他低聲說：「怎麼，這麼晚從蕭風的營帳中出來，還滿身酒氣，你們二人當真在商量什麼戰事不成？」

他這話是什麼意思？蕭風是她五叔，兩人可是一起長大的，怎容他胡亂揣測兩人的關係！

雖然不能說話，元瑾卻能瞪他，又開始掙扎。

朱槙繼續說：「我聽說，蕭風年少時，曾為個戲子一擲千金……」

元瑾終於忍不住了，她使了狠勁，咬了一口朱槙的手心，他皺眉吃痛，卻仍然沒有放開她。

她又惹他生氣了，在她耳邊冷冷道：「薛元瑾，這一樁樁、一件件的做下來，妳就這麼確定，妳贏得了我嗎？」

但總歸手掌是鬆了一些，元瑾才能聲音模糊地說：「贏不贏得了……自然要看我的本事，靖王殿下，如今你軍糧草可夠？」

由於喝酒和生氣，元瑾的臉蛋緋紅，眼中水亮，看得人心尖就是一癢。

朱楨嘴角一勾，凝視了她一會兒，突然放開她，但是還沒等元瑾叫出來，他的吻又落了下來，將她所有的聲音全部堵住。

男人的氣息這般具有攻勢，他將她壓在床上，伸手便解開她的衣帶，不容抵抗和反對。元瑾怎能抵擋得了他的力氣，衣裳盡褪，露出瑩白如玉的身子。

元瑾想起那種刺激又讓人害怕的情慾，自己都不知道是不是害怕，只是腿打著顫，想來就是怕的。卻又隱隱的，有種不知道是什麼的期待情緒。

她的手掌有氣無力，她想推他卻無濟於事。

他撫慰自己到一半，她因為喝了酒，渾身發熱，也情動了起來，腦子便也升騰起一股熱氣，反而還反手抱住他堅實的肩。

他整個人如山一般覆蓋著她，熾熱的氣息瀰漫帳篷內，她的意識有些迷濛，只記得自己哭了兩聲，一時像在雲端，一時又像落入凡間，一時又沈溺地獄。感覺複雜紛飛，慾望與疼痛並存。

等到雲雨漸收，朱楨才平復呼吸看著她。

他可以憑藉偽裝和身手騙過外面的守衛，諒他們不敢進入元瑾的營帳，卻不宜耽擱太久，還得找出陳副將所在位置。

此人是他的關鍵人物，不可缺失。

薛元瑾，還真是會給他找麻煩。

朱槙正要起身，但起到一半，卻發現自己被人抓住了手。

元瑾醒了，她的臉頰仍然泛紅，看著他說：「……你，好好地躺著，為什麼要起來？」

她怎麼感覺……有些不正常的樣子？

朱槙想起她滿身的酒氣。

元瑾喝了酒就會這樣，思緒會遲鈍一些。方才還正常，看來現在是酒意上頭了。

就這樣，她還敢單獨和蕭風喝酒，是覺得那蕭風就是什麼正人君子不成？

他嘴角微扯。「怎麼，妳不希望我起來？」

元瑾皺眉想了想，認真地道：「你起來了，我就冷。」她靠了過來，將頭蹭了蹭他的大腿，軟綿綿的烏髮落在他身上，一副要靠著他取暖的樣子。

朱槙差點笑出來，她這樣比醒著的時候乖巧多了。

他又坐了下來，問道：「妳還記得自己是誰嗎？」

元瑾思索了一下，嘻嘻笑起來，點點頭。「但是我不能告訴你。」

「為何？」他眼中閃過一抹幽光。「妳不是薛元瑾嗎，妳還能是誰？」

她卻打定主意不說，閉上眼睛道：「你好吵，我要睡覺。」

朱槙輕輕摸著她的頭髮，想起她曾靜靜睡在自己身邊的日夜。兩人就這樣依偎著，彷彿天地間只有他們存在。

他孤獨煢孑了一輩子，也厲害了一輩子。旁人無法觸及他的生活和思想，唯有她，才是真正地觸及了，是他認定的妻。

且她總是給自己一種奇異的熟悉感，彷彿從很久之前，兩個人就已經認識了。她對他手段的熟悉，絕不是這一、兩年的相處這麼簡單。

反正她現在也無害，又乖乖地收起了毒牙，純澈而毫無防備，還能勉強地交流對話。

朱槙看著跳動的燭火，又問了那個問題。「元瑾，妳為什麼會背叛我？」

元瑾緩緩地睜開眼，她看著帳頂，輕輕地說：「因為你害了我。」

朱槙道：「妳是說宮中那次？那次當真不是我，雖然妳落水後，我的確利用妳除去了一些人。但，元瑾，我這樣的人不可能不做這些事……」

她卻自顧自地說：「……殺父之仇，我無法迴避。」

殺父之仇？

他眼中閃過一絲震驚。她這是什麼意思，哪裡來的殺父之仇？她的父親薛青山不是好好活著嗎？

朱槙輕輕摟住她的雙肩。「什麼殺父之仇？元瑾，妳說的究竟是誰？」

元瑾卻睜著眼睛，靜靜地看著他。

她忘記了朱槙，忘記了那個強大得無可匹敵、不可戰勝的靖王殿下，只看著眼前熟悉的溫和眉眼、微抿的嘴唇，漸漸地成了另一個身穿布袍的樣子。

「陳先生。」她似乎有些驚喜，突地撲過來，像一隻小鳥一般，將他的脖頸抱住，在他耳邊委屈地說：「我夢到你變成另一個人了，怎麼辦？你去哪裡了，我怎麼找不到你？」

朱楨心裡有種說不出的感覺，不知道是不是該高興。他將她摟住，問道：「妳喜歡陳慎，是嗎？」

她窩在他的脖頸處，乖巧地點頭。

朱楨輕輕地拍著她的背，苦笑道：「所以妳不喜歡靖王朱楨，卻喜歡陳慎？」

她仍然點頭，緊緊地抱著她的陳慎。想起在寺廟裡的歲月，想起那些曲折的迴廊，想起螃蟹，想起一起偷兵書，以及陳慎將她護在裡面，帶著她殺出重圍。

她閉上眼睛，覺得很安心。

朱楨不知道該說什麼，若有一個女子，愛著的是那個一文不名的他，卻對權傾天下的他毫無興趣，那他是不是該高興？這證明她愛的只是他，而不是他的權勢。可他就是朱楨，他就算偶爾是陳慎，也無法擺脫靖王的身分。

他朝屋子裡看了看，見一盆熱水擺在桌上，但是她摟著自己不放，有些不便。

他只能拍拍她的手。「我給妳別的東西暖和，好不好？」

元瑾看著他點點頭，他將一床棉被給了她，才走到水盆前，試了下溫度，水已經冷了。可現下也沒有別的可用，只能親自擰了帕子，焐熱了給她擦身子，再穿上中衣，讓她休息。

「你要走了？」元瑾抓著他的衣袖，很警戒的樣子。「去哪裡？」

朱楨一笑。「我還有正事。」

「那你陪我到睡著好不好？」她的樣子很委屈。「外面在颳風，像鬼在叫，好嚇人。我都好幾天沒睡好了。」

「嗯。」他答應了，她竟然會怕曠野的風聲，這真是一個新發現。若是清醒狀態下的她，必定十分倔強，絕不會讓這種名為軟弱的情緒為外人知曉。

他看她躺下來，抓住他的一截衣角，閉上眼睛，不久就睡著了。

朱楨伸手把她的被褥掖好，才消失在她的營帳中。

次日元瑾醒來，卻不和往常一樣記不得喝酒後的事，相反地，她跟朱楨說的每一句話，都清楚地記在她的腦海中。

元瑾有些頭疼。

幸好沒說出什麼關鍵，只是太愚蠢了，竟將朱楨認作陳慎，還撲到他懷裡，讓他守著自己睡覺。

這像是她做的事情嗎！

但看著放在一旁的銅盆和帕子，她又沈默了。朱楨給她擦身子的時候，水已經冷了，她不願意擦，碰都不要碰，鬧著要讓朱楨用手焐熱了才用。他看了她一會兒，似乎無可奈何，還是幫她焐熱了帕子。

朱楨……她閉上眼睛。

其實昨夜兩人相處是非常溫暖的，所以昨晚也是她這麼多天以來，睡得最好的一次。

如果他真的只是陳慎就好了。

而朱楨夜探她的營帳這事過去後不久，就發生了一件大事，推動了整個戰局的進行。

朱楨的軍隊夜襲駐紮營北角，燒毀了數十間帳篷，火勢順風而行，又燒毀了半個慶都縣城，攻破了防線，救出了陳副將。幸而慶都縣百姓多已暗中撤離，人員傷亡並不大。

蕭風反應迅速，帶領軍隊撤出駐紮區，得以保全全軍。又抓了朱楨幾個殘餘斷後的手下，並與趕來的京衛援軍會合。此時蕭風的軍隊有八萬人，而朱楨的軍隊卻只有五萬，並且處於下游地帶，易攻難守。

對於朱楨為了救自己的手下，不惜燒毀縣城，不顧百姓安危一事，蕭風十分憤怒，與元瑾合計，如今兵力勝過朱楨，又士氣大振，趁朱楨的軍隊糧草不足之際，正是攻擊的大好時候。

元瑾卻覺得這件事有些不尋常。

朱楨的確用兵極巧，但為何駐紮在慶都的軍隊只有區區五萬人？知道保定難攻，何必用這些人來送死？

難道他還有什麼後招，等著她上鉤？

但他背後已無援軍，且無論從什麼方面看，他這場戰役都是要敗的。

究竟是為什麼呢？

元瑾想讓蕭風再等等看，但蕭風卻道：「阿沅，妳也知道，一鼓作氣，再而衰，三而竭，此時不戰，才是不好。」

對於行軍作戰，五叔自然比自己還懂。當年父親曾誇過他「用兵凝練，直覺堪比三十歲老將」，他既然覺得應該攻打，就沒有錯。

元瑾與他站在高處，看著一望無際的秋色。

她說：「那便進攻吧。」

蕭風就開始著手準備起來，力圖一擊必勝，不再給朱槙喘息的機會。

大清河河水滾滾而去，天色陰沈，光線不明。

日暮時分，戰鼓突然響徹天際。

蕭風帶領軍隊自西顯口而下，將自己麾下最精銳的部隊組織成四千敢死隊，以虛打實，看似從虎口過江，實則通過架橋，出其不意渡過大清河，向朱槙的大本營發起猛烈攻擊。

一時間喊殺聲震動天地。

朱槙的副將立即傳令出兵，先派出一萬人應戰，而更多的蕭風部隊自西顯口而下，也加入戰局。

營帳中，朱槙身穿鎧甲，當他以這身裝束出現，氣質便截然不同，有種凌厲肅冷之感。

這十年來，朱楨有一半時間都是在打仗中度過，戰爭於他來說已經是血肉的一部分。

當初帶領他的老師，朵顏三衛的統領，曾經告訴過他，一旦當什麼東西成為你天分的一部分，你就是不可戰勝的。普通人會怕戰爭、怕受傷、怕死亡，但是他不會。他的精神已經千錘百鍊、無比習慣，這才能讓他對戰局做出迅速和最佳反應。

而現在他要做的反應，不同於尋常。

他慣用的兵器，一柄玄鐵所鑄的長刀立於營側。

「殿下。」

屬下將長刀捧來，朱楨一把拿過，在手裡掂了掂，露出沈著的笑容。

他跨上戰馬，戰鼓隆隆，他一聲長喝，浩瀚的回應聲便從四面八方傳來，挾裹著他洶湧向前。光是這樣的氣勢，就足以嚇退普通軍隊。

此時顧珩與清虛站在朱楨身後，顧珩看著他的背影遠去，儘量讓自己眼神平靜，不露出絲毫仇恨，讓人察覺出什麼異樣。

與元瑾相認後，他就回到朱楨身邊，如今已有小半個月。這小半個月裡，他幫朱楨守衛營地，到現在，終於到了兩軍正式開戰的時候。

他心中擔憂，便不能放下心來，一直站在外面看。

「得。」清虛卻伸了個懶腰，跟顧珩說：「侯爺，咱們進營帳吧，這外頭怪冷的。」

顧珩留下來鎮守後方，保護包括清虛在內一批手無縛雞之力的幕僚。

「我放心不下殿下。」顧珩說：「再者也得準備是否要接應。殿下雖然驍勇善戰，可對方畢竟人數居多，且蕭風也實力不俗。」

清虛抓了抓鬍子，覺得他很無趣，說起話來老氣橫秋，感覺比他的年齡還大。

但營帳內也沒有別人可以說話了，清虛只能鑽進營帳，把他的燒雞、燒酒端出來，坐在地上一邊吃，一邊跟顧珩一起看戰局。

顧珩轉頭看著清虛一副滿不在意的樣子，嘴角微抽，覺得他比自己更像一個臥底。

清虛發現顧珩正看著他，就笑咪咪地舉起燒雞。「侯爺也來些？」

「不必了。」顧珩問：「道長，您就不擔心殿下？」

清虛灌了一口酒，笑道：「侯爺，您看您這說的是什麼話，他可是靖王，自然是……」

他眼睛一瞇。「一切皆在他的掌握中，旁人替他操什麼心？」

顧珩突然有種不想跟他說話的衝動，他轉過頭繼續看。

過了會兒，清虛覺得無聊，鑽進營帳準備睡一會兒。

戰局隔得有些遠，其實看不太清楚了，顧珩也準備進營帳中。

他剛走進營帳，就看到清虛四平八穩地睡在他的床上，吃了燒雞的油手，就蹭在他的被褥上。

顧珩：「……」

朱楨究竟是從哪裡把這號奇人挖出來的！

他正要上前叫醒清虛，突然有人衝進來，跪在地上。「侯爺、大人，對方搬來神機營火炮，我軍不敵。殿下傳話，準備撤退！」

顧珩很是震驚，幾乎不敢相信自己聽到的話。

朱楨敗了，這怎麼可能？

清虛一個鯉魚打挺從床上起來，衝到報信人面前。「你說什麼，敗了？」

顧珩心道你剛才才說什麼一切都在靖王掌握中，現在可被打臉了吧。

那人應是，清虛就讓他先退下，他則跑到自己的床下，翻了一會兒，拾出一個包袱，笑著對顧珩說：「幸好我早已做好撤退準備。侯爺，您快些打包吧，我看恐怕不到一炷香就要全部撤退了。到時候您沒打包好，我可不會等您。」

顧珩：「……」

不是說對靖王殿下非常放心嗎？為什麼會提前打包？

清虛卻先拎著他的包袱出去了。「我在外面等您！」

顧珩嘴角再次微扯，他迅速收拾，卻突然意識到什麼不對。

一股涼意穿過他的身體。

這件事似乎有什麼地方不對勁，但他被清虛擾亂了心神，卻沒有發現。

但究竟是哪裡不對勁呢？

顧珩在腦海中迅速回想，將這幾天都想了一遍，突然抓住什麼細節。

朱楨出征時，未曾吩咐他做好接戰準備。這是不合理的，朱楨沒有預料過戰況會如何，怎麼又知道不需要他接戰呢？朱楨打仗多年，這樣的交代，他是絕對不會忘的。還有清虛……這人同李凌一樣，是朱楨絕對的心腹，就算他再怎麼玩世不恭，也不會對戰局如此不關心。

除非……朱楨這一仗，本來就沒有想贏！清虛是知道結果，所以漠不關心。

但是朱楨為何要敗呢？

顧珩又想起山西詭異的調兵。

朱楨讓裴子清將兵調至懷慶，而不是前往保定支援……

不對，朱楨恐怕壓根兒就不是想攻打保定。這只是個障眼法，他假意攻打保定，吸引朝廷的注意力，同時暗中將兵力用在懷慶。只要將懷慶阻斷了，京城上鄰宣府，左鄰山西，幾乎等同被朱楨的勢力包圍，那就只有死路一條了！

想通這點，顧珩眉心重重一抽。他還說要幫助阿沅戰勝朱楨，沒想到就在他的眼皮子底下發生這樣的事，他都沒有察覺。

希望現在還沒有太晚！

顧珩將顧七叫進來，低聲叮囑他一番。「……你快些去，晚了就來不及了。」

顧七領命而去，隨後朱楨也帶兵回來了。

所有人都已經準備撤退，一直退至山西孟縣都尚有追兵，但是追至山西就不再有了。山西是朱楨的老巢，蕭風是不會貿然追過去的，這太冒險。

蕭風的營帳中，大家打了勝仗，自然都十分高興。

其實保定本就易守，打勝仗並不是因為攻克難關。其實這場勝仗的意義，是在給大家鼓舞，靖王不是不可戰勝的。畢竟在此之前，知道要跟靖王打仗，很多將士一聽到就腿軟，更遑論迎戰。

蕭風將手臂上的一道淺傷包紮好，神采奕奕地同元瑾道：「阿沅，妳便是太過疑神疑鬼。妳看，並未發生什麼別的事。說不定明日，我們都可以打道回京了。」

元瑾也笑了笑，只是笑容有些勉強。她心中總還是沈沈的，總覺得有什麼地方不對勁，可一時半會兒又說不上來。

朱楨的大軍退回山西，保定得以保全。慶都的老百姓得知消息，近些的都已經趕回來。這夜，軍隊中徹夜狂歡，酒肉都隨意吃，犒賞廝殺的將士。

元瑾記取教訓，只吃了些羊肉就走出營帳。

這夜，天空深藍明澈，星河深邃。在這遠離人煙之處，隱隱能看到巨大浩瀚的星河從頭頂鋪開。

人立於星河下，只覺得自己渺小。

元瑾靜靜地站著，覺得自己披星戴月，竟有種超脫塵世之感。可惜這種感覺並不長久，寶結叫了她一聲，打斷她的思緒。「二小姐，有人求見您，您快些來看看吧！」

元瑾同寶結到了營帳，只見一人等在營帳外，似乎有些焦躁，不停地踱步。待元瑾走近，才發現是常跟在顧珩身邊的下屬，她也曾見過幾次。

顧七一見到元瑾，立刻抱拳。「二小姐，可算見著您了！我有急事要稟，一定要快，您叫上蕭風一起聽吧！」

元瑾覺得有些奇怪。

顧珩不是說過，他要傳消息會透過京城的一間酒樓，怎會直接派人過來，而且還是他最親近的屬下？

那勢必真的是十萬火急的事，否則顧珩不會不顧自己被發現的風險，直接給她傳消息。

元瑾心中的不安越來越強烈，直接帶著顧七前去主帥營帳。

營帳內正熱鬧，元瑾卻叫他們退下，並讓寶結清場。

蕭風覺得有些莫名其妙，元瑾這是這麼了？大家不是才打了勝仗嗎？

帳內只剩他們三人，元瑾也不多說，徑直對顧七道：「行了，你快說吧，你家主人究竟交代了你什麼急事？」

顧七就將顧珩交代自己的話複述一遍。「……侯爺說，朱楨早有計劃，這次保定之役不過是假敗，其實早已調兵懷慶，準備從懷慶攻破。他說讓你們早日做好準備，不要到時候被他牽制住，那便回天乏術了。」

元瑾和蕭風的臉色很快便沈下來。他們的確完全被保定牽制住了，根本沒有注意到朱楨的動作。朱楨這是徹底聲東擊西的做法，倘若他真的占領懷慶，那他們豈不是被甕中捉鱉！

朱楨……果然不可小覷！

元瑾讓寶結先帶顧七下去安頓，蕭風才問元瑾：「這人……可靠得住？」

「五叔放心，靠不住的人，我絕不會帶到您面前。」元瑾道：「再者這次的事的確有些蹊蹺，朱楨敗得有些輕易，不像他的作風，肯定有後招。我們之前以為他是要反殺，如今想想根本不是，他是壓根兒就對保定不感興趣，因為保定的確難攻，他不會這麼做，他真正的目標其實是懷慶。我們現在要立刻調兵懷慶，不可耽擱。」

如此說來一切就都合理了，朱楨的目標根本就不是保定，才能解釋他之前一連串的動作。而元瑾先前一直預感的不安，也得到了證實。

蕭風也不再託大，立刻上書朝廷，直接從鄰近的開封等地先調兵過去。

他與元瑾也來不及回京城，準備直接從保定趕往懷慶。

蕭風沈思了一會兒，跟元瑾商議。「阿沅，我一直在思索一件事。朱楨的厲害，其實有一部分是在於他身邊的那個人。」

元瑾看向他。朱楨身邊有這麼多人，他說的是哪個？

「清虛。」蕭風說：「妳在靖王府應該看過他，此人高深莫測，不是旁人能及。朱楨有他相助，如虎添翼。」

元瑾自然也知道清虛的厲害，只是此人忠心於朱槙，他們能有什麼辦法？她問道：「……難道五叔有什麼辦法除去他？」

這不太可能，清虛現在跟著朱槙，殺他不比殺朱槙容易。

「倒也不是。」蕭風沈吟後道：「我興許……有別的辦法可以對付他。就是……」他嘖了一聲，似乎有些不好說的感覺，含糊地道：「總之，妳到時候就知道了。」

他這說得越來越玄乎了，讓元瑾有些摸不著頭腦。

五叔究竟要幹什麼？什麼叫到時候就知道了，他不會整出什麼么蛾子來吧？

不過事態緊急，他要是能出奇制勝，用什麼法子她倒是不在意。

「對了，今日朱槙似乎也受傷了。」蕭風突然說：「傷得比我重些，似乎在腰部，我看都溢血了。」

他一邊說，一邊注意元瑾的表情。

燭火幽微，帳中沈寂了片刻。

元瑾只是眼神略微有些波動，表情並無什麼變化。

朱槙的傷並不是新傷，恐怕是他的舊傷口又裂開了。

「戰場上刀劍無眼，受傷是常有的事。」元瑾隨之又道：「我先回去歇息了，明日還要趕路，五叔也趕快休息吧。」

她說完後就退了出去。

蕭風一直看著她離開的背影，直到她徹底消失在他的視線裡。

朔風之夜已過，朱楨的軍隊自保定撤退後，一直向南行進，在第三日才停下來駐紮，此時已經到了山西寧山衛。

軍隊駐紮後稍微整頓，畢竟才經過一場大戰，也不能總是馬不停蹄。山西是朱楨的地盤，很是安全。

且朱楨新裂開的傷口，也需要處理。

清虛習得一些醫術，正在幫朱楨看傷口。

「你這傷口有些不尋常。」清虛看了看他的傷口，正好在腰側，傷口雖淺，卻有些紅腫，仍有一絲血絲透出來。

「怎地老是好不透，這裂了三次，恐已傷及根本，你得好生休養幾日才行。」清虛伸出手，示意下屬將金瘡藥遞給他，他來包紮。

「無礙。」朱楨卻說：「本來一開始遇刺就沒有好透，後來宮變時再度裂開。所幸傷口淺，倒也無事。」他將衣物掩上，讓清虛等人退下去，他自己想好生休息。

但他一閉上眼睛，紛亂的人事卻又不放過他。

這傷口是怎麼造成的，實在不想再提，皆是他親近之人一一加重的。唯一一個治癒過他的，遠隔千里，對他宛如陌生人。

殺父之仇……

那日之後，朱楨就總是呢喃著這四個字。

他極善於融會貫通、解決問題，唯有元瑾的問題，他怎麼也想不透，只是隔了一層關鍵，但這關鍵卻是打不通的穴道，堵塞了所有思緒。

如果他能解決這個問題，那是不是便不會有這麼多的……針鋒相對了。

朱楨靜靜地睜開眼，看著放在紅木架上的長刀。

他戎馬一生，論行軍作戰，不會有人勝得過他，他心裡很清楚。元瑾若跟他作對……永遠都不會贏。

第七十一章

九月，朱楨集結十萬大軍，突然對懷慶發起進攻。

朝廷倉促應對，調集遼東兵力、開封駐兵十數萬抵禦。遼東兵力以崔勝為首，有多年抗倭經驗，一時間勉強與朱楨的軍隊一戰。

大家一開始被保定的勝利所鼓舞，以為接下來的戰爭必定十分順利，用不了多久就能將朱楨一網打盡。但緊接著，朱楨的兵力變得勢不可當，並又加入西北的五萬兵力。他攻勢如龍，用兵凌厲，僅僅用了半個月就衝破懷慶的防線，只差兩個縣就能完全占領懷慶。

朝廷節節敗退，在最後兩個縣城死守，一旦被攻破，恐怕接下來就真的只是時間問題了。

軍隊被朱楨打得毫無反擊之力，幾乎可說是疲於應對。一時間轉勝為敗，許多人都措手不及，士氣低迷。

營帳中一片靜默，蕭風盯著沙盤，面色極為不好看。

他已經有四、五日沒有睡好了，眼中血絲密布，一副疲態。

元瑾倒是料到了今天，從她知道朱楨佯敗開始，就明白她始終不是朱楨的對手。她是丹陽縣主的時候不能，如今也不能同他相比。若不是有顧珩的情報，他們迅速做出反應，恐怕現在懷慶已經被占領。

眼下，只是給他們爭取了兩個縣的時間。

良久，蕭風揉了揉眉心，輕輕嘆了口氣。「怕是只有大哥再世，才能與他一戰……」

一個將領的自信心是多麼重要。蕭風善戰，若遇到的不是朱楨，他將會是一名優秀的將領。但跟朱楨比，他的實戰經驗以及敏銳直覺，的確還不夠。

元瑾卻覺得，現在即便父親再世，恐也勝不得朱楨。父親已漸漸老去，朱楨卻正值壯年，又有旁人不可匹敵的強大天賦。

「五叔不要多想，待我再與徐先生合計、合計。從兩湖等地調兵，看能不能對朱楨形成圍攻之勢。」

蕭風沒說什麼。如果天下穩固，那自然未嘗不可。但兩湖等地的兵力本就不如西北，且薛聞玉天下未穩，就遇到朱楨的強勢進攻，恐怕兩湖未必能完全聽令於朝廷。

「看來，不得不用他了。」蕭風喃喃說了一句，讓元瑾覺得奇怪。「五叔，您在說誰？」

他之前也說，或許有個手段可以對付清虛，卻沒有跟她說明白究竟是什麼。

蕭風才告訴她。「之前我在西北認識一個人，為人神秘，但是實力超群。三日前，我傳信回朝，請此人過來。」

元瑾聽了皺眉。「若有這樣的人，為何早些不請？」

蕭風苦笑道：「妳看到他就明白了。」

三日後，一輛馬車護送著一人，慢悠悠地來到營地。

元瑾聽說此人來了，立刻去蕭風的營帳看，卻見一白衣青年站在沙盤前。

他的衣裳白得纖塵不染，手上還戴著羊脂玉扳指，聽到聲音時轉過頭來，元瑾便看到一張如美玉般精雕細琢的臉，眉毛略彎，唇形溫潤豐厚，體現出一種如菩薩慈悲般的俊美。

元瑾這輩子見過很多手姿出眾的人物，朱槙、顧珩、聞玉，無一不是人中龍鳳。但這人的氣質超然出塵，隱含著一種「地獄未空，誓不成佛」的超脫，這是在一般人身上絕對看不到的。

蕭風才跟她說：「這就是我同妳說的那個人，清虛的同門師兄白楚，我們稱他白先生。」說完也對青年介紹了元瑾的身分，但青年對於元瑾身為皇帝姊姊並不在意，只是微勾了一下嘴角，表示打招呼。

同時元瑾也很驚訝，他看起來比清虛年輕三十歲不止，竟然還是清虛的……師兄？且他跟清虛根本就是完全不同的類型。這是哪家師父，能教得出這麼兩個弟子？

蕭風略微介紹了一下，就繼續道：「這場戰事曠日持久，我們對陣朱槙已處於下風，所以想請白先生來幫忙，就是不知道，先生有沒有什麼條件？」

白楚開口說話了。

「我那傻蛋師弟，渾身上下都是缺點。最大的一個，就是懶惰。」白楚嘴唇一張，吐出來的話就有非常刻薄的力量。「懶得一年不洗澡，離他十公尺都能聞到味兒。吃得多、做得少，道觀都讓他整垮了，又不會幹活。若不是窮得快揭不開鍋，朱槙也請不到他。」

說到這裡，白楚彈了彈手指。「我不一樣，我品行高潔，為人認真負責，一分錢一分貨，我不像我的傻蛋師弟，給點吃的就能打發。我按時辰收費，一個時辰三百兩銀子起跳，從你們雇用我的那一刻起開始算，一直到結束。並且，價高者得。」說著他燦爛一笑，露出一口潔白的牙齒。

元瑾嘴角微動。這人一開口，就破壞他周身所有的氣質。

她問道：「白先生，什麼叫價高者得？難不成當敵人給你的價格，超過我們給的，你便會反叛不成？」

青年又看向她，似乎才把她看進眼裡，沒覺得任何不對地一笑。「是啊。」

元瑾看向蕭風，這怎麼這麼像江湖騙子，當真是清虛的師兄？

聽上去他簡直就是滿嘴的瞎話啊。

蕭風示意她少安勿躁。他明白，正常人一開始看到清虛和白楚，第一反應覺得是白楚可靠，但等到兩人開口說話，又會顛倒過來，對白楚的印象降至最低。

清虛雖然很難請，但一旦你請到他，就必然是隨你招呼，他傾心盡力為你做事。但白楚就不一樣了，這人是面如菩薩心如鬼，性格叵測，不確定性非常強。連蕭風自己都不知道，找他是對是錯，但眼下也沒有別的辦法了。

「白先生，若真是如此，恐怕無人敢請你吧？」蕭風笑了笑。

白楚也點頭。「自然，我有自己的原則。」

元瑾心中默默吐槽。掉錢眼兒就掉了吧，還原則！

白楚卻繼續道：「那就是，你們可以出一個很高的價格，高到對方不會想到那裡為止。我也不會主動告訴對方這個價格是多少，只要對方給不到那個價格，你們就是安全的。」

聽上去仍然極不安全。

元瑾與蕭風對視一眼，然後湊到一起低聲商量。

白楚在一旁漫不經心地圍觀，一邊提醒：「不要太摳門，基本上我還是沒有叛變過的。」、「但是我的食宿也一定要好。」、「伺候我的必須要是丫頭，還要貌美的那種，我看到醜人會吃不下飯。」

聽得元瑾想把他打死。

最後商量了一番，元瑾才直起身道：「白先生，明人不說暗話，你平日接觸的人事，准許你轉換陣營，但這次不同，我希望給你一個價格，無論對方再出多少，你都不能轉換陣營。」

白楚卻道：「這不是我的原則。」

元瑾笑了笑，招了招手，外面立刻進來十個侍衛，皆以長矛對準白楚。

白楚表情仍然不變，嘴角卻翹了起來。「怎麼，二小姐該不會以為，我平日做了這麼多生意，都只靠一張嘴皮子混吧？」

當然不了，這麼欠揍的人能活到今天，肯定有他的本事。

元瑾走到白楚面前，道：「我們對先生自然願意以禮相待，方才先生說的那些條件，我們也都能滿足。唯有這小小的一點，希望先生答應。這也不算對先生不敬，否則……即便這軍隊你出得去，恐怕這輩子，也得過東躲西藏的日子了。」

白楚聽了有些意外，他想了一會兒，又問：「我聽說，二小姐之前是靖王妃？」

元瑾不知道他問這個做什麼，不過仍然應了是。

白楚就笑起來。「那我便破例一次吧，一個時辰八百兩銀子，我這次不會轉換陣營。」

這可真是花錢如流水，他一個人頂得上一萬人的軍餉，隨著時間的增長，可能還會不止。

希望他能物有所值。

元瑾有些肉痛。

「既然白先生答應了，那現在就開始吧。」元瑾笑道：「我會請專人為白先生記著時辰的。」

已經付了銀子，又是如此讓人肉痛的瞠目結舌的高價，因此元瑾也沒有客氣，安排好他的住處後，立刻拉著他一起熟悉沙盤，研究戰術。

兩日後，元瑾收到顧珩傳的第二次暗信。

朱槙將於今晚子時突襲孟縣。

她將暗信放在燭火上燒了，通知其他人。

這件事非常緊急，幾人齊聚沙盤前，商議對策。

徐先生道：「朱槙既然準備趁夜攻擊，就是想一擊必勝。我看我們應當整頓兵力，趁朱槙來的時候，殺他個措手不及！」

蕭風道：「如此先傳令下去，今夜都不許睡了，振起精神。」

白楚卻霍地睜開眼睛，清冷道：「愚蠢。」

徐先生的臉色頓時有些不好看。大家本來就是商議，誰也沒拿出個定數。早做好準備有何不可，他非要如此做作。

他能活到今天，真是個奇蹟。

「白先生有何高見？」徐先生忍氣吞聲問道。

白楚道：「士兵若不能歇，必沒有精神迎戰。倒不如現在就在朱槙來的路上，布下陷阱埋伏，殺他個措手不及。到時，我軍再迎上，事半功倍。」

「白先生這話說得簡單。」徐先生道：「如今離子時不足兩個時辰，如何來得及設陷阱埋伏？便是來得及，你可知道朱槙會從哪條路攻擊？」

他與蕭風也是行軍多年，這些他們自然會考慮到。

白楚露出笑容，拍了拍徐先生的肩膀。「我要是不知道，敢說剛才那些話嗎？徐先生，做事要動腦子。」

徐先生十分有種想把他的手拿下來，捏成肉泥的衝動。在場哪個不是聰明人，他這是侮辱誰呢！

元瑾沒有說話，她有意看看自己這八百兩銀子花得值不值。

她先回營帳，一個時辰後，寶結小跑著回來傳話。

元瑾一邊寫字一邊問：「白先生做了什麼？」

寶結喘了口氣說：「白先生帶了二十個人，在城外撒了種十分難聞的藥粉，是他所製。這種藥粉對人沒有影響，馬聞了卻會狂亂不已，不肯聽令。同時在暗處埋伏幾千弓箭手，等著馬陷入狂亂時便能伏擊。」

朱槙的軍營駐地離此處有些路程，自然是騎馬來。白楚與清虛都屬奇人異士，會這些花招很正常。若這時候去挖陷阱做什麼埋伏，是絕對來不及的。

元瑾直起身來。「那他是怎麼知道，朱槙會從哪裡進攻的？」

寶結一笑。「二小姐，徐先生也當場問了白先生，白先生回答說，你看我這周圍一圈，有哪裡遺漏的嗎？他走哪裡不重要，在我設定好的路上就行。」

元瑾也一笑，看著幽幽燭火道：「等著看吧。」

她沒有睡，將燈花剪了一次又一次，直到外面響起求見聲。

自上次朱楨夜訪之事後，元瑾的帳篷門口無論何時都有六個護衛守著。

元瑾立刻坐起來，趕緊叫了人進來。

那人應該是快馬加鞭跑回來的，喘息著跪在地上道：「二小姐，他們果然夜襲了我們的營地！」還沒等元瑾問結果，他就興奮道：「咱們贏了！靖王派了兩萬人偷襲，只回去了一半多點。咱們守住了孟縣！」

元瑾一時也沒坐住，驚喜地從圓凳上站起來。「當真贏了？」

那衛兵立刻點頭。「蕭大人已經帶人回來了，您快去看吧！」

元瑾走出營帳，果然看到不遠處亮著火把的光芒，是蕭風他們回來了。

元瑾心中激動，這次可是真的打敗了朱楨。雖然是好幾重因素，首先若沒有顧珩的消息，他們知不知道還是一說。當然白楚也的確厲害，這一個時辰八百兩銀子，倒也值得。

待人走近，卻看到蕭風、徐先生等人很是放鬆，正在討論這次勝利的成果、抓了多少戰俘，只有白楚一臉凝重。

「怎麼了？」元瑾有些不解。他這是什麼表情，勝了還不高興，難道誰惹到他了不成？

白楚卻抬頭，看向她說：「二小姐，借一步說話吧。」

元瑾與他到了一旁，只聽他說：「今日我準備得如此充分，卻還是讓朱楨毫髮無損地逃了。」

元瑾安慰他。「勝他已經不容易了。」

他難道想抓朱楨？怎麼可能。

「嗯。」白楚沒有絲毫被安慰到的感覺，而是說：「但這次是因為有消息在前。二小姐能否保證，每一次都有消息？」

元瑾搖頭，這個自然不能，顧珩還要保證自身安全，不是每一次都能傳出消息。

「那不能是現在這樣了。我需要閉門思索一段時間，否則……」白楚看向元瑾，難得如此嚴肅地說話。「否則我們真的會敗。」

白楚竟然如此慎重。

其實元瑾也希望看到如此，他之前肯定是輕敵的。這種人多半是這個臭脾氣，覺得老子天下第一，估計對自己的師弟清虛都是看不上眼。畢竟他總是強調一分錢一分貨，而他的師弟跟著朱楨是不要錢的。

不過也多虧他是個聰明人，今天跟朱楨一照面交手，就立刻知道自己輕敵了。同時也知道……蕭風這群人的確不是這麼無能，敵人太過強大，稍微沒這麼優秀的都會被比下去。

他現在需要思索了。

元瑾笑了笑。「好，先生需要什麼，盡可以告訴我。」

等白楚走了，她看了看天際的明月。

朱楨……她閉上了眼睛。

不知道有什麼是好的結局，感覺這個結無法解開。但其實，她是多麼想、多麼想……可是他們之間隔著楚河漢界、隔著家仇恩怨、隔著亡靈戰歌、隔著層層濃重的寒霧，她想找尋細微的燈火，都沒有辦法。

營帳中，朱槙正在把玩從盂縣撿來的一塊殘破的箭頭，那箭頭上沾著些許麻灰色的粉末。

清虛聞了之後，臉色頓時就變了。

朱槙本面無表情，一看到清虛臉色不對，就問道：「究竟有何不妥？」

清虛散漫無狀，時常是泰山崩於前而色不變，怎麼會露出如此失態的表情？

清虛才放下箭頭，摸了摸鬍子，露出一個無奈的笑容。「說來殿下可能不信，其實我並非孤家寡人，我師承自青城山淮安子師尊，不過師尊不止我一個徒弟，我還有個師兄，比我小二十五歲……」

旁邊有幕僚好奇道：「大人，既然是您的師兄，何以小您這麼多歲數？」

「他三歲就入門了，我三十歲才入門。」清虛遺憾說：「從小長得比我帥，比我討師父喜歡，比我討道觀上上下下的人喜歡。給他養了個驕奢淫逸的個性，性喜奢華，又愛多嘴氣人。師父去後沒多久，我們倆就性格不合，一拍兩散了。這藥應是出自他之手，他現在應該是在蕭風陣營，為他們做事。」

眾人聽了都很驚訝，議論紛紛。畢竟清虛的刁鑽鬼才，大家都是見識過的，現在敵方也有了這麼個人物，難怪這次襲擊會失利！

「此人與你比如何？」朱楨只是問。

清虛想了想，猶豫道：「說不好，他這個人吧，雖然也極度聰明……但是很不可控。且他還有個缺點，便是愛財。我想這次蕭風等人請他做事，肯定也是虧了血本的。若是能抓住這點，不知道是不是能作點文章。」

朱楨點點頭。「既然是你師兄，那便交給你了。」

自然，這個不是要緊，現在他還有個更嚴峻的事需要解決。

他面色沈靜，語氣卻淡淡。「這次襲擊失利，除了對方突然增加一個高手外，還有個重要原因。」朱楨抬起頭。「那便是我們當中出了一個叛徒。」

此話一出，全場譁然。

靖王殿下的陣營中，竟然會出叛徒！

朱楨留意他們每個人的神情。

他本來就不打算跟蕭風他們多耗，希望速戰速決將薛聞玉拉下馬。再者兵者貴一鼓作氣，現在就是極好的連勝機會，要打到蕭風他們怕了為止。在這個過程中，元瑾的確給他添了很多堵，但她畢竟小，也沒有實戰經驗，所以被他逼得節節敗退，已經快要沒有還手的機會。

但是懷慶沒有被一攻而下，再加上今天的攻擊竟然遇到埋伏一事，越來越讓他懷疑，他的人之中一定有元瑾的內奸。

這個人若不找出來，將會遺害無窮！

他說完後，立刻有將士上前跪下，堅決道：「我等誓死追隨靖王殿下，絕不會背叛！」跪下的人越來越多，幾乎整個營帳的人都跪下了。

那這奸細去哪裡找呢？朱槙漠然地看著他們一會兒，先跪的、後跪的，他們的表情都沒有任何端倪。

朱槙道：「找出這個人也不難，只是今天，你們都暫時不能出這個帳篷。」

他對身側的李凌頷首，李凌立刻小跑出去，緊接著，跪在地上的人便聽到重甲移動、磨擦的聲音，那必然是朱槙的營帳已經被包圍，若誰是奸細，那真是插翅難逃！

眾人皆面面相覷，這樣的陣仗，勢必是要動真格的。

清虛站到朱槙身邊，說道：「其實要找出叛徒來倒也簡單。我們要攻打盂縣的確切時間，普通將士們是在酉時才知道。而他們所做的埋伏，恐怕沒兩、三個時辰也是準備不了的。這就證明將消息傳遞出去的人，在此之前就知道了，那麼這人就必定是殿下的心腹，且昨晚在靖王殿下的營帳中，聽到了商議此事。」

在場幾個人立刻身子一僵，能被稱為心腹的，除了李凌和清虛這兩個靖王殿下絕對信任的人外，帳中也不過那麼五人而已。

清虛便點了五人出來，其餘的都鬆了口氣，退出了營帳。

緊接著這五人，就由朱楨親自審問了。

他站起來，慢慢走到他們面前，他們仍然跪著。朱楨垂眸，面帶幾分冷酷，看著他們的表情。

「你們每一個人，都跟了我不下五年，除了顧珩。」朱楨盯著顧珩的臉，只要有半分的表情波動，他都能察覺。

而顧珩沒有，他微低著頭，平靜得甚至有些異樣。

「但顧珩也是我不可或缺的左膀右臂，也是出生入死的交情。」朱楨移開視線，繼續道：「現在，並非是我要寒了你們的心，而是若不將這個人找出來，大家都不會安心。」說著他招了招手，片刻後，這幾個人的貼身下屬，連同營帳前的守衛都被帶過來。

顧珩的表情終於有了輕微波瀾。

他沒想到，元瑾他們做出的部署方式竟然是埋伏！而且還有了高手相助，真正成功擊退了朱楨。

這很難得，正是因為戰敗，反而引起朱楨重視，他察覺到有人走漏了消息，出了叛徒。

朱楨是絕不會放任叛徒在自己眼下存在的。

不知道他這些天有沒有露出什麼破綻，只要是一絲，在朱楨面前，都是足以致命的！

顧珩心跳聲越來越劇烈，他已經來不及回顧自己這麼多天的行為。朱楨是個謹慎的人，很多決策甚至在出發的那一刻，將士們才知道，就是為了防止消息走漏。而一旦遇到這種時候，根本沒有太多時間讓他準備，他很有可能會因為倉促行動而露出馬腳。

顧珩心中不好的預感越來越強烈，突然醒悟了一件事——朱楨一定是真切地懷疑了誰，才會擺出這副架勢。否則以朱楨的個性，必然在暗中觀察，等著那人露出馬腳。

他可能……已經懷疑到自己身上了！

「剛才屬下在外面，已經審問過這些護衛了，他們說，開戰前的一段時間，只有宋將軍身邊的李琅，以及顧侯爺身邊的顧七曾經出去過。」李凌道：「屬下已經查證過了，宋琅是去喝酒，但並未接觸外人，只是仍然犯了軍規。」

「帶李琅下去，杖責十軍棍。」朱楨道：「顧珩、顧七留下。」

所有人又都出去，只剩下顧珩和顧七。顧珩還好，顧七卻有些怕了。

朱楨卻反而溫和一笑。「顧七，你究竟出去幹什麼了，只要將這誤會說清楚，便也算了。」

顧七看到靖王殿下笑了，更是一股寒意籠上心頭。

靖王殿下是何等尊貴之人，平時怎麼會如此和顏悅色地同他們這些小人物說話？現在他這樣，怕是真的想讓他死了。

他立刻跪到地上，連忙道：「殿下恕罪！小的……其實就是心情煩悶，所以出去走走，當真沒做別的！」

「哦？」朱楨表情平靜。「因什麼而煩悶，又走的哪條路，可說來聽聽？」

顧七這下卻說不出來，身子抖個不停。

朱楨突然厲聲道：「給我說！」

顧玠閉上眼睛，輕輕嘆了口氣。

他不怕死，真的不怕，他早就不怕了，但是他怕牽連別人，他怕幫不了元瑾。怕……無法救贖自己犯下的錯！

顧玠一直不言，朱楨便半蹲下，看著顧玠，冷笑道：「魏永侯爺，顧七是你最忠誠的手下，他不說，便由你來說。你可能告訴我，你叫他出去幹什麼了嗎？」

顧玠睜開眼睛，也不再做無謂的辯解。這些天，他不知道露出了多少破綻，恐怕都被朱楨無一遺漏看在眼裡。但他只是懷疑，直到今天才確認。

他笑道：「殿下不是早就發現我了嗎？我自然是讓他去給蕭風通風報信了。殿下既然知道，又何必多問？」

他說得越來越慢，與此同時，顧玠突然暴起，竟一把抽出袖中的匕首，刺向朱楨。

朱楨以不可思議的角度往左一躲，同時後空翻落在營帳側，一把抓過自己的長刀。顧玠本就沒想活，抓著匕首連刺而來，但朱楨又豈是一般人，幾下就挑落了他的匕首，同時一刀架在顧玠的脖子上，冷厲道：「還想殺我？顧玠，你是當真不想活了嗎！」

顧玠竟然敢挑釁他！

接著立刻有人上前將顧珩捆綁起來，扔到地上。

朱楨把刀扔給李凌，再度走到顧珩面前。

他看了顧珩良久，眼中透著一種深不見底的寒意，面容卻一如往常的平靜，像是看一個死人。

許久後，朱楨終於還是問出那個問題。「為什麼？」

雖然只有三個字，但是大家都明白，朱楨問的是什麼。他是在問顧珩，為什麼要背叛他？

顧珩大笑起來，笑得流出眼淚，過了很久才說：「朱楨，我知道了……我已經知道了！」

清虛和李凌見他形若瘋癲，都很好奇，他究竟知道什麼了？

而朱楨的表情也很奇怪，他先是微微錯愕，緊接著淡淡問：「你知道了什麼？」

「你還不承認你做的這些骯髒事嗎，靖王殿下？」顧珩盯著他，眼睛冒出血絲，通紅嚇人，幾乎是要撲上去吃朱楨的肉。「阿沅……阿沅，她就是丹陽縣主。當年，我助你奪得天下，親手殺了我的阿沅，殺了丹陽縣主，你可還記得？

「而你明明知道阿沅是誰，卻不告訴我！朱楨，你好狠的心腸。這些年我為你做盡一切，你明明知道……我早把我心愛的女子殺死了，我還癡傻地跟著你，效忠於你，你卻已經害死了我最心愛的女子，你良心何安！」

誰都沒有預料到這樣的發展，清虛和李凌都瞪大眼睛，沒想到顧珩和靖王殿下還有這麼一齣！

朱楨一開始沈默地聽著顧珩的指責，隨後嘴角微扯，道：「你竟然知道了。你是怎麼知道的？」

「怎麼，你做了這些虧心事，還怕別人知道嗎？」顧珩冷笑著嘲諷。

「顧珩，這件事我的確心狠，但你要想想，當時，是你先找上我聯手的。」朱楨淡淡地道：「至於你的阿沅就是丹陽縣主，我的確沒有告訴你。但在那種情況下——顧珩，如果你身處我的位置，你會告訴我嗎？不用罵我冷血，到了那個時候，你的選擇只會跟我一樣，沒有人能夠抽身。

「至於你說我害死你心愛的女子，就更可笑了。」朱楨繼續說：「我從沒想過殺蕭元瑾，是你自己要親手殺了她。顧珩，這是你自己心太狠了，非想要斬草除根，親手殺了她。你為什麼，非要殺一個已經對你沒有威脅的人呢？」

朱楨一字一句地說，顧珩突然痛苦得站不穩，跪到了地上。

其實朱楨說得並沒有錯。

他知道，他一直知道。但是不怪別人，他就心痛得要死去了。

任誰在朱楨的位置，都會是一樣的選擇。朱楨也從沒有說過，要他去殺元瑾，是他自己非要下手的。

他怪得了誰？

他又顫抖地蜷縮成一團，無聲地流淚起來。

朱楨看著他，頓了頓。「蕭元瑾是無辜的，她犧牲在政治鬥爭中。但是，顧珩，你真的以為把這些責任都推到我頭上，就能讓你自己得到救贖嗎？你明明知道，她這一切，多半都是你害的。」

顧珩不再說話，僅僅只是閉著眼睛流淚。

朱楨看了他一會兒，直起了身。

他對顧珩的情緒既憐憫又漠然。因為走到今天這步，顧珩自己也要擔負很大的責任。怪他？他做的只是當時的自己，最應該做的事情。

朱楨準備將顧珩關押起來，再好好地拷問一番，他究竟還告訴了元瑾什麼。

朱楨正要招手，讓李凌把顧珩帶下去，但是他目光一閃，突然又意識到了什麼地方不對。

他回過頭，看著顧珩，突然問出一句話。「顧珩，你背叛我的理由是這個。那你幫薛元瑾的理由，是什麼？」

顧珩的心重重一跳，卻仍然在冷笑。「沒有理由。敵人的敵人就是朋友，靖王殿下沒有聽過嗎？」

朱楨笑了，背著手，身姿如松地走到他面前。「但對你顧珩來說是不可能的。薛元瑾曾經是我的王妃，若你厭惡我，對她也只會是一般的情緒。倘若你發現事情的真相，你最應該做的事，就是去找丹陽縣主的遺骸，又為什麼會留在這裡對付我呢？還有那日你去抓元瑾的時候，為什麼會私自放她走，難道是……她跟你說了什麼？」

朱槙越是逼問，顧珩的臉色就越不好看。他冷冷道：「哪裡來的這麼多理由，我這就是要替天行道！」

朱槙一笑，方才顧珩那些激烈的情緒，一大半或許是真的，但是一小半恐怕也存在表演的心思，讓他被這件事吸引了注意力，就沒有時間想背後對不對了。

他緩緩道：「我一直有個疑問，元瑾為什麼要背叛我。這當真百思不解，但是現在，我覺得這個關鍵在你身上，我有非常強的直覺，也許跟你脫不了關係。」

顧珩直接採取不說話的態度。

朱槙手指摸唇，幾乎是溫和地笑著點頭。「好，你不願意說，我也知道你是硬骨頭，嚴刑拷打對你未必有用。不過——」朱槙示意李凌將顧七帶上來，繼續道：「就是不知道你的手下，是不是跟你一樣了。」

「侯爺！」顧七惶恐又絕望地叫起來。

顧珩捏緊拳頭。

他不能說出來，不能說出元瑾的身分……但顧七跟了他這麼多年，也是忠心耿耿，從沒有做過對不起他的事情。

他內心天人交戰著，臉色變得煞白。

刑具很快就拿上來，一套竹製的指夾，中間藏著寒光閃閃的鋒針，套在顧七的手上。他百般掙扎、退縮，仍被人強行按著伸進指夾中。頓時，撕心裂肺的慘叫聲穿透陣營。

顧珩閉上眼，卻閉不上耳朵。那尖銳的、刺痛的叫聲讓他非常不舒服，臉色蒼白如紙，但是他仍然一個字都不說。

這讓朱槙感到非常意外，竟然連自己最忠誠的手下被施以酷刑，他都能忍著不開口。難道元瑾對他來說……比顧七還重要？

他淡淡示意繼續施以酷刑。

顧七終於承受不住，他大喊道：「殿下饒命！我說了，我什麼都說！我知道是怎麼回事！」

顧珩猛地回頭，但是看到顧七疼得蜷縮成一團，就這麼些工夫，幾乎都要沒有人樣了。他難道又能說什麼嗎？顧七挨了這麼久，對他，已經夠仁至義盡了！

他猛地道：「靖王殿下，就算你知道了又能如何？你知道元瑾為什麼要殺你、背叛你，你就能挽回她？我告訴你，這是絕無可能的事！你覺得是薛元瑾對不起你嗎？不，不是的，這是你欠她的，你欠她的，你一輩子都還不清！」

朱槙聽到這裡，淡定的神色終於不見蹤影，臉色變得難看起來。他單手一把抓住顧珩的衣襟，把他從地上拎起來，從上至下俯視著他，聲音冷酷。「你果然知道什麼，快說！否則我立刻就殺了他！」

朱楨指的自然是顧七。

顧珩卻笑了起來，他笑得發狂。

這世間的事情，真是陰差陽錯。誰能想到這個本質上冷硬無情、無比強大的靖王殿下，竟然會深深愛上被他自己滅了全族的人？

太諷刺了，恐怕讓朱楨自己想一百遍，他都猜不到事情的經過吧。

「靖王殿下，」顧珩說：「你覺得一個被你滅了全族，被你殺了她至親生父、叔伯全家，毀了她尊貴地位的人，」他一字一句說得非常慢，極盡涼薄冰冷。「要怎麼樣，才能真正地原諒你呢？」

他看到朱楨的臉上，終於露出些微錯愕的神情。

朱楨緩緩地鬆開手，顧珩落到了地上。

這瞬間，震驚和失措籠罩著朱楨，他的思緒無比混亂。

他這輩子做過很多不得已、而又不那麼正確的事，他必須要鐵血手腕，才能鞏固江山、護住自己慵懦無能的哥哥和母親。雖然到最後，是這些人給了他致命的一擊。

但是若論到唯一一個，因為他而全族皆滅，因為他而死了父兄、失去尊貴身分的人，只有一個人。

丹陽縣主蕭元瑾。

這個一直試圖跟他作對、生活在蕭太后身邊的小姑娘蕭元瑾，那輩的蕭氏中，唯一的女孩。

「她是……」朱槙頓了頓，聲音嘶啞。「難道她就是……」

「對，她就是蕭元瑾。」顧珩笑著說：「是我的未婚妻丹陽縣主、蕭家長女，更是你的妻子，靖王妃。」

朱槙如遭雷擊，僵硬半晌。

清虛等人都忍不住了，輕聲提醒道：「殿下，莫聽他妖言惑眾。王妃娘娘與丹陽縣主的年歲、外貌都對不上，怎麼可能是同一人？這是顧珩在狡辯，他必定還沒有說真話！」

但朱槙卻知道不是，因為喝醉的元瑾親口跟他說過，她與他有殺父之仇。

而且元瑾對軍事的熟悉和敏銳、和蕭風初見就無比親密的關係、顧珩初次見到她時的異樣和失態……還有裴子清，當初裴子清執意要娶她……

甚至還有他對她的熟悉感，彷彿兩人已經認識了很久。

越來越多的細節與這個說法吻合，雖然無比荒誕，卻沒有一絲遺漏。

朱槙的臉色也越來越不好看。

在他一開始想娶她的時候，她就拒絕了，當時他還因此而微怒。其實是元瑾在恨與道德中糾纏，既不能拋開家族仇恨，與他毫無負擔地雙宿雙飛，又不能真正如此殘忍地對他吧？

她寧願兩人就這樣針鋒相對，如仇敵一般冰冷。除了喝醉時，能在他面前露出幾分軟弱和依賴，其他時候做出冷漠絕情的樣子，以斬斷兩人更多的情感牽扯。

原來是這樣！

因為他是害她全族的凶手，是曾經的劊子手，是她淪落到今天這地步的元凶！

但不該是這樣的，他雖做錯了事，但那時候他並不知道她就是她，他甚至還不認識她。

這些罪責真的怪不得他。且當年的真相，也不是那樣。

只是世人將所有的黑鍋，都給了他罷了。

可以解釋的，有得解釋的！

「我要見薛元瑾。」朱槙閉了閉眼睛，再睜開後堅決地道：「再次攻打孟縣，叫薛元瑾來談判。我要見她。」

「殿下！」清虛等人想要勸，卻也無從勸起。

靖王殿下看似強硬，對敵人毫不留情，其實他對王妃娘娘是極為在意的。

他做的決定，沒有任何人能勸阻。

第七十二章

元瑾一個人站在營帳外，凝望著跳動的火把。

遠處的天際交織著黛紫色與深藍，地平線躍上一條金紅的輝煌。隨即金紅光暈瀰漫開來，將周圍的雲層暈染出層層深淺不一的金光，萬千丈的光線透過濃密的雲層，灑落在原野上。

日出了。

金光灑向河面，跳躍著粼粼金色，大地也染上了金色，格外的絢麗壯觀。

軍營裡的人陸續醒來，傳來炊煙的聲響。

元瑾身邊走來一個人，也看著磅礴的日出景象。

元瑾微偏頭，此人容顏慈悲柔和，金光落在他的臉上，更加深了這種佛性。

他不開口說話時，這樣的氣質是非常讓人敬仰的，甚至可以直接做成泥塑，放在寺廟裡供人跪拜。當然，當他開口說話的時候，這種感覺瞬間就蕩然無存了。

「妳怎麼起得比雞還早？」白楚說。

元瑾嘴角微動，白楚是她見過最玄幻的人，跟他師弟就是兩個完全不同的極端。

「白先生不也起得很早嗎？」元瑾淡淡道。

「天氣太冷，我被凍醒了。」白楚說著，繼續提醒她。「對了，正好跟妳說一下。冬天快到了，記得給我準備幾件大氅，要灰鼠皮那種。冬衣也要，裡面要帶羔羊毛的。還有手爐，我的手比較金貴，若沒有手爐，生了凍瘡可就不好了……」

他還沒說完，元瑾就轉身走了，只留下一句。「白先生有侍女，凡事讓侍女去準備即可。」

白楚摸了摸鼻子，露出笑容。

她脾氣可真差啊！

他一路穿過同他打招呼的士兵們，謝絕了問他吃不吃烤饅頭的炊事兵，站在一片山坡的背風處等人。

沒多久，就有一個穿著破爛道袍的人影走過來，身材精瘦，皮膚黝黑，留著幾撇山羊鬍，見著他還笑呵呵地同他打招呼。「師兄，多年不見，你竟還是如此英俊瀟灑啊！」

白楚背著手，淡淡地開口。「廢什麼話，我什麼時候不英俊瀟灑了。」

清虛一噎，他這師兄就這點毛病最壞事，幸好他已經習慣二十年了，不然也和別人一樣，每時每刻都想打死他。

「師兄，師父逝世前，見我倆每天都算計彼此、大打小打的，曾立下門規，說同門眾人，至死不得自相殘殺。」清虛笑咪咪地說：「師兄，你覺得咱們倆現在這樣，算是自相殘殺嗎？」

白楚已經明白師弟想幹什麼。

果不其然，緊接著，清虛從懷中掏出一物，遞到白楚面前。

白楚眼睛一垂，只看到這紙包上留下一個油手印。他愛乾淨至極，最受不了自己這個師弟的不修邊幅、不講衛生，他慢悠悠地說：「你覺得我會接嗎？」

「凡事要看裡子，別看外表。」清虛忙說，拆開油紙，只見裡面是一疊銀票，這疊銀票倒是乾淨整潔，非常符合白楚的要求。

「這是五萬兩。」清虛說：「我們殿下說了，只要師兄能改投陣營，陸續還有十萬兩送上。」他非常了解自己這位師兄，表面上看起來高潔不屈，實則愛財如命。

果然，一看到銀票，白楚的目光就被吸引過來，他看了很久，甚至微微嘆了一聲。「可惜了，竟然還是通銀錢莊最新的銀票。」

一聽「可惜了」三字，清虛有些吃驚。這意思是他不接？難道他這愛財如命的師兄轉性了？「師兄，你不是曾同我說，忠心是最要不得的狗屁，銀子才是真理。怎麼，你現在轉性了？」

白楚才道：「與銀子無關，我受人之託，必須要幫助薛元瑾取得最後的勝利。」他露出玄妙的笑容。「那人叮囑我，無論用什麼辦法和手段，都要達成這個目的。所以我也勸師弟，要是真的不想同門相殘，就別蹚這渾水了。」

白楚說完不再逗留，轉身離開。

清虛愕然，他這師兄的意思是……背後其實還有人是要幫薛元瑾的？

究竟還有什麼人有這麼大的能力影響白楚，讓他甘心效忠薛元瑾？什麼人現在能夠遠離這些勢力之外？

清虛百思不解。

畢竟也曾在一起生活過那麼些年，清虛深知自己這位師兄非常不可控。但是一旦他可控起來，可能真的就是一柄利器。他把銀票收起來，迅速趕回去，將這件事告訴朱槙。

朱槙正坐在營帳裡寫字，他說完後，朱槙並沒有什麼表情。

其實朱槙也早就料到，清虛沒這麼容易勸服白楚，否則薛元瑾也絕不敢雇用他。

朱槙將毛筆擱在硯臺上，對身邊的李凌說：「傳令下去，今晚子時，再度夜襲孟縣。

「另外，再讓顧七把這個消息傳給薛元瑾，並告訴他務必不能露出端倪，若對方有絲毫察覺……便小心顧珩的性命。」

清虛和李凌的眼睛皆是一亮，李凌說：「殿下您這是打算……」

將計就計！

很快地，元瑾得到了顧七的傳信，朱槙準備今晚再度夜襲孟縣。她立刻聚集蕭風等人討論。

「老朽覺得有些奇怪……」徐先生道：「靖王上次的夜襲既然已經失敗，又怎會這麼快嘗試第二次呢？」

他說完後，發現白楚看著他扯著嘴角一笑，那眼神彷彿在說，你好像也沒有我想的那麼蠢啊。當然，其實白楚並沒有說話，但他對人的侮辱和欠打已經深入他的每個動作和眼神，讓人一看就能理解。

徐先生避開了他的目光，他不想跟這個人有任何對話。

「徐先生與我想的一致，覺得這事透著一絲古怪。」蕭風抬頭看元瑾。「阿沅，妳怎麼看？」

元瑾也有些摸不準，但這種事總不能只因為一個感覺而決定。「說不好。但若是朱槙恰好料準了我們的心思，這第二次夜襲，也的確能打得人措手不及。」

如今孟縣全靠他們的兵力護衛才得以保全，倘若稍有不慎……那將天下盡失。

「那麼現在有兩種可能。」徐先生道：「也許經我們上次一戰後，靖王產生了懷疑，將二小姐的線人找了出來，這次的消息是假消息。第二個可能，就是他真的想趁我們不備再度夜襲。」

幾個人糾結了一會兒，最後將目光投向白楚。

白楚正在喝茶。「……你們看我幹什麼，我怎麼知道你們的線人有沒有露餡兒？」

一個時辰八百兩銀子，難道是請他來喝茶的？元瑾示意寶結。「把白先生的茶端下去。」

「好吧、好吧！」白楚這才放下茶杯。「恐怕朱槙現在應當已經知道有叛徒了。」

他稍頓片刻，本是想留點神秘感，見沒有人問他「先生是怎麼知道的」，才自己灰溜溜地繼續往下說：「昨晚清虛傳信給我，他已經知道我在你們的陣營了。如此一來，前晚我們反擊的種種手段他應該也知道，若是沒有人通風報信，我們縱然猜到他們會夜襲，也不會知道真正時辰，所以勢必是有人透露的。按照朱槙的個性，肯定會嚴查底下的人到底是誰走漏消息。在這種節骨眼上，出現這樣古怪的攻打命令，想必是已經找出了叛徒。」

元瑾其實早已經有了惴惴不安的感覺，如今證明是真的……怕是顧珩被朱槙發現了，便以此招來將計就計。

她睜開眼睛，道：「縱然如此，也不能掉以輕心，正所謂不怕一萬，只怕萬一。現在僅有盂縣和武陟縣還未被破，大家都要做好防禦準備，防止朱槙聲東擊西，反倒壞事。」

如此一來，就大抵是萬無一失了。不管朱槙那邊的情報是真是假，他們都做好準備，應當不會有錯。

白楚也沒說什麼，帶著人下去準備了。

刀劍無眼，元瑾是不去戰場的，蕭風也不會讓她去。這夜的風聲淒厲，元瑾又沒有睡好。實際上自開戰以來，她很少有睡好的時候，唯獨朱槙來夜探她的那晚，竟是好好地睡了一覺。

等到她迷濛地醒過來時，卻聽到耳邊傳來沈沈的呼吸聲。

元瑾霍地睜開眼，然而手腳皆已被禁錮，背後的胸膛熟悉又熾熱，她心中一驚，是朱楨！

他怎麼又夜探她的營帳！

元瑾惱怒，正要大聲喊人，卻聽到他低沈一笑。「丹陽縣主，是嗎？」

元瑾突然不知道該說什麼，心猛地一沈。

他為什麼會提到這個？難道他已經知道了什麼？

元瑾突然反應過來。

朱楨的目的，也許不是盂縣或武陟縣，就算他發現顧珩是奸細，也不應該發出一條誰都會有所懷疑的情報。他之所以透露這樣的情報，是知道按她多疑的性格，勢必不會全信顧七所言。她怕他聲東擊西，便會派兵同時守住盂縣和武陟縣，這樣一來……他們的大本營反而兵力空虛，得以讓朱楨乘虛而入！

朱楨的目的，是她！

想到這裡，一股涼意竄上元瑾心頭。

外面恐怕都是朱楨的人了，她已經落入朱楨的陷阱中！

「靖王殿下是什麼意思？」元瑾冷淡道。

「都這個時候了，妳為什麼還想要隱瞞呢……」他輕輕在她耳邊道：「蕭元瑾。」

當他說出這三個字的時候，一股震撼衝上心頭。他的語調既熟悉又陌生，好像說過很多次，又好像是第一次提及。元瑾渾身輕輕一顫，她這才明白過來，其實無論什麼時候，她內心深處都只認為自己是蕭元瑾。

她與朱槙終於剝開層層面具，第一次用最本質的身分面對彼此。

元瑾拳頭緊握，久久沒有說話。

「我一直很疑惑，為何妳要背叛我，就算我求了原諒，妳也會中途逃跑。在我審問顧珩的過程中，我終於明白了。」朱槙靜靜地說：「因為妳就是丹陽縣主，是那個數年前，曾經刺殺過我五次，被我滅了族的姑娘。也是親手被我毀了婚事、毀了一生的蕭元瑾。我說得對嗎？」

他說到這裡，元瑾奮力地掙扎起來。

外面已經全是朱槙的人，但是他們不會進來，元瑾撞落了桌邊的燭臺，一把抓著還在燃燒的燭臺想要刺向朱槙。朱槙往旁一躲，她終於能夠從床上站起來，看著他。

而後，她嘴角露出一絲冷笑。「既然靖王殿下都知道了，那我也不必隱瞞了。是，我就是蕭元瑾，就是那個被你滅了族的蕭元瑾。靖王殿下現在知道，我為什麼要背叛你了吧？因為你手上沾著我父親、我姑母、我全族的血，我日日夜夜睡在你身邊，想的都是怎麼報仇。我再告訴你，你若不殺我，那我就會來殺你。我們二人只能是至死方休！這世上只要有我在，就不會讓你苟活於世！」

元瑾冷冷地看著他，目光透著洶湧的恨意。

朱楨卻在她的床上舒展開修長的手腳，手枕在後腦，看著她說：「妳想激怒我殺了妳？」

看到他並沒有絲毫被激怒的模樣，反而一語道破自己的心思，元瑾有些無力。

朱楨的確厲害，她是想激他殺自己，這樣至少聞玉他們不會就此被牽制。畢竟若她被挾持，恐怕聞玉二話不說就會退位，以換取她的存活。

既然他已經看穿，那便別演了，浪費她的表情。元瑾坐下來給自己倒了杯茶，剛才說話太大聲，嗓子有點乾。

朱楨覺得她也是好玩，身陷敵軍的包圍中，激他殺自己不成，乾脆懶得激了，自己喝起茶來。

他站了起來，走到她身邊。「所以，這就是妳背叛我的理由？」

元瑾連眉毛都沒抬，喝了口茶，淡淡地道：「聽靖王殿下的意思，是還嫌不夠？」

朱楨道：「我只是覺得奇怪，倘若僅是如此，妳為何不肯告訴我妳的身分？畢竟如果我知道妳是蕭元瑾，我會告訴妳當年的很多事，緩解妳我之間的矛盾。但妳為何不肯說呢？」

元瑾握著茶杯的手微抖，只聽朱楨繼續道：「也或許，妳還有別的心思。比如說，其實妳內心是愛我的，但這和妳心中的仇恨相違背，妳怕我告訴妳後，妳心中的防線會徹底瓦解，妳會徹底愛上我，這樣談何報仇呢……」

「閉嘴！」元瑾終於開口了，她胸口微微起伏，冷冷地看著朱楨。

她這下才是真正被牽動了情緒。

朱楨嘴角微微一扯，笑了起來。

元瑾卻陷入一種無端的絕望中。

其實從很小的時候開始，她就聽說過朱楨的各種事蹟。

他是如何用兵如神收復西寧，又是怎樣權勢滔天，回京城時百官跪迎。他在他的封地裡，是怎麼待民如子、親切溫和。她私底下刺殺他無數次，他都不動聲色地悄然化解，那些刺殺的人都有去無回。

後來她成了薛元瑾，遇到了陳慎，這個陳慎是真正讓她愛上的人，沈靜端和，不與世爭。無論何時何地，他總是能幫助她。後來她知道了他是朱楨，和那個她聽過無數次的靖王仍是矛盾而又重合，他之所以是這個樣子，那是因為他的身分與他相輔相成。

一個普通的居士，不可能指點江山、用兵如神，不可能在她需要的時候，能夠準確無疑且輕鬆地幫助她，也不可能擁有那般的從容和淡定。其實元瑾也知道，她真正愛的就是靖王這個人，陳慎只是個虛幻的泡影，因為陳慎的言行舉止中透露出來的，就是靖王朱楨。

她愛的那個人就是朱楨，她騙得了別人，卻騙不了自己。

元瑾頓生一種背叛之感，腿軟得有些站不住。

朱楨扶著她的肩膀，逼她看著自己。而她渾身軟綿綿的，像是沒有絲毫力氣一般。

「妳聽我說，這場戰爭其實可以圓滿解決，沒有任何一個人會死。」朱楨低聲說：「妳不停地想要與我作對，無非就是想為妳的家族報仇。可是，我同妳說一句實話，蕭家當年如此繁盛，權可比皇室，即便不是我出手，也撐不了多久。」

元瑾明白他的意思，那個時候的蕭家太過樹大招風了。

「我未曾殺過妳的父親和姑母。」朱楨繼續說：「當初將蕭家收監，我還建議過朱楠，不要治妳父親的死罪，他保家衛國是有功勞的。可惜妳父親在押解回京的過程中沒有活下來。還有蕭太后，當時蕭家已滅，我為何非殺她不可？我將她囚禁在慈寧宮裡。可是有一日朱楠卻告訴我，她意外暴斃。元瑾，我是個臣子，而不是殺人魔。只要達到目的，我又怎麼會殺他們……」

元瑾聽他說著父親、姑母的過去，靜靜地閉上眼睛，一道淚痕滑過臉頰。

「即便你說這麼多……」她的聲音停頓。「但是朱楨，他們仍然是因你而死的，就算你不曾親自動手。朱楨，你自己也知道這是狡辯。」

「可不該是這樣的！」朱楨見她油鹽不進，一把抓住她的肩，他頭一次用這種低啞的語氣說話。「那時候我還不認識妳。我所做的這些事，都與妳無關，也與妳我之間無關……」

他在很多不得已的時候，做過很多絕情的事。也許是為了淑太后，也許是為了自己的權勢。

在此之前，他從未為它們後悔過，但是現在，他頭一次有了這種衝動。

元瑾卻露出慘澹的笑容。她知道，可即便她知道又如何？她能原諒他，但是她沒有代表別人原諒他的權力。

「元瑾，我知道妳不可能忘記這些事。但是這些都過去了，我也為我曾做過這件事後悔……」朱槙停頓了一下。「妳不應該、不應該……」

在他還沒說完的時候，她就已經將他抱住。

這是頭一次，元瑾在清醒的狀態下，做出如此主動的舉動。

朱槙身體一僵，她將頭埋在他的胸口，彷彿一顆柔軟的毛球，有種異樣的熨貼。

「你不需要說了，朱槙。」元瑾聽到自己清晰冷靜的聲音。「我從未覺得你錯了，你也不必後悔。我站在你的位置，或許會做出同樣的事情。只是……朱槙，倘若你在我的位置上，我能怎麼做？」

一個本來衣食無憂、從來只得到別人的保護和尊崇的人，一夕之間要面臨世界傾覆、親人不在的痛苦。即便表面看上去再怎麼堅強，她也會在午夜夢迴醒來，望著淒冷無依的世界，哭得渾身發抖。

「所以即便父親他們不是死於你手，我也無法視這一切沒有發生。」元瑾閉上眼，深深地聞了下他身上的味道，類似一種皂香和松針混合的味道。這大概是她最後一次聞這個味道了，她聞到便想起寺廟中的歲月，頓覺安心。「既然我敗於你手，那我認了。你想怎麼樣都可以，殺我、囚禁我，我毫無怨言。」

朱槙卻是一笑。「不是這樣的。」他將她的下巴抬起。「妳覺得，我愛不愛這個皇位？」

元瑾不知道他這麼問是什麼意思，但她眨了眨眼睛，緩緩地說：「沒有人不喜歡絕對的權力。」更何況他還是靖王，他足夠理智的話，就應該用盡一切的手段去謀求皇位。

朱槙又笑了笑，她對人性的判斷既武斷又準確。

「但是我這次會放了妳。」朱槙說：「只為了彌補我過去對妳做的事，很多事不是一條路走到黑的。當然自此以後，我也不會再手下留情。元瑾，妳是丹陽縣主的時候就鬥不過我，現在，妳也一樣鬥不過，希望妳能明白這點。」

他說完後，輕輕地吻了下她的額頭，然後蒙住她的眼睛。「閉上眼吧。」

等元瑾睜開眼的時候，已經看不到他的身影。

很多人衝進營帳，火把亂晃，那是敵人突然離去的混亂。「二小姐，您沒事吧？」

元瑾卻跪坐在床上，茫然地看著他消失的方向。

眉心仍然殘留著那一吻的熱度。

她的心中充滿不解，以及異樣的觸動——他居然會放了她，居然真的放了她！

太后曾說過她雖然聰明，但在面對感情的時候，其實像孩子一樣遲鈍和殘忍。元瑾曾經不以為然，她覺得自己很成熟，也很善良。但是到今天，她心中突然有一絲東西破繭而出，開始沐浴著陽光而生。她才明白，太后說的那句話是真的。

朱槙……他究竟在想什麼呢？如果換作是她，會輕易地放人嗎？

很快地，蕭風他們回來了。在布局後不久，白楚就察覺到不對勁，意識到朱楨很可能是聲東擊西，他的真正目標應該是元瑾。但當他們帶兵衝回來，準備與朱楨的軍隊廝殺時，只看到朱楨的軍隊已撤，而元瑾毫髮無損。

「阿沅，朱楨究竟做了什麼？」蕭風懷疑朱楨還有後手，因此問元瑾。

元瑾卻搖搖頭，不想再說。她只想好生睡一覺，理清自己的思緒。

蕭風等人翻遍了她的營帳，也沒找到朱楨究竟動了什麼手腳。最後蕭風下令，退軍一里，重新安營紮寨。

十一月，懷慶下了第一場雪。大雪漫漫，將山河妝點得銀裝素裹。

一旦真正進入隆冬，打仗就變得艱難起來。對人力、物力的消耗都是加倍的，尤其於朱楨而言更是如此，因他是拉長戰線作戰。所以他加快了進攻的速度，在大雪後第三天，再次對孟縣發起進攻。

這次是全面而猛烈的正面進攻，蕭風率五萬軍隊，挾神機營火炮軍同朱楨作戰。自上次一事後，蕭風等人對元瑾加強戒護，現在她留在後方，被二十個侍衛貼身保護著，不斷聽著前線傳來的消息，我軍傷亡多少、朱楨那方又傷亡多少。

傳來的消息越來越讓元瑾膽戰心驚，蕭風在苦苦抵禦朱楨，然而漸漸有所不敵，傷亡人數每天都在增加。

白楚在她身邊坐下來，問道：「那日朱楨來究竟做了什麼，他總不會是來給妳送棉襖和羊肉的吧？」

元瑾看了他一眼。「白先生每天都這麼閒？我開始覺得，付給先生的銀子是不是有些多了。」

「別這樣。」白楚卻說：「昨天我不是還趁著下雪，用網子捕了幾隻鳥，烤了給妳吃了？也沒見妳說不好吃。」

「你究竟有什麼打算？」元瑾快要繃不住自己的情緒了，她壓低聲音，露出幾分冷笑。「你這幾天每天神出鬼沒，一到戰略布局的時候就不見蹤影。白先生，難道我和蕭風看上去都像很好說話的樣子嗎？我看把你烤了也不錯。」

白楚露出個不痛不癢的表情。「妳知道朱楨為什麼拖到現在才正式進攻嗎？」

元瑾盯著他不語，此人非常喜歡故弄玄虛，最好是別回答他，他沒趣了就會自己說。

「一進入冬天，軍隊供給就可能出問題。而且碰上大寒，也許還會凍死人。」白楚說：「所以將士們為了早日結束，反而驍勇善戰，攻勢極猛。我們的兵力本就不比朱楨，所以肯定不敵，想什麼辦法都沒有用。」

元瑾不再看他，指望某個人勢必是不可靠的。白楚不做事，最後扣他工錢就是了。

白楚卻繼續問：「二小姐還沒有回答我，那日朱楨來找妳究竟是為了什麼？」

元瑾乾脆不理他，起身走人。

揚的味道。

「哎喲！」白楚又再次笑了笑。「真是好難溝通啊！」

等元瑾再次回到營帳時，只見寶結捧著一隻鴿子在等她。「二小姐，這個又飛來了。」

那鴿子張著綠豆大的小眼睛，左看右看，毛色水滑，很是神氣，甚至有那麼幾分趾高氣揚的味道。

元瑾將鴿子腿上的小竹節拆下來，走入營帳中。

自從那日後，朱槙時不時會用鴿子給她傳一些話過來。絕大多數是無關痛癢的話，比如「今日請吃飯，清虛獨盡酒菜，故他付帳。」還有「今日晨起，突覺不公。雖有世仇，爾卻也嘗試殺我數次，如何不能抵消？」

元瑾偶爾會看得笑一笑，卻從來不回，但朱槙仍隔三差五地給她送信。一開始那鴿子還不識路，會飛到別的帳篷上，到現在鴿子都認得元瑾的帳篷了。時常就立在她帳篷前的火堆架上，閉著眼睛打盹等她，好幾次都差點被白楚捉去烤了。

雖然不回，但元瑾也不得不承認，朱槙這些傳信的確給她帶來些許樂趣。

今日，這紙上只寫了一句話：三日內奪孟、武陟兩縣，請速速準備。

元瑾立刻皺起眉，雖然戰局如此吃緊，卻也仍然膠著，他怎麼就如此有自信，能三日內奪取兩縣，破懷慶防禦。

這最後一句更是顯得有些莫名了，準備什麼？

元瑾捏著這張紙條，突然感覺到一絲不安。

第七十三章

元瑾思忖一會兒，頭一次給朱槙回信，只寫了兩個字：休想。

朱槙枕在火爐旁休息時收到她的回信，他看了之後笑了一聲，順手將紙投入火爐中。火爐突地騰起一簇火焰，瞬間就將紙條吞沒。

他面前坐著一個身著戰甲的人，低聲說：「沒想到當年我隨手收養的孩子，竟然就是皇室遺脈，倒是給殿下添麻煩了。」他的聲音瞬間陰冷。「我當日就該早些殺了他，免得做出如今狼心狗肺之事。」

朱槙笑了笑，拍了拍他的肩膀。「行了，還活著就好。如今有你，這戰局便能真正加快了。」

那人抬起頭來，風吹起帷帳的簾幕，他的面孔稜角分明，赫然便是失蹤已久的薛讓。

孟縣地勢易守難攻，元瑾猜測朱槙必定會率先進攻武陟。她連夜與蕭風商量對策，讓蕭風領軍八萬抵禦，而她與崔勝則領神機營守孟縣，應當不是問題。

次日，朱槙領軍自圪和、西陶兩面進攻武陟，他的軍隊有長年與蠻夷交戰的經驗，十分驍勇善戰。而蕭風所統領的軍隊，多來自京衛和遼東沿海，擅長抗倭等海上作戰，但對於陸戰有所不及。對此，元瑾很擔憂，更何況又有朱槙昨天發出的那封信，心裡總是惴惴不安。

她一早便站在營帳外，看著武陟的方向。

隔得這麼遙遠，彷彿也能聽見鐵馬金戈、戰場廝殺的聲音。她站了一會兒，冷風吹透了身體，便準備回營帳去歇息。

但是不久，她就聽到戰馬的聲音，腳步有些混亂，同時看到了他們的旌旗。

元瑾心裡頓時透涼。五叔撤兵……這代表……武陟終究還是失守了！

她連忙命駐守的士兵迎接，自己也立刻迎上去，只見蕭風被人扶著，面色異常蒼白，手的姿勢僵硬。

這怕是受傷了！

士兵將蕭風扶進營帳，剪開戰袍一看，手臂上被砍了一刀。

元瑾著急地問：「五叔，這究竟……究竟怎麼了？」

蕭風帶著八萬兵馬，朱槙只帶了五萬人進攻，按理說應當不會如此慘敗才對。

蕭風嘴唇微動，告訴元瑾。「是薛讓……薛讓沒有死，他回來了。」

元瑾瞪大眼睛。

朱槙是怎麼找到薛讓的，又找到多久了，這些元瑾統統不知。她只知道蕭風同她口述的，當日分兩路進攻武陟的一路是朱槙領軍，另一路就是薛讓。他發現竟然是薛讓時，亦是非常震驚。

他們差點以為見了鬼！

薛讓不是死了？怎會又出現在戰場上？

薛讓領軍作戰的能力是毋庸置疑的，不然定國公府也不會發展到如今的強勢。

所以在強兵夾擊之下，蕭風實在抵擋不住，只能撤兵。

蕭風的手臂受了輕傷，正在包紮。元瑾則在營帳中轉來轉去，苦苦思索。

朱槙手裡有薛讓、李凌、裴子清等能將，除了裴子清鎮守山西，現下薛讓又回來了，朱槙可謂是如虎添翼。但是蕭風這邊，能將僅他和崔勝二人，這崔勝作戰雖強，但在計謀上無任何幫助。

實在是棘手。

若朱槙勝出，元瑾不覺得聞玉和蕭風他們會有什麼好下場。她了解朱槙，具有威脅的人他是不會留著的。更何況，京城中那些仇人，她也還未來得及一一算帳，就面臨敗北。

元瑾閉了閉眼睛。她已亡的親人，還在天上看著呢。

「將軍的傷可要緊？」見已經包紮好，元瑾便問軍醫。

軍醫是個花白鬍子的半百老頭，恭敬道：「傷得倒是不重，未及筋骨。只是也不淺，總歸要養幾日。」

在這種節骨眼上，蕭風即便只是受了點輕傷，也是雪上加霜。

元瑾讓他退下去，她單獨同蕭風說話。

蕭風將袖子放下去，說：「……眼下只餘孟縣，但憑朱楨的勢頭，沒兩天就會被攻下來。到時候懷慶一破，下一步就是開封府，整個河南便失守了。」

蕭風抬起頭，看了元瑾許久才問：「阿沅，事到如今……妳告訴我，那日朱楨來找妳，究竟是為了什麼？」

元瑾沒有說話，過了許久微微露出苦笑。「五叔，到了這個地步，又何必問這些無用之事？」

蕭風沈默了。

元瑾並沒有讓他說，而是繼續道：「其實我知道你想說什麼，朱楨對我的確有幾分情分，但他沒有足夠喜歡我到……要放棄皇位的地步。」

他來並不是為了別的事，只是為了勸說她放棄爭奪皇位，但是她能放棄嗎？她的親人、她的仇恨以及必須完成的使命，這些她放不下，朱楨自然也放不下。

蕭風微微嘆了口氣。「不管怎麼樣，我們都希望妳過得幸福，嫁與一個真正愛護妳的男子。」

元瑾的神色有些茫然。真心愛護她的人……五叔又是什麼意思？

她仔細想那些曾經出現在自己生命中的人，似乎沒有一個是真心愛護她的。他們都有自己的目的，不得不背叛她。

她閉上眼睛，有些疲倦地將頭靠在蕭風的膝頭。

接下來戰局的快速發展超乎所有人的想像，朱楨的軍隊在破了武陟縣後，又勢如破竹地接連攻破孟縣，占領懷慶。緊接著再破開封府，逼得元瑾、蕭風等人退守順德。

這便是已經打入北直隸了！

元瑾收到朱楨的傳書，他只寫了一句話：承諾三日破，如何？

元瑾有些咬牙切齒，這人當真是……勝了還要來挑釁她。元瑾甚至能想到他寫這幾個字時，那種手攬大局的氣定神閒。

他覺得她始終不如他，是吧？

她拿著這張紙走進軍營，告訴蕭風。「我要上戰場。」

在場所有人都吃了一驚。之前陛下有令，即便元瑾跟隨行軍，也不能上戰場。再者蕭風也絕對不贊成。

徐先生臉色一白。「二小姐，您身分高貴，這戰場上刀劍無眼的，您可不能去！」

蕭風也皺眉。「阿沅，不要胡鬧！」

「我沒有胡鬧。」元瑾淡淡道：「現在薛讓回來了，你與崔勝必須要兵分兩路對付他們。崔勝不足以對付朱楨，這幾次大敗，無不是他對上朱楨後毫無一戰之力。我只在後面看著就是。再者我騎術甚好，亦不會拖累旁人。」

「我贊成。」白楚在旁笑了笑。「誰說女子不能上戰場了？古有穆桂英掛帥、梁紅玉擊鼓退金軍、秦良玉替夫從軍，上陣也沒什麼問題。」

蕭風看了白楚一眼，這個唯恐天下不亂的，整天就知道煽風點火。不過他之前幾次保衛勝利，都有白楚的出謀劃策在裡面，所以他也沒有說他什麼。

白楚又道：「大不了你再多派些人隨身保護她就是了。我不信十個護衛，還護不住她周全。」

「這也是沒辦法的辦法。」元瑾道：「白楚要跟著你，徐先生要守住後方，眼下只有我能用。我不上戰場，崔勝不熟悉陸戰打法，到時必敗無疑。」

蕭風長長地嘆了口氣。

他想護得元瑾周全，卻發現世事殘酷，他根本無法護住。

他沈默片刻，告訴徐先生。「這事瞞著陛下。」

徐先生點頭應了。

次日元瑾就出現在堯山的戰場上，與崔勝合作抗擊朱楨的軍隊。

堯山地勢險峻，騎兵不能發揮作用，而朱楨軍隊中最強的便是騎兵。正是因為這個，元瑾便謀劃好了作戰方針，將朱楨的軍隊往山裡引，隨地而動，再配以早就埋伏在山中各處的火炮軍和弩箭手，肯定能一擊必勝。

不出元瑾預料，朱楨的軍隊果然上當，然後入了深山，中了他們的埋伏。

尤其朱楨的軍隊通過一處峽谷時，被她所埋伏的弩箭手所傷。過沒多久，朱楨就意識到堯山的地形太過桎梏，此仗不可打。

元瑾與眾士兵立在山谷裡，她高高地騎在馬上，等了許久發現朱楨終於退兵後，周圍的人突然歡呼：「他們退兵了！」

他們戰勝朱楨，他們竟然能戰勝朱楨！

激動的士兵無不用崇拜而熾熱的眼神看著元瑾，若不是她是女流之輩，恐怕早已將她舉起來慶祝了。

在縱馬回城的路上，元瑾仍然面帶笑容。

她的心情也頗為愉悅。早知如此，她應該早日上戰場的。

只是當她看到朱楨的鴿子停在她的房門口時，臉色就不太好了。她取下鴿腳上的信紙，看到上面寫了一句話：勝利的感覺如何？

元瑾嘴角一扯，給他回信：因勝於靖王，自然美妙。

不久後，她得到朱楨的回信，上面寫道：妳贏一次，便不要太生氣了。現在只是指揮作戰，再氣恐怕就要掛帥上陣，同我廝殺了。

元瑾看到這裡面色一寒，朱楨的意思是，他故意讓她贏的？

她立刻爬上城樓，眺望遠處朱楨的營帳，自然是看不清楚的，只見得一點微弱亮光。她仔細回想，才想起朱楨今天帶來的軍隊根本就不多，且他撤兵得也太爽快了些，根本就是不想與她纏鬥的樣子。

她氣不打一處來，給他回信：殿下的意思是，故意敗給我的不成？我怎知道你是不是嘴硬？

她寫完後給那胖鴿子裝上信，那鴿子啄了啄羽毛，大概是飛得有些累了，所以原地休息並不打算飛，元瑾驅趕牠兩次都沒用。鴿子只是一個趔趄，搧了搧翅膀穩住自己的身體，縮緊了頭，一副不想理人的樣子。

「你飛不飛？」元瑾又問：「不飛便把你做成烤鴿子。」

寶結一出房門，就看到自家一向精明的小姐在威脅一隻鴿子。她走過來，笑吟吟地道：「二小姐，鴿子這是餓了。」說著她走進房中，出來時遞了一把黃米給元瑾。

元瑾接過米，將信將疑地把米遞到鴿子面前。這鴿子才來了精神，低頭慢慢啄米吃，直到吃得滿意了，才揮著翅膀飛走。

鴿子等到下半夜才飛過來，元瑾取下紙條，看到上面只有一句話：可妳真的打不過我啊。

元瑾嘴角一扯，寫了字又讓鴿子帶回去。

第二日清晨，朱楨接到她的回信，展開一看，上面只有一個字：呵。

非常言簡意賅、雲淡風輕。

朱楨笑了笑，回頭凝望一眼自己的營帳，沈聲道：「出兵！」

他打算放棄堯山，這個地方根本沒有攻下來的必要。他的下一步，是元瑾現在的大本營龍崗。

元瑾也早就料到朱槙不會再攻打堯山，他占據如此優勢，只需將龍崗再打下來，堯山就不戰而獲了。所以她也命軍隊連夜準備，以防朱槙偷襲。

寒霜十一月，大地已經降下白霜。濃霧盡散，強烈的金色日光將薄霧染得如金紗一般，籠罩著山川。但這樣的美景卻無人觀賞，龍崗縣的人都在忐忑地準備防禦。

元瑾遠遠地就看見朱槙的身影，他披甲掛帥，高高地騎在馬上，與她認識的那個人不大相似，反倒更像是陌生的靖王殿下。金光將他身後森嚴的軍隊拉得很長，鐵甲上也反射著金光，威壓逼人如同天兵神將。

他的嘴角帶著一絲冷笑，仰著頭，看著站在城門上的元瑾。

隔得太遠，她的面容模糊，但因為白霧籠罩，宛如仙子，隨時都會幻化為風。

朱槙朗聲道：「薛元瑾，刀劍無眼。」

元瑾提了聲量說：「殿下只需擔心自己就好，不必掛心我。」

朱槙又一笑，不再說話，緩緩地舉起右手。「攻城！」

千軍萬馬浩蕩而至，朱槙麾下的火炮軍在前面一字排開，對著城門開炮。緊接著就是長木攻門、投石炮攻擊。城門震動，宛如地動山搖，不少城牆被砸出深坑。

元瑾早已有計劃，她手一揚，冷喝一聲「放箭」，千萬箭矢密麻如雨而下，朱槙的軍隊立刻以圓盾抵擋，但仍有不少人中箭。朱槙再一揮手，又有軍隊洶湧補入，根本就不怕損耗，攻城的勢頭反而更加猛烈。

元瑾立刻意識到，他這是準備採取人海戰術！

同時，下面的將士跑上來稟報。「二小姐，城門已經快要失守！您也快下去吧，仔細石炮傷著您！」

元瑾面沈如水。「城門已用三層實木、鐵板和鐵條加固，竟這麼快被攻破？」

將士低聲道：「對方火炮威力極大……」

元瑾卻覺得有種說不出的不對勁。

她命令道：「再以二層鐵板加固，城門不准破！」

破城的人不斷地死去，朱槙要用人海戰術，那她就跟他耗！只要他們能堅持住，最後就能贏！

元瑾揮手讓另一隊弩箭手換上，同時讓人提來火油，往城下傾倒。

不到必要時候，不能上火油攻擊，因這很可能是殺敵一千、自損八百的招式。但她現在必須要這麼做。

朱槙發現她開始傾倒火油，眉頭頓時擰起。薛元瑾真是心狠，不光對別人狠，對自己也狠！

他右手再次舉起，命令道：「直接衝陣！」

軍中譁然，但是沒有任何人質疑朱楨的決定，大軍立刻洶湧而上，城門岌岌可危。

元瑾眼中銳光一閃，對上朱楨的眼睛，立刻冷冷道：「放箭！」

無數燃燒的火頭箭射向下方的火油，頓時熊熊烈火燃起，士兵中不斷發出慘叫聲，但同時，岌岌可危的城門發出吱呀的聲響，城門恐怕馬上就要破了。

又有侍衛走上來對元瑾說：「二小姐，您必須要離開！」

不，她不能走！

她離開的話，城門肯定守不住。龍崗若再守不住，順德府就完了，順德府一完，整個北直隸只會如摧枯拉朽般被朱楨攻下來。

但是元瑾根本沒有反對的機會，到了這個時候，她身邊的護衛得到的唯一指令，就是保證她的安全。

元瑾被半推半挾持地下了城樓，下面有輛馬車等著她，要立刻從另一邊送她出城。

元瑾回頭，看到熊熊烈火的氣焰冒起來，城門沈重地響了一聲，隨即龐大的鐵板倒地，木門四分五裂，城門終究還是破了。

無數的士兵湧入城門中，幾乎將龍崗的所有主幹道占領。崔勝領軍迎戰朱楨的五千精銳鐵騎，可他們殺意極重，銳不可當，瘋狂的廝殺使得崔勝的軍隊節節敗退。

隔著廝殺的人群，朱楨看往她的方向，眼神血紅。

「二小姐，咱們必須要走了！」侍衛道：「蕭將軍的死命令，就是城破了您就必須離開啊！」

元瑾閉了閉眼，她知道崔勝根本不敵朱槙，只要龍崗失守，一切都完了！

「走吧……」她回過頭，知道如今不是逞能的時候。城門不破，她或許還能迎戰朱槙，但現在是怎麼都不可能了。

她上了馬車，馬車快速地朝前方跑去。

馬車跑了不久，元瑾感覺到馬車發生詭異的震動，隨即劇烈搖晃起來。她心中不安，探出頭問：「到底怎麼了？」

但眼前這一幕，讓她震驚得瞪大眼睛，只見流經龍崗的黃河泛起大水，波濤般的水浪一股股地湧來，已經將遠處的城鎮淹沒，同時大水也迅速淹過馬的膝蓋。

元瑾立刻往源頭看去，即便遠遠看著，都掀起了極高的浪花。大水不斷快速湧入，已經有許多哭喊著從屋中逃出來，卻迅速被無情浪濤淹沒的百姓。

「這……這是……」元瑾喃喃。「黃河的堤口破了？」

否則怎麼會有這麼浩大的聲勢？

但現在不是汛期，黃河怎麼會決堤！

應該是人為，否則哪裡會決堤得如此可怕，幾乎洶湧如海嘯一般！

恐怕是有人鑿開了河堤，想要淹死這城中之人。龍崗地勢極低，且城樓修得十分牢固，一旦黃河決堤，城中之人將十分險峻。而城中有誰？那鑿開河堤的人，究竟是想淹死她，還是想淹死朱楨？

這究竟是誰幹的？元瑾心裡突然漫過一陣涼意，她不敢猜那個結果。

趕車的車夫已經嚇得不敢說話，他們太靠近河流決堤處，水越漫越高，已經淹過馬匹的大腿。他只能拚命驅馬奔跑，快一分就多一分的安全。但是水位太深，馬兒根本就跑不起來。

眼看車廂也快被水淹過，車夫顫聲道：「二小姐，您爬上車頂……您爬上去！」

現在水位已經很高了，爬上車頂並不難。元瑾爬上去之後，一眼望過去，全是茫茫的河水以及被淹沒了一半的房屋，連城門口的戰場廝殺也已經看不到了。

她問車夫。「你可善泅水？」

車夫點點頭，元瑾就道：「若實在危險，你拋下我就是了。」

車夫才道：「二小姐，問題是……咱們出城的路口，正好是河水流經之處……」

若是不出城，就會淹死在城中；若是出城，可能會在河裡淹死！

元瑾也覺得渾身一顫，她感覺到越來越慢的車速，知道恐怕是凶多吉少了。

即便她水性再好，也不可能就這麼游得出去，更何況她的水性也不過是一般而已，根本沒有體力游出去。

大水很快就淹沒了車夫的腰身，他越來越怕，雙眼發紅，低聲道：「二小姐，我……我家中還有老人和一雙兒女，我……」

「我明白，」元瑾表示理解。「你走吧，不用在這裡陪我了。」

車夫棄了馬車，很快游了起來，似乎希望找個高處躲一躲。

元瑾蹲坐在車頂上，抱著濕透的裙子，看著泱泱一片的水澤，突然覺得自己有些孤獨。

在天災下，人禍算什麼？權勢又算什麼？滾滾黃河水而過，一切不過是泡影罷了。

她覺得很冷，又將自己抱緊了些。

水越淹越高，應該很快就要淹到車頂了。

元瑾盤算著自己游出去的可能性有多少？最後想想，還不如游到旁邊的房子上，等著看潮水會不會退去。

她試了試水，涼得透骨，但是已經沒有別的選擇了，她正要下水，突然聽到背後一聲急喝：「妳在幹什麼！」

同時有人一把撈起她的腰，讓她穩穩地坐在馬背上，那人在她背後厲聲說話，溫熱的氣息拂在她耳邊。「妳不會水，下水只會被淹死，妳是病急亂投醫了？」

元瑾聽出了這是誰的聲音，竟然是朱槙。

她心中突然揚起一股喜悅，他竟然來救她了！其實他們那個位置，撤離比她方便多了。她是往城中跑，越來越接近河流，所以才如此悽慘。而朱槙的戰馬是出自西域的汗血寶馬，比普通的馬高大矯健不少，仍然能跑得快。

元瑾靠著他溫熱的胸膛，將她的後背貼得暖暖的。她突然笑了笑，說：「朱槙，我會水。」

朱楨方才發現黃河水決堤時，就知道肯定有人搗鬼。他立刻下令讓他的軍隊撤離，自己正準備退走時，突然想到元瑾，她已經跑進城裡，恐怕來不及跑出去，她才是真正有危險！

朱楨看了眼黃河氾濫的速度，當時什麼都沒想，立刻決定騎馬追上來。結果一追到她，就發現她一副要立刻往水裡跳的樣子，這才連忙過來將她撈起。

朱楨問：「會水？那妳在皇宮被徐貴妃的人推下水，差點淹死的時候呢？」

「那是我要陷害徐貴妃啊。」元瑾在他懷裡說：「你忘了？我蕭家和徐家也有不共戴天之仇。而實際上我會水。」

朱楨聽了沈默片刻，笑了起來。「好妳個薛元瑾！」

他的笑容不像是生氣，但也說不出來究竟是什麼意思，只是又將她摟得更緊一些。

「妳還有什麼事可以一併告訴我。」朱楨說：「反正都到這地步了。」

水越淹越高，但兩人卻在馬上奔跑。

元瑾想了想，就說：「我不會做衣裳算嗎？你平日穿的衣裳、斗篷，都是我的丫頭動手做的，充了我的名字送給你。只有一雙鞋是我做的，你好像都沒來得及穿——但是也別穿了，估計穿上去也不會舒服。」

「我早便知道了。」朱楨說：「妳在定國公府的時候，還連隻鴨子都繡不好，怎麼可能嫁給我後就樣樣精通了。」

元瑾笑了笑，靠著他的胸膛，閉上眼睛。

她仍然感謝他來救她，就像那次在皇宮裡落水，她是真的被他救了一樣。她對他的溫暖充滿著依戀。因為他會來的，而且總是在她需要的時候。

「朱楨，你不要你的皇位了嗎？」元瑾突然說：「你要是陪我死在這裡，豈不是就便宜別人了？」

「誰說我不要皇位？」朱楨卻笑了一聲。「妳以為我救妳就是不要皇位了？」

元瑾一時沒有說話。

「妳想太多了，我怎麼會為了妳如此犧牲？」朱楨又說。

元瑾回頭瞪他，卻發現他原本面帶笑意的臉色變得有些凝重起來。

「怎麼了？」元瑾順著他的目光看過去，才發現他們已經接近城門出口，但面前幾乎就是水漫金山，波濤滾滾。

這已經是黃河邊上了，那水已經快要漫過馬脖子，馬是肯定跑不過去了，且水還在持續上漲，就是留在這裡也不行。

「朱楨……」元瑾抓了抓他的衣袖。

朱楨看著她發白的臉色，反而笑了笑。「妳慌什麼，游過去不就是了。」

他的表情仍是氣定神閒，元瑾卻感覺到一絲不安。

她點點頭。「不過我水性一般……」

「下來吧，我帶著妳。」朱楨自己先下水，然後扶著元瑾下馬。

他們離城中的建築已經很遠，且回頭看去，唯看得到那些樓房，平房幾乎已經完全淹沒。

他們現在要做的就是游到城牆邊，然後爬到城牆上。

元瑾下水後，立刻感覺到水中冷得發抖，但她只是抿著唇，努力往外游。

接著，她立刻感覺到水流的湍急，頓時明白過來，下面就是河，他們游到了河上！

剛才朱楨臉色難看，就是因為這個吧！

朱楨握住她的手臂，低聲道：「不要慌，跟著我游就是了。」

元瑾跟在他身後，他們離城牆還有一段距離。

但是元瑾已經沒有力氣了，懂水性和長距離泅水根本就不是一回事，加上天冷，她身上的衣裳浸透了水，又濕又重，她甚至能感覺到自己渾身的熱氣在逐漸散去，而她的四肢越來越無力，隱隱有種抽痛的感覺。

「妳不行了？」他問。

「太冷了，而且我的腳有些抽筋……」元瑾勉強地說。

「那妳別動。」朱楨道，他怕她的腳會抽筋得更厲害。他穿過她的手臂，摟著她往前游。

元瑾道：「朱楨，你帶我游很耗費體力的……」

她能感覺到他有些吃力了。

「妳別說話。」朱楨似乎在專注地游，只是面色越來越白。

元瑾卻覺得他的手勒得越來越緊，她道：「朱楨，你怎麼了？」

「沒什麼。」他笑了笑。

元瑾也說不出哪裡有問題，只是他摟著自己的力氣越來越小，是不是太累了？

前方就是城牆，元瑾覺得這段路她沒有問題，便讓朱楨放開，她朝前面游去。只是游到城牆前又出現難題，城牆太高了，她上不去。

元瑾累得直喘氣，發現城牆上沒有絲毫可以攀附之物，正不知道該如何是好，就聽朱楨說：「我攀著牆，妳踩著我的肩上去。」

元瑾回頭看，他的神情依舊沒變，只是嘴唇很蒼白，可能是在冷水裡泡久了，元瑾覺得自己恐怕也好不到哪裡去。

元瑾直覺認為有問題。「我上來了，那你呢？」

「妳以為我是妳？」朱楨竟然還有空嘲笑她。「這麼點高的城牆……我隨手便能翻上去。妳別廢話了，快上去。」

「好心當作驢肝肺！」

元瑾便不再與他廢話，踩著他的肩膀翻上城牆，卻感覺到他的身體一晃，在支撐了自己一下後，陡然落入水中。

元瑾轉過身，正想把朱楨拉上來，卻見他對自己露出一個淡淡的笑容。

「不好意思，我上不去了……妳就不要、不要……」

他的面色越來越難看，似乎強忍著巨大的疼痛，連話都不怎麼說得出來。

元瑾這才意識到不對，正常人的臉色絕不可能蒼白成這個樣子！

她面露驚詫，看到他周圍的水面上，湧出了大片的紅色。

他的傷……他腰部的傷又裂開了！

「怎麼……你怎麼……」元瑾覺得自己手腳發抖，都有些站不穩了。這麼多血……剛才一路上，他究竟流了多少血！

「你的傷還沒好？」元瑾的聲音沙啞，透著自己都沒有發現的恐懼。「我來拉你……」她努力地伸長手想要抓他，但是他連手都沒伸過來，她都快急哭了。「你這是幹麼，快來拉我的手啊！」

朱楨卻知道自己一絲力氣也沒有了，拉她只會把她也扯下來。

這樣就夠了，至少他還了她一條命。至少，在他臨死的時候，她是這麼焦急，彷彿真的很怕失去他一般。

「恐怕……只能再見了，妳記得回去以後……去找裴子清，他會幫妳收服我剩餘的部下。這場戰爭，最後還是我輸了，」朱楨只是露出一個笑容，可能已經完全沒有力氣再說話了，看到她紅了的眼眶，他想安慰她，卻連手都伸不起來，只能用嘴唇輕輕地說：「再見……別哭。」

隨後他的身影徹底沈沒在河水中，波濤洶湧的河面蒼茫，瞬間不見了他的蹤影。

「朱槙！」元瑾大聲喊他，聲音幾乎是破音的尖利。

她渾身都在抖，緊緊盯著河面看了許久，才確定他是真的不見了，不是騙她的。

真的不是騙她的！

原來他腰部的傷一直沒好，剛才騎馬時肯定就裂開了，卻一直在水裡泡著，還努力將她送到城牆邊……

他這樣沈沒入河，極有可能會死，甚至說，他死定了。

一想到朱槙會死，元瑾渾身都被恐懼所攫取。

「你不是說了，要爭皇位嗎！」她大喊，已經感覺眼前什麼都看不清了。「你出來跟我爭啊！你自己說話不算話，你說過要皇位的……」她越說，眼淚卻越發洶湧。「你這個騙子，誰讓……誰讓你來救我了……誰要你的部下了……」

她最後說不出話來了，只是伏在牆頭，哭得縮成一團。

眼淚爬滿她的臉，她再也聽不到那個熟悉的聲音喊她，再也沒有一個人會在她最需要的時候出現，會無條件地保護她，會輕輕對她說「元瑾，別哭」。

他明明就是個最看重權勢的人，可他竟然放棄一切，只為了救她……

朱槙，你回來……你回來，我就不哭了啊……

第七十四章

元瑾身著華服，一步步走上宮殿的臺階，對面站著的是蕭風。他面色複雜地看著元瑾平靜的神色，與他帶人救起她的那日截然不同。

那時候，她狼狽地哭著，像瘋了一樣要衝下去救朱槙，蕭風拉也拉不住她，最後只能在她耳邊怒吼：「阿沅，他已經死了，妳不要再瘋了，妳到底想幹什麼！」

聽到「他已經死了」，元瑾才抬起頭，茫然地看著他，接著蹲在地上，哭得像個失去最重要東西的孩子。

那時候城牆被鑿破五處，又搶修了河堤，終於讓龍崗的洪水漸漸退去。

可是這世界滿目瘡痍，街道森然，人跡寥寥。

金色的夕陽將這一切染成金色，包括哭得像孩子一樣的她。

那時候蕭風才意識到，其實在元瑾心裡，朱槙是非常重要的，連她自己都沒有意識到。

同時蕭風也非常震撼，朱槙竟會因為救元瑾而捨棄性命。他分明……馬上就能成功了。

「你怎麼知道他死了……」元瑾幾乎像在勸自己一樣說：「他是不會死的，不會的！」

他明明說過的，要同她搶奪帝位，他不會放棄的。但他卻是個徹頭徹尾的騙子，知道兩個人中只能上去一個，他選擇了她，讓她踩著他上去了。

轉眼他就淹沒在滾滾河水中。

這世界上有千千萬萬的人，但她卻如此孤獨，因為她從未碰到對的那個人。現在她知道他就是，可他卻從此了無蹤跡——她甚至不願意提到「死」這個字眼。

從回憶中抽離，蕭風低聲同她道：「我們已經找到黃河決堤的原因了，妳要來看看嗎？」

蕭風帶著她穿過層層宮宇的走廊，路過的宮女紛紛向蕭風行禮。「侯爺安好。」對元瑾則是更深的躬身行禮，卻仍然只稱呼「二小姐」。

朱楨死後，戰役迅速土崩瓦解，裴子清連夜來見了元瑾，他們願意帶兵投降，但只有一個條件，那就是李凌、清虛等人要妥善安置，朱楨的主力部隊能平穩度日。

薛聞玉沈默不久，很快就同意了。這些人不過是從眾之人，在沒有朱楨的情況下是翻不起風浪的。朝廷能不費一兵一卒收服他們，自然是好事。

蕭風受了封賞，繼承西北侯的爵位；崔勝進爵一等，徐先生則封常國公。

天下平定，唯獨少了那個人。

元瑾跟著蕭風走到臨時關押犯人的刑房，她看到有個人背對著她坐在裡面，即便淪為階下囚，高挺的身影仍有一種凜然之態，彷彿他不是個失敗者，只是盤坐在這裡，靜靜地思考罷了。

元瑾輕輕地道：「是他？」

蕭風嗯了一聲。「自宮變後，他就帶著親信尋覓機會下手。直到妳與……朱楨在龍崗一戰，他就知道機會來了，他找到了能使我們兩敗俱傷的方法，那就是水淹龍崗。我帶人抓到他的時候，他反抗得很厲害，犧牲不少人的性命才抓住他。」他轉過頭看元瑾。「阿沅，妳知道的，此人不能留。」

「陛下是什麼態度？」元瑾問：「是要斬首還是如何？」

「陛下說，交給妳來處置。」

元瑾嘴角輕輕一勾，她明白聞玉是什麼意思。

「煩勞五叔，替我準備一些東西過來。」元瑾淡淡道。

刑房內光線昏暗，暮色漸進，門吱呀一聲打開，朱詢看到一捧燭光照亮對面的牆壁，他閉上眼睛。「妳來了。」

「怎麼？」元瑾道：「難不成太子殿下早就知道我要來？」

朱詢勾了勾嘴角。「不論是背叛靖王，還是薛聞玉登基，這背後的人都是妳。看到我淪落成這樣，妳豈有不來看看的道理？」他轉過身，看到元瑾提著一個籃子，而她身後的侍衛卻站到門外守著，他臉色冰冷，問：「妳到底是誰？」

她究竟是誰，能有這麼多深沈的計謀，將他、將朱楨玩弄於股掌之間。

元瑾在他面前坐下來，輕輕地摸索著桌子道：「你真的想知道我是誰？」

朱詢不可置否。

元瑾從籃子裡拿出一副棋，將白色棋盅推到朱詢面前。「太子殿下應該會下棋吧？」

朱詢拿起棋子，看了她一眼。

元瑾道：「一如往常，你先走，我會讓你三子。」

朱詢瞳孔迅速一縮，他看著元瑾，在昏黃的光線下，她的面容柔和嬌嫩，眼眸平靜如水。他輕輕張嘴，想說什麼，最後還是嚥了下去，拿出白子。

朱詢的棋藝極高，若是普通人，是絕無法同他對決的。這世上，唯一能讓他三子，還能贏過他的人，就是元瑾！

朱詢越下手越抖，被元瑾一步步逼到死角後，他的臉色終於徹底蒼白。

他突然抓住元瑾的手，嘴唇顫抖。「妳……妳是……」

元瑾說：「我一直有個問題想問你，從你兒時起，我把你從冷宮帶出來，從此無微不至地照顧你，所有欺負你的人，我都會為你欺負回去。給你尊榮、給你地位，你為何——要這麼對我？」

元瑾那冷漠，甚至帶著冰冷恨意的眼神，落到了他身上。

如果不是他，太后不會死，父親不會死……朱槙，也不會死！

她恨他，恨不得啖其肉、飲其血！

朱詢突然撲通一聲跪到地上，抱住她的雙腿。

元瑾想要把他踢開，他卻將她抱得更緊。「姑姑，我以為妳死了！我以為……以為妳……」他幾乎是又哭又笑的。「原來妳沒有死，妳沒有死！」

「怎麼，很遺憾我沒有死？」元瑾冷笑。「朱詢，別碰我，我覺得很噁心。」

所有的這些人事，最讓她噁心的就是他。

這世界上的一切事情，應該都是善有善報，而不是以怨報德，這讓人想起來就不寒而慄。

每每想起來，她就恨不得把他千刀萬剮！

朱詢抬起頭，看到她冰冷甚至嫌惡的眼神，突然好像被什麼東西刺傷一般。

是的，他做了這麼多噁心的事，為了權慾，為了她。她肯定恨毒了他吧，恨不得他被千刀萬剮。

他不僅殺了她一次，還試圖殺她第二次。

水淹龍崗，如果不是有人救她，可能她已經死了！

他的腦袋嗡的一聲，突然什麼話都說不出來，所有的力氣都喪失了。如果現在有人給他一刀，也許他會毫不反抗地受死。

朱詢癱軟在地上，看到她緩緩蹲下來，看著他問：「為什麼？」

朱詢輕輕閉上眼睛。「姑姑還是不要知道了。」

「告訴我！」元瑾的聲音突然加厲。

朱詢才露出淡淡的笑容。「姑姑可知道，太后為什麼不立我為太子？」

元瑾沒有說話，卻想起那一日，太后終於決定立六皇子為太子時，她闖入崇華殿，問她為什麼選擇六皇子，而不是朱詢。

太后整理了下摺子，淡淡道：「六皇子秉性溫和，聰慧機敏，生母又是肅貴妃，是上好的太子人選。」

元瑾卻對此不能理解。六皇子再好，又怎比得過自幼長在她們身邊的詢兒？

「但詢兒是我們自小看大的，您為何不要他做這個太子？我們向來也是以培養君主的要求培養他，若是不選他，這對他如何公平！」

那時太后沈靜了許久，才問：「妳是為了這事衝撞崇華殿的？」

元瑾用沈默表示她的反抗。

「阿瑾……」太后輕嘆著說：「妳以後就會明白，我這都是為了妳，為了蕭家。」

她不明白。她之前不明白，現在也仍然不明白。

但是在這一刻，看著朱詢望著自己有些灼熱的目光，她突然又想起很多次，她從睡夢中醒來，守在她身邊的朱詢，就是用這樣的目光幽幽地看著她。發現她醒了之後，又很快地移開目光。

她突然明白了什麼。

「因為我愛妳。」朱詢淡淡地說：「並且，對妳表現了強烈的渴求。太后擔心我登上帝位後，會做出許多不擇手段的事，同時我心中也清楚，我真的會做出這些不擇手段的事。

「當然，若只是如此，我應該也不會做出如此背叛良心的事。」他露出一個冷淡的笑容。「而是自幼在妳身邊長大的詢兒……的確就是一個為達目的、狠心殘酷的劊子手。我受夠了被人折辱的日子，受夠了誰都能踩我一腳……所以，一旦我抓住機會，就會下狠手達成我的目的。

「可我從沒想過殺妳，我一直想保護妳，最終妳卻死在旁人的手裡。我一直以為那個人是朱楨，所以用盡全力對付他。後來我才知道不是。」朱詢看向她。「真正殺妳的人是徐婉。當初顧珩拒親之時，太后曾打算將妳嫁給傅庭，可妳的閨中好友早已愛慕傅庭多年，她怕傅庭真的會娶妳，所以才利用自己進出慈寧宮的便利，對妳下手……但當我知道的時候，已經來不及為妳除掉她了。」

元瑾只是冷漠地聽著朱詢的話。

其實她早就猜到有很多人想殺她，到最後，她都搞不清楚，自己究竟是死在誰的手裡。但其實，她死在誰的手裡還重要嗎？

所有想要殺她的人，都成了殺死她的一部分。

「你從沒想過殺我，可我仍然因你而死。」元瑾沒有絲毫被他說動。「朱詢，你以為將罪責推到別人身上，自己就能夠逃脫？你以為我會原諒你？我告訴你，你這輩子休想！」

朱詢的神色重新惶恐起來，他抓住元瑾的手。「不，姑姑，妳是……妳是愛我的。」

無論以前的他做什麼事，元瑾都會原諒他、為他善後。這在朱詢心中已經成了一種習慣，當他突然看到元瑾這般冷淡時，他終於開始惶恐不安。

「朱詢，我想你大概是誤會了什麼。」元瑾冷笑。「每次我看到你，想著的都是如何殺死你。我愛你？我恨不得你去死。」

看著元瑾冰冷而仇恨的眼神，朱詢終於緩緩鬆開手，露出一絲慘笑。

「報應不爽……報應不爽……」他不停地輕聲喃喃。

在他宮變失敗或是被抓的時候，他也沒有如此強烈的失敗感。但在這一刻，痛苦、窒息、失敗向他湧來，他突然瘋狂地大笑，又狼狽地咳嗽起來。

他什麼都沒有了，不僅什麼都沒有，她還非要來讓他心死，給他最後一道凌遲。

元瑾看著他跪在地上咳，終於站起來，從籃子中拿出一壺酒放在桌上。

「自此，這一切便了斷了吧。」

她說完後走出刑房，沒有再回頭看一眼。

朱詢看向那個鎏金的酒壺，過了良久，他的手指終於緩緩握住酒壺。

薛聞玉不殺他，是因為他身上還有皇室血脈。為了名聲，薛聞玉希望他能自盡了斷。

而她，就是來達成這個目的的。

那就了斷吧。

「這便是我……為妳做的最後一件事。」朱詢輕聲說。

元瑾回到慈寧宮睡了一覺，可這一覺睡得並不踏實，不斷作夢，似乎都是些陳年舊事。她同太后在一起的時候、朱詢跟著她學下棋的時候、他們三人圍著爐火各自看書的時候，日子是這樣靜謐而美好。

她醒來後對著牆壁沈默良久。不知道為什麼，明明報了仇，心中少了一塊沈重的石頭，但還是有一口氣梗著，少了點什麼。

這時寶結走進，向她屈身。「二小姐，西北侯爺方才來過，見您沒醒就先走了。他留了一句話，說朱詢……服毒自盡了。」

元瑾閉了閉眼睛，淡淡地道：「知道了。」

終於，還是結束了。

「另外乾清宮過來傳話，說您醒了便說一聲，陛下要過來用膳。」寶結道。

元瑾頷首，起身叫宮女給她梳髮、換衣。不久後，御膳房已經將飯送至，元瑾出去時，就看到聞玉坐在另一頭等著自己。

他穿著紫色的常服，布料光滑精細，金色龍紋繡於袍襟，將他襯得膚色如玉，五官精美俊雅。因為不說話，所以有驚豔絕倫、遺世獨立之感。

她這個弟弟，別的不論，外貌卻是她見過最出色的。

「陛下政務繁忙，何須來同我吃飯。」元瑾坐下來。聞玉與她自小一起長大，她也沒有客氣。

薛聞玉輕輕一笑，叫周圍人都退下去，才親手給她盛了一碗雪蓮川貝乳鴿湯。

「自靖王謀反，我與姊姊就未曾這樣吃過飯，如今卻是懷念得很。」薛聞玉道：「姊姊這幾日操勞了，這一桌藥膳，便是給妳補一補的。」

元瑾喝了口湯，其實吃了許久民間的飯菜，這皇宮中的菜她反而吃不慣，總覺得華而不實，味道寡淡。

她喝了湯後就放下碗，擦了嘴道：「我有事想同陛下說。」

薛聞玉便抬起頭，做出一副聆聽的樣子。

「如今天下已定，不如我還是回定國公府，同母親他們一起住吧。我住在宮中也不方便，你遲早是要充實後宮的。」

薛聞玉聽到這話，低頭的時候眼神一沈，幾乎有些控制不住，隨後才抬頭笑著說：「姊姊這說的什麼話，既是天下剛定，還有許多用得著姊姊的地方。難道姊姊要拋下我，獨自留我一人在這淒冷的宮中不成？」

他看著她的眼神瞬間又有些可憐，雖然這樣比喻大不敬，但真的像一隻小狗般。

元瑾忍不住笑了笑。「陛下如今是九五之尊，何必說什麼拋不拋下的。你身邊有蕭風、徐先生，還有白楚，他們在治國上比我擅長得多。陛下若真的要找我，派人傳我入宮就是了。」

「可他們始終不一樣，他們是外人。」薛聞玉看著她。「姊姊就不怕，我無意中做了什麼錯事，身邊無人提醒，以至於禍國殃民？」

他明明是開玩笑，但不知道為什麼，看著他眼神的那一瞬間，元瑾竟然有種他在威脅她不要離開，且他真的會做出這種事的感覺。

「再者，後宮既無太后，也無皇后。若姊姊再走，那豈不是就亂成一鍋粥了？」薛聞玉最後說。

元瑾才輕輕嘆了口氣，知道自己怕是走不了，況且現在還未選秀，的確沒有她坐鎮，就沒有人管了。「罷了，不過等你有了皇后，我便一定要搬出去了。另外，你得給我個封位，否則我留在慈寧宮也沒個說法。」

薛聞玉才笑道：「姊姊想要什麼樣的封位？」

元瑾就同他開玩笑。「我看長公主什麼的就很合適。」

他竟然歪頭想了想，笑說：「只要姊姊喜歡，那無論如何也一定要給姊姊。」

至德元年，周賢帝自登基後，封生母為聖德皇太后，封養父薛青山為齊國公，封養母崔氏為一品齊國公夫人，封嫡姊為丹陽長公主。由此大赦天下，普天同慶。後勵精圖治，任用賢德，廣開恩科，減輕徭役。一時間為人稱頌，留下千古賢帝之名。

重新獲得封號這一天，元瑾對著鏡子看了許久。

身著大妝，華貴、明豔的自己，彷彿看到原來的丹陽縣主，再次站在她的面前。

寶結在身後說：「長公主殿下，轎輦已經到門口了。」

今天是她冊封的日子。

元瑾嗯了一聲，出門上了轎輦。

從慈寧宮到乾清宮，只有一刻鐘的路。橘紅色的朝陽照著宮牆和琉璃瓦，元瑾高高地坐在轎輦上，彷彿看到一個小女孩在前面跑，一邊跑一邊回頭，發出鈴鐺般清脆的笑聲。又彷彿看到，少女的她坐在宮殿的門檻上，望著頭頂的天空發呆。她還看到，成年後身著華服的自己，就站在對面看著她，表情成熟而冷淡。

這些都是她的曾經，她人生中最重要的那些時刻，竟然都跟這座紫禁城密切相連，無法分割。甚至連真正地認識朱槙，也在這裡。

元瑾又看到，成年後的自己身邊出現了一個男子，他身材挺拔，卻穿著普通的布衣，唇帶微笑，面容英俊儒雅。他牽著她的手，兩個人笑著走遠了。

元瑾突然叫一聲落轎，想要去追，但等到抬轎的眾人無措地看著她的時候，她才想起這是幻覺。

朱槙已經死了。

他怎麼會再出現呢？

她悵然若失地坐了回去，手指在袖中緊緊握住。

元瑾的冊封之禮非常隆重，她接過金冊、金寶，又接過詔書，自此以後便是大周的長公主。在這個國家，可以說是一人之下、萬人之上的人物。

她轉過身，看到很多人看著自己。蕭風、靈珊、裴子清、崔氏一家，甚至是文武百官。他們都面帶微笑，恭敬而謙遜，跪下大呼「長公主殿下千歲」。

當她再回過頭，就看到聞玉高坐在金鑾殿的寬大龍椅上，也在對她微笑，彷彿在告訴她，這一切已經足以寬慰。

可還是少了點什麼……少了點什麼。

冊封大典結束，元瑾乘坐轎輦回宮。

剛回到慈寧宮時，元瑾就看到有個人影站在庭院中，雪落在他的肩上、頭上。

他的身影清瘦孤拔，官服穿在他的身上竟然有些荏苒的味道，似乎比起上次見面時又瘦了一些。那人轉過身來，是一張清俊而不失文雅的臉。這便是當年的新科狀元郎傅庭了。

元瑾皺眉，傅庭來做什麼？

曾經背叛蕭家、或是在蕭家罹難時落井下石的奸佞之輩，也多半是朱詢的追隨者，不必元瑾他們動手，聞玉就會先把他們連根拔起，皆發配充軍，或貶官流放。如今朝廷正在大洗牌，唯獨蕭風感念舊恩，護下了曾經救過他性命的傅庭，安置於翰林院。

元瑾請他在冬暖閣坐下，暖閣內炭火燒得旺，能驅散一些寒意。

「你來找我是為何？」元瑾問他。

傅庭握了握茶杯，道：「丹陽，都這麼多年了，妳還記得我們小時候的事嗎？」他抬頭，看到元瑾眼底的疑惑，便嘴唇微微一撇，笑了。「是蕭風告訴我的。」

五叔告訴他這個做什麼？元瑾嘴唇微動，輕輕點頭。「是哪一樁？」

「我中舉人的那一年。」傅庭道：「妳帶著徐婉在我的府上玩，我送了妳一塊玉珮。妳覺得水色通透，便拿著玩，不小心遺失了，再也找不到。我氣得幾個月未曾理妳。」

這樣一說，元瑾就有印象了。她小時候的確很刁蠻任性，但傅庭給她的東西，她也不是故意遺失的。

她道：「我怎麼記得你後來尋到了它，並且把它送給徐婉了呢？」

「不是我送給她的。」傅庭說：「其實也不是妳遺失的，是她自己從妳那裡偷來的。因為她喜歡我，想要擁有我的東西。她做過很多這樣的事……」他將茶抿盡，自己也一時停頓，不知道該怎麼說下去。「在不久前，她得知自己要被處死的時候，把玉珮還給了我。她說，我把屬於你們的東西都還給你，求求你原諒我這些年做的事。」

元瑾沈默了。

「我本來……以為我是極其厭惡她的。」傅庭的聲音突然有些抑制不住的感覺。「但是，當她剛生了我的孩子，跪在我面前的時候，我突然又心軟了。這麼多年，她一如既往地愛著我，甚至我都做不到她那樣……我想沒有人會不被打動。我無法，眼睜睜地看著她死。」

婉。

元瑾也喝了口茶。

徐婉是聞玉下令處死的，他可能從朱詢的口中得知了某些事，不然他不會下這麼多命令。比如說流放曾經陷害蕭家的人，又將她的封號擬作丹陽。又比方說，直接下令處死徐婉。

聞玉做這些事，都會有人告訴她。但她沒有阻止，因為她沒有這麼善良，對一個前世以虛偽面具跟她相處，並且像一條養不熟的毒蛇那樣，隨時準備咬她一口的女人有什麼同情。

她甚至默許這個指令發出去。

「傅庭，你之所以得以保全官職，是因為你救了五叔。五叔感恩於你，我也惦念著你在蕭家罹難的時候，暗中幫了蕭家不少。」元瑾說：「但是我與徐婉是私人恩怨，不應該是你插手的。」

傅庭卻突然苦笑說：「可是阿瑾，一個男子若是對給他生兒育女的妻子置之不理，也枉為人夫了。」

他站起來，在元瑾的面前跪下來。「長公主，我這輩子……沒怎麼跪下求過人，但求妳能看在我保蕭家一脈的分上，饒了徐婉一命。」

元瑾沈默地打量著他。這的確是她第一次看到傅庭在她面前跪下。

若是以前，她肯定會非常生氣，氣到跳起來打他也未必。但是人的立場始終是不一樣的，徐婉對不起她，卻未曾對不起傅庭。所以縱然他可能不愛徐婉，但也為之心軟。

她淡淡地開口。「傅庭，我很了解徐婉，我明說我絕不會放過她，但是由於你的求情，我願意給她一個機會。不過——」她抬起頭。「你把她叫過來，我同她單獨說話。」

很快地，徐婉被宣了過來。

她穿著一件月白色的緞襖，依舊是一如以往的清秀溫婉，楚楚動人。許是初為人母，更有一分從前沒有的風韻。

但當她看著端坐在座位上喝茶的元瑾時，仍然變了臉色。

她最終還是跪下，給元瑾行禮。「長公主殿下萬安。」

元瑾只是抬起眼皮看了她一眼，就笑道：「坐吧，想來哺育孩子甚是勞苦，別累著了妳。」

「殿下關心了。」徐婉道：「只是家中一切都有乳母照料，是不必妾身操勞的。」

看徐婉仍舊容顏嬌美、氣色紅潤，就知道肯定是被人照顧得無比周到。

「今日找妳來，是為了一樁過去的恩怨。我想，妳也清楚是什麼。」元瑾輕聲說：「當年妳在丹陽縣主所食的湯圓中下毒，最後將她害死。這事——妳可還記得？」

徐婉嘴唇一咬。「殿下說什麼，怎麼扯到了昔日的丹陽縣主身上？」

元瑾冷笑，面容依舊如少女般甜美，這讓徐婉想到蕭元瑾過去無數次用這樣的神情，殘酷地對待她的敵人。「妳裝什麼傻，妳早就知道我回來報仇了，不是嗎？妳早知道——我就是丹陽縣主了！」

元瑾站起來，臉上帶著淡淡的微笑。「其實我一直在想，究竟是誰想要我死？是妳徐婉，還是顧珩，甚至是朱詢。」

元瑾繼續道：「後來我想明白了，你們大概……沒有人想要我活下來吧。」她轉過身，目光如刀。「今日我回來，就是來報仇的，拿回屬於我的一切！」

徐婉被身後的嬤嬤強押著又跪到了地上。

她的眼中滿是怨毒，無論她怎麼樣，只要在元瑾面前，她永遠屈居她之下。過去如此，現在如此，恐怕將來更是如此。索性她還不如豁出去，將心裡話說個痛快。

「對！是我殺了妳，妳又能怎麼樣呢！」徐婉冷笑。「妳以為妳就很正義了？從小到大，妳真的將我當作妳的朋友嗎？不過是個跟班、是個應聲蟲。我多恨啊，明明是妳犯錯，可是大家只責罵我，所有人都不敢說妳半句。」

「每當如此的時候，我都會護著妳，最後沒有人敢罵妳——妳為何不記得這個？」元瑾漠然說。

「那又怎麼樣！」徐婉大笑。「這有什麼改變嗎？只要妳在我身邊，妳的容貌、家世，什麼都勝過我，哪裡會有人注意到我？就連我喜歡的男子也愛的是妳。我若是不去偷、不去騙、不使計策，這些東西永遠都不會是我的。我只能眼睜睜地看著傳庭娶妳，看著妳擁有一切！」

「那我又何曾對不起妳？」元瑾冷漠地道：「妳想要的，我會儘量給妳，即便我沒有，我也會為妳找來。妳以為我真的完全不知道妳做的事？只不過是我沒有管，因為妳必須要得到一些什麼，才能讓妳消停。不過這卻是我錯了——妳永遠都不會消停。除非，妳死。」

元瑾笑著走近她。「妳現在還耀武揚威，不過是覺得我心軟，不會殺妳，對吧？」

徐婉眼中閃過一絲不易察覺的慌亂。

元瑾輕輕拍了拍手，寶結便走進來，她端的托盤上放了兩個瓷瓶，一只白色，一只黑色。

元瑾道：「不過，我念著多年的姊妹之情，倒也不妨給妳這個機會。」

徐婉看著托盤上的兩個瓷瓶，突然有了一絲奇怪的感覺。

「白色這只瓶子，是毒酒。」元瑾說：「喝下去就會斃命。而黑色這只瓷瓶無毒，喝了無事。我這人見不得我的仇人百年好合，所以妳選一個，剩下的那個，會是傅庭的。」

她再次將這個選擇說得清晰明瞭。「只看妳是選擇他死，還是妳死。」

徐婉盯著那兩個瓶子，表情明顯慌亂起來。

死……還是不死？

她愛傅庭，毋庸置疑，她真的很愛他。可她也愛自己，她不想死，她想活下去。

她剛生了孩子，她死了，孩子怎麼辦呢？傅庭養得好孩子嗎？不，他肯定會再另娶，他怎麼會照料得好孩子。

是的，他肯定照顧不好孩子！

可是，讓她選傅庭死……她也捨不得……

她抬頭，目帶怨毒地看著元瑾。

然而這樣的目光，對元瑾來說根本沒有殺傷力，她只是一笑，問道：「想好了嗎？妳若再猶豫，便連這個機會也沒有了，妳只會必死無疑。」說著，她對身邊的嬤嬤使了個眼色，嬤嬤立刻去拿白色瓷瓶，似乎要給她灌藥的樣子。

「不！不要！」徐婉衝過去，飛快地抓起黑色瓷瓶，立刻就灌了下去。

在這個關頭，她甚至沒有一絲猶豫。

元瑾似乎有些驚訝。「妳竟然選了傅庭死？」

「不是的，我是為了孩子。如果我死了，傅庭肯定養不好孩子。再者、再者，他本來就說過他不想活……不怪我，怎麼能怪我呢？」徐婉喃喃，接著突然又抬起頭，恨恨地道：「薛元瑾，妳真是個狠毒之人，非要讓我殺了傅庭才是，對嗎？妳便是要害我們夫妻兩個……妳從來都是這麼狠毒……」

元瑾已經不用再聽下去了，這一切正和她預料的一樣。

她喝了口茶說：「傅庭，你還不出來嗎？」

徐婉瞪大眼，才看到傅庭從屏風後走出來，他看著她的眼神麻木而冰涼。在此之前，她剛生下他的孩子的時候，他看她的眼神是溫柔的。恐怕他剛才在屏風後，已經什麼都聽到了。

傅庭什麼都不再說，只是對元瑾拱手道：「這次打擾長公主了，望長公主就當我沒有來過吧。」

說完就退了出去，一眼都不再看徐婉。

徐婉立在原地，一股冰冷自腳心而起，讓她如墜冰窖。同時，她的肚子也絞痛起來。

她瞪大眼睛，看著元瑾。「妳……妳……」她把瓶子掉了包，她竟然……耍了這個花招！

元瑾一笑。「若是妳選了傅庭，我還敬重妳一個情深義重，饒妳一條性命。實在可惜了，妳卻選擇了自己活著，現在……」她站起來，走到痛得在地上扭動的徐婉面前，輕輕說：「妳不僅失去傅庭的愛，還沒了性命，妳什麼都沒有了。這是什麼感覺？」

徐婉已經疼得說不出話來了，她的臉色發青，渾身都在冒冷汗。

元瑾揮手，示意嬤嬤把她抬下去。

元瑾繼續喝茶，一會兒後，嬤嬤才來稟報。「……殿下，她已經死了。奴婢裹了草蓆，叫人拖出去扔了。」

元瑾輕輕地嗯了聲，打開白色的瓷瓶，將它澆在旁邊的一盆蘭花上。

不久後，蘭花的根部就迅速枯黃。

她根本就沒想過讓徐婉活下來。

就讓她覺得自己選錯了吧，到死的時候還得悔恨，她是有兩全其美的機會的。

元瑾給自己倒了杯茶，靜靜地看著外面的大雪。

她突然覺得很寂寞，這種寂寞跟以往不同，是心中空了一塊，用什麼都無法填補。

她很清楚那是什麼，可她能有什麼辦法。

她閉上眼，靜靜地枯坐著，而窗外，正是大雪漫天的時候。

雪寂無聲。

第七十五章

冬去春來，轉眼嚴寒已過，大地草長鶯飛，春深日暖。

元瑾正坐在荷池旁，一邊餵魚，一邊同掌事太監說話。「皇上駁了這次選秀的事？」

「陛下說，國家伊始，需得他勵精圖治，實在沒有精力。故今年選秀暫且擱置……群臣無計可施，只萬望殿下能勸勸陛下。畢竟皇嗣也是國本，顧此失彼，終歸是天下不穩。」

元瑾深深地皺起眉，她對群臣這種迫不及待讓皇帝繁衍子息的想法不是很理解。聞玉今年也不過十六，又是初登帝位，勤勉於政事一段時間也好。但既然搬出「國本」二字，想來他們還是很看重的。

罷了，那就勸勸吧，聞玉在女色上的確不曾留意，這樣也不好。皇帝雖不可太過縱慾，卻也不能清心寡慾。

「我知道了。」元瑾道：「回了他們，我擇日會勸陛下的。」

不一會兒宮女過來稟報，說定國公老夫人攜著崔氏進宮來看她了，元瑾這才回慈寧宮。往昔已是譬如朝露，去日苦多。如今元瑾自然是待身邊的人更好，她一向住在宮中協助聞玉處理政事，卻也覺得有些無趣，遇到老夫人和崔氏進宮看望她的日子，才覺得愉快些。

她一進門，就看到大妝的老夫人和崔氏，立刻揚起笑容。但瞬間看到另一旁，竟然坐著身穿正三品官服、面容俊美冷峻的顧珩，元瑾的笑容就漸漸隱沒了。

當初朱槙失蹤，他的軍隊不戰而敗，蕭風他們從朱槙的軍營救出顧珩——朱槙還沒來得及殺他。

因為顧珩也算是幫助了元瑾，有功在身，就官復原職。

只是，他來這裡做什麼？還跟老夫人她們一起過來。

元瑾沒有理他，而是對老夫人和崔氏說：「祖母和母親常來，何必做這樣麻煩的打扮？尋常就可了。」

「禮數少不得。」老夫人含笑道。

這時顧珩站起來，對她拱手。「請長公主安。」他的語氣有些清冷，但這是他本身的音質問題，實際上，他已經用非常輕柔的語氣說話了。

「侯爺到我這處來，可是有事？」元瑾問道。

顧珩抿了抿嘴，竟是有些不好開口。「我只是……閒來無事，所以跟著老夫人來走走……」

「哦，侯爺閒來無事便來，是當我這處是什麼花園，想逛就能逛逛了？」元瑾淡淡道。她說話本就刻薄，隨便說點什麼都是傷人的。

若是別人，顧珩理也不理，可阿沅說出來，他哪裡能抵擋得住？聲音立刻一低。「妳要是不喜……」

「行了。」老夫人卻在這時候打斷，笑道：「是我們兩個婦人往來終究不便，所以請魏永侯爺相隨的。長公主不必在意——侯爺，不妨您先去外面稍候，我們一會兒便出來。」

顧珩似乎是輕輕鬆了口氣，先出去了。

老夫人拉著元瑾坐下，然後問她。「妳覺得魏永侯爺如何？」

元瑾心道不好，老夫人這意思昭然若揭。她立刻道：「不如何。」

老夫人一笑，握著她的手。「阿瑾，雖妳如今是長公主，但妳在我和妳母親心裡，仍然只是個小姑娘，我們都盼著妳能過得好。這女子過得好，還有什麼是要緊的？夫妻和睦、兒孫滿堂最好。妳雖然嫁過一回，但那回已經不算數了，人不可無家，妳總得想著再成一個。」

老夫人說到這裡，崔氏就著急地開口。「魏永侯爺就很合適——他文才武略，樣樣都有！長得也沒話說，家世更是一流，更何況他還喜歡妳。老夫人一提出來，他竟然紅了臉。妳身分再高也是二婚，不好找更好的，有個這樣好的，妳還不趕緊收下！」

老夫人聽得眼皮一跳。崔氏這人就是嘴巴壞事，元瑾本就不想再嫁，她這麼急吼吼地一說，元瑾能同意才怪！

果然，元瑾冷著臉說：「母親這話，是要讓我巴著送上去嗎？」

崔氏卻說：「妳這丫頭——我哪裡是這個意思？我還不是為了妳好，我看這就是上天注定的緣分。一開始妳被選為義女，本來就是要嫁給他的……兜兜轉轉了一圈，你們二人的緣分又起了，妳不牢牢抓住，如何對得起老天爺的安排？」

老夫人一握崔氏的手，給她一個眼神讓她閉嘴。再說下去，可能這母女倆就要打起來了。

「我們絕非相逼，但人在這世上走一遭，哪有不成家的？魏永侯爺喜歡妳，是他親口說與我聽的。這世上最難得的，就是一個愛妳之人啊……」

老夫人勸人深至肺腑，卻讓元瑾沈默下來。

這世上最難得的，是一個愛她之人。可是，她已經失去了那個人，如何還能接受別人？

她深吸一口氣，抬起頭來。「祖母，妳們稍候片刻。」

她走出去，看到顧珩站在一株海棠樹下，他背著手看花。就像很久以前，她剛救起他的時候，他時常站在庭院裡望著那棵槐樹。那時候元瑾就想，他什麼都看不清楚，究竟在看什麼呢？

她那時候覺得，她真是不懂這個人。

顧珩聽到動靜回過頭，疏朗的日光透過層層花瓣落在他臉上，將他那張如冰雪雕鑿而成的臉龐襯得極其俊美。

元瑾淡淡地問：「你為何要這樣做？」

顧珩見她神色冷漠，就低垂下眼說：「是老夫人先提的，我並非……」

他說到這裡又停頓了，總還是有私心的，所以無法說下去。

元瑾輕嘆。「那你能拒絕嗎？我著實不好跟她們說。」

顧珩卻勸她。「可是，阿沅，妳始終還是要再成親的。妳嫁給我，至少我能保後半輩子只有妳一個，也只對妳好。妳想怎麼樣便能怎麼樣，這樣不好嗎？」

他明明知道，就憑兩人曾經發生過的事，元瑾是絕不會同意的。但他在聽老夫人說了之後，仍然心存僥倖。

是啊，朱槙早已經死了，她總歸是要嫁人的，難道他要看著元瑾嫁給別人嗎？若是嫁給別人，為何不是嫁給他？至少無論怎樣，他會永遠對她好。

元瑾輕輕一笑。「誰說我要再嫁了？」

「妳……」顧珩像是明白了什麼，他看了元瑾良久，才輕輕地開口。「妳……難道……」

他沒有開口說那句話，這似乎像是某種說出口就會成真的話，所以他說不出口。

不，不是的，不會是那樣的。

「你走吧，記得跟祖母說這樁親事你不同意。」元瑾說完，轉身就想走。但是顧珩卻突然伸手拉住她，元瑾低下頭，看到他有力而修長的手，可能因為都是武將，他和朱槙的手是相似的，經絡微微浮出，膚色更深。

她想掙扎，但是一甩之下他卻沒有放開。

元瑾回頭看他，他表現出一些男子的強硬。「我不會去說的。妳要知道，妳不可能為他守節。」

元瑾聽到這句話，臉色立刻就變了，她不喜歡他將它明白地說出來，好像這是一種微妙、天真的心思，並不適合在她身上出現。

她用力甩開他的手，冷笑著說：「這又關你什麼事？魏永侯爺，就算沒有他，我們也一輩子都不可能！」

顧珩臉色一白，眼神也冷了下來。

兩個人鬧得不歡而散。

顧珩邁著沈重的腳步出宮，正好在路上碰到白楚。

戰事結束後，白楚並沒有離去，而是入朝為官，薛聞玉很器重他，封他做了翰林院大學士。白楚個性散漫，為人詭異，朋友並不多，卻和顧珩交情甚好。原因也簡單，有一次顧珩路過茶樓，給沒銀子結帳、正同店家爭得面紅耳赤的白楚墊付了銀子。

有時候顧珩也覺得奇怪，白楚的俸祿並不低，甚至可以說是高得可怕，但也不知道為什麼，他總是一副「我很缺錢」的樣子。

白楚看到他似乎心情不佳，便把他拉去一起喝酒。酒過三巡，顧珩就有些醉了。

「你有什麼事就說出來。」白楚往嘴裡扔了顆花生米。「天底下還有誰能讓咱們魏永侯爺煩憂的。」

「誰說沒有？」顧珩又灌了自己一杯，已經有些意識不清，但還保留著僅有的清醒，沒有把話說出來。

「怎麼，難道是因為姑娘？」白楚的眼睛微微一閃。

當初打仗時，他能夠察覺到顧珩心裡對薛元瑾有別樣的心思，否則何以會背叛靖王。再加上他方才是從慈寧宮出來，究竟發生了什麼，太容易猜了……

「慈寧宮的那位……」白楚輕喃。「這可是使不得的啊。」

「有何使不得？」要是平日裡，顧珩肯定不願意說這些，但這時候他酒上頭了，且又想起元瑾的話，似乎是與白楚的話相應，冷哼一聲說：「我未娶，她未嫁，光明正大，天經地義……」

白楚很怕他會再說下去，因為他並不想牽涉進這件事，也不想知道更多掉腦袋的事。「好了，侯爺，您先別說了！」顧珩喝了酒，分明比平日話更多些，也有可能是在元瑾那裡受了刺激。他立刻叫顧珩的小廝進來。「帶你家侯爺回去歇息，他喝醉了。」

小廝應諾，扶著他們家侯爺回去。

白楚留在酒樓喝酒，神色漸漸嚴肅起來。

他吃完了酒菜正準備離開，夥計上來攔住他，面帶笑容，小心翼翼地說：「白大人，這……總共是五兩銀子。」

「你什麼時候看過你白爺我身上有錢？」白楚看了他一眼。「派人去魏永侯府要。」說完就走了出去。

白楚回到皇宮的時候，薛聞玉正在乾清宮和刑部尚書曾行奇商議河南貪墨的事。

看到他回來，薛聞玉只是淡淡地瞟來一眼，繼續說：「貪墨是重罪，若是從輕論處，旁人只會以為朕少年治國，人微言輕，不把朕放在眼裡。改為主犯斬首，家族十歲以上男丁充入苦役，女眷皆沒入官妓。」

刑部尚書曾行奇猶豫片刻，應了是。

若只以外貌和年齡來論這位少年皇帝，那便是大錯特錯。這位皇帝才是真正的心狠手辣，其實這處罰已經夠重了，但他尤嫌不夠。

古往今來，那些靠各種非常手段上位的帝王，比普通帝王更殘酷血腥，否則無法鎮壓那些爭議的聲音。眼前這位少年皇帝已經幹過許多冷酷血腥的事，尤其是他初繼位時，足足殺了有幾百人，才讓江山穩固下來。

「只說是內閣商議出來的，不許說是朕提的。」薛聞玉又吩咐。

曾行奇才應諾退下。

緊接著，外面又進來一個宮女，她蹲身向薛聞玉行禮，抬起頭時，那樣貌竟然是元瑾身邊的貼身宮女夏春。

這是薛聞玉留在元瑾身邊的。

白楚看到她，眼皮微微一跳。

「稟皇上，今日老夫人同薛夫人一起過來看了長公主，」夏春說：「老夫人還帶了魏永侯爺過來，似乎是想要撮合長公主和侯爺。」

白楚看到薛聞玉的眼神沈了下去，但他的表情仍然不變，只是道：「朕知道了，妳回去伺候吧。」

白楚心道不好，薛聞玉還是知道了。

也是，他怎麼會不知道，這幾個月來，他在元瑾身邊安插了很多人，這些人將每日元瑾做了什麼、見了什麼人，都一一告訴他。

這無疑顯得很變態，但誰又敢說他半句？

白楚上前跪下道：「陛下，微臣正好有些事想告知陛下，是關於顧珩的。」

薛聞玉殺心已起，只是低聲道：「你有什麼事？」

「微臣看，顧珩這樣的人，留在京中也是浪費，不如將他調去太原守衛。畢竟最近山西作亂時有興起，滅了一次、兩次，總還有新的冒出來。背後似乎並不簡單，微臣看來恐怕是有人蓄意策劃。」白楚面色不變，實則是斟酌地說，生怕惹了這個活閻王不高興。

他已經盡力了，且他也不能再多說，他也是要自保的。他只是為朋友割個口子，但沒有兩肋插刀的打算。

薛聞玉良久沒有說話，久到白楚的背都開始冒汗，他才聽到薛聞玉開口。

「朕聽說——」薛聞玉輕輕說：「你方才，跟顧珩一起去喝酒了？」

白楚也知道，這少年皇帝並不好相與，他不僅聰明絕頂，善於察言觀色。最可怕的是他表面看上去正常，實則根本不像正常人那般思維，大多數時候，他的手段都頗為偏激。
只有在元瑾面前，他才是她純良的弟弟，需要她照顧、需要她幫助。
他需要這樣的偽裝吧。
「是。」白楚也不敢隱瞞。
薛聞玉又抬起頭來，盯了他一會兒，不知道在想什麼，淡淡地說：「你平日倒和顧珩要好。」
白楚只是笑了笑。
「既然如此，就讓他去試試吧。」薛聞玉輕柔道。
白楚知道薛聞玉並未放過顧珩，可能還對他起了一些疑心，他只能苦笑。
畢竟顧珩現在能保下一條命就好。
次日，太監來到魏永侯府宣讀詔書的時候，顧珩不可置信。
皇上怎麼會突然調他去太原？就算是調往邊疆，那也應該是宣府，那是他所熟知的地盤。太原人生地不熟的，他根本就不想離開。
顧珩又得知勸皇上將他調任太原的不是別人，正是他的酒肉朋友、如今皇上跟前的紅人，白楚。
難怪這人人緣差，白吃白喝了他這麼多頓，如今竟然恩將仇報！

顧珩去白楚的府邸找他算帳，白楚卻還在睡覺。

白楚被他的啞巴小廝從被窩裡推醒，只披了件外衣，睡眼惺忪，打著哈欠坐在門檻上說：「侯爺來得這麼早幹什麼？知道自己要走了，來同我告別？」

「什麼告別！」顧珩眼睛一瞇，一把就將他從門檻上扯了起來。

白楚縱是聰明絕頂，但從小就沒學過什麼拳腳功夫，因為他懶得要命。所以根本敵不過顧珩的力氣，他被抓住就完全清醒了，掙扎著說：「顧珩你這是幹什麼，恩將仇報嗎！我可告訴你，我白楚縱橫江湖這麼多年，可從沒人對我不客氣過！」

「你勸皇上調我離京，這叫什麼恩？」顧珩冷笑。

「我那是為了保你性命。」

「保我性命？我還未聽過有這樣保的。難道我在京城還能有什麼危險不成？」

「自然有！」白楚說：「我告訴你，白爺我雖然最重銀子，但也講幾分朋友義氣，我是看著這個才救你一次。再者我有何理由要害你？你是武官，我是文官，我們無冤無仇，我是吃飽了撐著嗎？」

最後，顧珩還是放開了他。因為白楚的確沒有直接害他的理由。

白楚終於能喝著他的早飯肉粥，一邊道：「總之，我白吃你那麼多飯，不會害你的。山西又出了問題，你若能鎮壓得住，那也是大功一件。」

「山西究竟出了什麼問題？」顧珩自然要問他。

白楚也沒有瞞他。「說是土匪作亂，實則不然。聽說有好幾個邊疆之縣脫離管轄，被一股勢力控制住，且還隱隱有擴大之勢。山西總兵幾次圍剿，卻又說連對方的影子都看不到，你說這奇不奇怪？」

顧珩聽到這裡，腦海中迅速閃過一個想法。「你……難道想說……」

有這樣的手段，且對山西有如此影響力的，顧珩只想得出一個人。

但那人明明沈入滔滔河水，再無生還的機會了啊！

「所以，現在只有一個問題，你說這人若是身受重傷，掉下河去，真的會死嗎？」白楚忽然笑著問他。

顧珩嘴角一扯，若是別人，那是必死無疑。但若是朱楨……怕的確是要存個疑心。

他盯著悠悠喝粥的白楚，沈默下來。

白楚的確沒有必要害他。但是這個人老奸巨猾，究竟打什麼主意，恐怕別人也猜不到。

比如，顧珩跟他混熟後，其實非常疑心那日決戰的黃河決堤一事，他有沒有動手腳？這些事情的千絲萬縷間，透露出了關聯，他也只是敏銳地察覺到一些。畢竟最可疑的就是，那日朱詢從宮中離開，不過帶了幾十人，這些人真的能這麼快鑿破河堤？

不過這個想法太過驚奇，且會讓白楚顯得非常冷酷無情，所以顧珩也沒有提過。

既然聖旨已下，還能有什麼辦法？

顧珩決定再進宮一次。

元瑾正從文華殿出來，準備回慈寧宮。

雖女子不得干涉朝政，但聞玉許了她特例。內閣之臣一開始頗有微詞，畢竟國家大事豈容兒戲？但與元瑾商議過幾次，見識到她的聰明縝密後，就沒有人再反對了。

元瑾剛與工部侍郎商議興修水利之事，因此覺得疲乏得很，只想快快回去歇息。

在她回去的道上，立了一個人影，著正三品官袍、麒麟補子，頭戴烏紗帽，五官如刻，俊逸出塵，不是顧珩還是誰？

他站在這裡不走，難道是在等她？

元瑾自然不想惹事上身，本來是要直接經過，可他卻跪下了，請安說：「魏永侯爺求見丹陽長公主。」

元瑾輕輕一嘆，只能叫落轎，走了下來。

顧珩低聲道：「長公主可知，我得了調令，要前往山西了。」

元瑾當然知道，且知道的時候還鬆了口氣。她頷首道：「侯爺既有才華，精忠報國是應該的。」

顧珩嘴唇動了動。「阿沅，我……」

「侯爺忘了？」元瑾淡淡說：「如今，我是長公主了。」

顧珩苦笑，他明白她的意思，正如兩人之前所議，過去的便不會再來，一切不過是他的奢望。她受的那些痛苦，他並不能感受到，還想就此一筆勾銷，那是不可能的。

但是，他最後還是想再試試。

「長公主，我最後再向妳請求一次，我是真的想娶妳，且會一輩子對妳好，希望妳能同我一起離開。」顧珩看著她的眼睛。「這輩子，妳都不會後悔的。」

元瑾輕輕一嘆。「顧珩，你別讓我再說一次。」

顧珩的神色終於還是暗了下來。她是真的覺得困擾吧，他明明是想讓她快樂，而不是再次變成痛苦。

罷了，何必再逼她不快樂？於是顧珩只是說：「那妳以後如果有什麼需要的……可以隨時告訴我。」

元瑾頷首，正準備上轎離開，突然聽到他在背後說：「近日山西有土匪作亂，山西總兵幾次派人圍剿未果。聽說這股勢力十分隱密且不好對付，我想……妳應該要知道這件事。」

元瑾的身影突然有些凝滯。

她沈默了一下，深深吸了口氣。「侯爺是什麼意思？」

「我只是比任何人都希望，妳能真正過得好。」顧珩說：「不過，我也只知道這麼多。」

元瑾不再說話，而是向他點點頭，立刻上了轎輦。她一定要去找聞玉問個清楚。

朱槙……難道還有可能活著？

一想到這個可能，元瑾竟心跳加快，手心出汗。

他若是還活著，為什麼不直接現身？

不論怎麼樣，她都一定要知道個明明白白！

到了乾清宮門外，只見外面站著幾個大臣，仔細一看是戶部侍郎、刑部尚書等幾人，皆是內閣閣老。

他們看到元瑾後，拱手向她行禮。元瑾心有急事，看乾清宮卻是大門緊閉，就問：「裡頭的是誰？」

「是白大人。」有人答：「正在與陛下商議要事。」

白楚？

這個人自戰後就留在聞玉身邊做謀臣，他雖然聰明，但元瑾對他的不穩定性感到很頭痛，他與聞玉二人聯合，究竟能做出什麼驚世駭俗的事情，誰也不知道。

她隱約聽到裡頭傳來說話的聲音。「山西……再起亂事……派兵鎮壓……」

果然，是在談山西一事，山西真的出事了！

這時門打開，白楚走了出來，笑咪咪地同元瑾拱手。「長公主殿下，您別來無恙。」

「我看著白大人似乎長胖了些。」元瑾面無表情地道。

白楚在京城的日子太逍遙，難免就多吃了些，正擔心身材，就聽到元瑾的致命一擊，面上笑容一僵。而元瑾已經越過他，走入乾清宮裡。

白楚摸了摸臉，轉過頭看著一旁等候的兩位大臣，友善地笑道：「溫大人、曲大人，兩位可覺得在下胖了？」

「沒有，怎麼可能。」兩位大人老奸巨猾，更不想惹禍上身。

白楚才鬆了口氣，提步離開，只是走了兩步又回頭道：「兩位大人先行離去吧。我看，陛下一時半會兒是不會見兩位大人的。」

兩人面面相覷，老奸巨猾一時拿不準該不該聽這小奸巨猾的。

「走吧，我請二位大人喝酒。」白楚又笑。

他請客真是比太陽打西邊出來還罕見，聽說他吃了魏永侯爺三個月的白食呢。

兩人頓時決定不再等了，笑呵呵地道：「那老夫便不客氣了。」

薛聞玉坐在龍椅上批閱奏摺，殿內鎏金麒麟騰雲紋香爐中飄出絲絲縷縷的煙。他表情沈靜，越來越像個君主的模樣，有鋒利的氣度，以及誰也看不透的深沈心思。

唯有在面對她的時候，表情才能多上幾分柔和。

「姊姊來了。」他擱下朱筆道。

元瑾坐到旁邊的太師椅上，一開始沒有說話，而是喝了口茶，才說：「方才我在外，似乎隱約聽到白楚說什麼山西叛亂的事。究竟是什麼事？」

薛聞玉的表情看不出絲毫異樣，聲音如玉磬般柔和。「不過是土匪作亂罷了，姊姊不必擔憂。」

如果是土匪作亂，怎會由白楚親自上報給聞玉？他越是輕描淡寫，元瑾就越是心中有疑。

「我還聽說派兵圍剿幾次未果，對方行蹤神秘，打法變幻莫測，這像是普通的山匪作亂嗎？」

薛聞玉只是道：「姊姊現在已是長公主，這些事不必您操心，弟弟能將它處理好。」

「薛聞玉！」元瑾有些怒意。「你還要裝傻？若是朱槙還沒死，你知道這是多大的事嗎？」

薛聞玉聽到這裡，卻是深吸了口氣，進而冷冷一笑。「怎麼，他還活著能有多大的事？現在天下皆歸於我，朝廷穩固，各路兵馬皆已收服。再打一次，他朱槙未必是我的對手！還是姊姊存著私心，想再去找他，同他和好？你們之間不是有滅族之仇嗎，妳便全然忘了？」

元瑾頭一次看到這個純良的弟弟，在她面前露出這樣冰冷、鋒利的一面。

她臉色緊繃，淡淡道：「隨你怎麼說吧，總之我要去山西一趟。」她想親自去確認，那個人究竟有沒有死。

她也想回去看看，回崇善寺、回定國公府別院，那些曾經存在過他的痕跡的地方。

「姊姊，其實山西作亂的也未必就是他。」薛聞玉見她態度堅決，緩和了語氣。「再者現在山西很亂，妳去了我如何能放心。不如我派個人去山西打探再說？」

元瑾已經不能信任他了。聞玉派人去，最終得到的只會是他想讓她看到的結果。

「我會去山西，至於安全，陛下也不必擔心，我讓蕭風派五百精兵跟著就是了。」元瑾道：「聞玉，你實在不必擔心我，我若真的這麼容易有事，那也早死了幾百回了。」

薛聞玉一笑。「我知道姊姊厲害，否則我何以坐穩這天下？只是如今天下未穩，我還有許多需要姊姊的地方，姊姊若是走了，這社稷怎麼辦？」

「聞玉，有白楚在，其實社稷……也早用不著我了。」元瑾輕輕說。

薛聞玉臉上的笑容終於漸漸消失，他意識到，無論用什麼辦法，似乎都不能讓元瑾改變主意。他的心中開始變得焦躁、偏激。

她分明說過，她要永遠留在他身邊，但是她變了，她現在想要離開！

他絕不允！

他淡淡道：「所以無論我說什麼，都改變不了姊姊的決定？」

元瑾突然有一絲微妙的預感，她甚至也說不清楚，這是一種怎樣的預感。但她看到抬起頭的聞玉向她看過來，他看上去似乎又是正常的。

薛聞玉笑了笑。「依妳就是了。姊姊先回去歇息吧。」

元瑾謝過他，屈身離開。

她沒有看到，背後薛聞玉的眼神陰鷙而危險，透出一股血腥之氣。

第七十六章

一開始，元瑾並未意識到什麼地方不對勁。

她如常吃了晚膳，交代大太監安排蕭風明日入宮一事，這才入睡。

她今日睡得並不穩妥，翻來覆去，總是夢到一些以前的事，竟多半是怎麼暗中和朱槙作對的。比如他要開馬市，她就暗中煽動朝中的守舊派，去反駁他的提議，讓他的馬市開不成。

朱槙不會跟女子計較，或者說元瑾根本都不曉得他知不知道，總之他從未跟她計較過。當然，她的那些算計，也根本就從沒起作用。

在絕對的權勢面前，所謂的心機不過是小把戲而已。

唯一一次阻礙了他，居然是她不是丹陽縣主的時候。

元瑾醒了之後，略微洗漱，喝了一盅燕窩銀耳羹，等著蕭風來找她，誰知到了中午都不見他的人影。

她皺了皺眉，覺得有些奇怪，又叫大太監去催。

大太監領命而去，可一直到午膳，蕭風都還未到。

元瑾察覺到有些不對，讓宮女過來幫她換了衣裳，準備直接去蕭風的府邸找他。

她走至慈寧宮宮門時，卻被門口的侍衛攔住去路。

「你們這是做什麼？」元瑾立刻沈下臉。「可知你們攔的是誰？」

「長公主殿下恕罪，陛下吩咐暫時不准任何人出入。」侍衛道。

難怪蕭風到這時候都沒有來，恐怕她的話根本就沒有遞出去。

元瑾銳利的目光看向傳話的大太監，他立刻就低下頭，不敢看元瑾的臉。

她又把目光轉向那幾個攔她的侍衛，冷笑道：「你們說不准就不准？」

她就不信，這些人還敢將她如何！

元瑾一把將他們的刀推開，準備要強行闖出去。

這幾個侍衛果然怕傷著她，不敢強行阻攔。見她都要闖出去，立刻在她身邊跪下，急急道：「殿下，陛下還吩咐過，您若真的闖出去，小的幾個都要拿命抵！若傷著您分毫，小的幾個也是拿命抵，萬望您體諒！」

元瑾的腳步頓住了。

聞玉向來是言出必行的人。為了不讓她出去，竟然拿下人做手段，他的性子什麼時候變成這樣了？

元瑾看著跪在地上的這些人，不光是他們，慈寧宮外還圍了一圈侍衛，都已經跪了下來。想來她今天若是強行闖出，他們都會性命不保。

聞玉非常了解她，知道她不會不管下人的性命。

元瑾沈默了一會兒，轉身回到宮殿。

為何聞玉如此執著不讓她去山西？

若真是擔心她的安危，有眾軍跟隨，山西大抵還是安全的，又何必如此擔憂？再者縱然擔憂，也不用做出如此大的陣仗。

她抬起頭，看向宮中立著的那些伺候她的人。

她的大太監自進來後，就一言不發地站在帷幕旁，也不敢看她。

「趙德。」她坐下來喝茶，淡淡問：「這是什麼時候的事？」

「殿下恕罪！」趙德撲通一聲跪下，語氣有些為難。「可是，殿下，陛下的吩咐，奴才也不敢不聽啊……」

元瑾靜靜地看著他，不再說話。

這大太監是她在司禮監挑來的，本來看著他老實本分，故用他幾分。

正如他所說，他身為下人，的確不敢違逆皇帝的吩咐。

其實最近她身邊漸漸多了很多聞玉的人，之前她並未覺得有什麼，因為她對聞玉極為信任。更何況，帝王總是多疑的，加上她現在涉足朝政，若是這樣能讓他安心，那就隨他去。

她知道聞玉是不會害她的，原因也很簡單，因為她不會威脅到他。

但當這種控制越來越嚴密的時候，元瑾也覺得不對了。這不是簡單的防備，而是更深層的控制。

元瑾深深吸了口氣，揮手讓他退下。

外頭送了午膳進來，但她沒有吃。

她一直坐在那裡等，到了晚上，聞玉會過來同她一起吃晚膳，每晚都是如此。

午膳的菜漸漸涼了，寶結讓人把菜撤下去，晚膳的菜送了上來。更多的珍饈美味，在燭光下顯得格外誘人。

見元瑾也一直未動晚膳，寶結才低聲道：「殿下，您多少吃些。您的胃本就不好，仔細吃得少了，會犯胃疼……」

元瑾搖搖頭。現在還不是時候。

她閉上了眼。

夜色蒼涼，夜晚是如此安靜，靜得只聽得到初夏的蟋蟀聲。

門口終於傳來請安的聲音，接著琉璃紫瑛的珠簾被挑開，那人的腳步踏上她宮中的絨毯，宮裡的宮人跪了一地。

那人隨即揮了揮手，宮人們就迅速起身，悄無聲息地退下去。

「姊姊這是同我置氣，所以不吃？」

薛聞玉走到她對面坐下，拿起一只青玉碗，替她盛了一碗尚還溫熱的鴿蛋煨火腿千絲湯。湯吊得正是火候，醇厚的香味漫溢而來。

他將湯碗放在她這邊，輕輕地推至她面前。

他的手指修長白皙，只略有一些薄繭，拇指上戴著一只羊脂白玉的扳指。這扳指卻不只是簡單的扳指，這是特製的，裡頭有個暗處可藏毒。

至於他平日究竟藏不藏毒，元瑾卻是不知的。

她抬起頭，面無表情地看著他。

他身著袞冕服，頭戴金絲冠，雅致俊美，權勢在握。

薛聞玉若無其事地一笑。「姊姊怎麼這樣看著我？聽聞妳午膳沒吃，晚膳也未動，我便急著趕過來。本是中午就想要來的，但那時實在忙得脫不開身。」

他這話不假，若真要做個明君，那這天底下就是忙不完的事。

「聽陛下這麼說，」元瑾慢慢地道：「我這宮中發生什麼事，其實你都知道？那平日我的一言一行，是不是也有專人傳到你的耳朵裡？」

「姊姊這話怎麼說？只是妳未吃飯，宮人來告訴我罷了。」薛聞玉又將那碗湯往前遞。「姊姊喝吧。」

元瑾突然將湯碗拂到地上，因為地上鋪著絨毯，碗沒有碎，湯卻灑得滿地都是。

薛聞玉抿了嘴唇。「看來，姊姊還是不願意吃。」

元瑾冷冷地道：「薛聞玉，這些日子以來，我教你讀書識字，為你爭奪世子之位，後來又替你奪皇位，平定天下，究竟有什麼對不起你的地方？」

薛聞玉不說話。

「如今，」元瑾又冷笑。「你連我都要控制了？我的行為受限，我身邊也全都是你的人，你當我不知道？不光是今天，這幾個月來，你漸漸限制我身邊之人，我難以出宮，外面的人也難以進來看我。你究竟在打什麼主意？」

薛聞玉的眼神變得非常奇異，他沈默很久，看到元瑾氣得胸口起伏，他的臉上出現笑容。

「看來姊姊終究還是發現了。」他輕輕地說：「比我想的要早一點──」

元瑾發現，聞玉的反應跟自己預料的不一樣，他的表情沒有任何驚慌，反而有種說不出的平靜。

那是一種恨不得她早日知道、發現的平靜。

他站起身，一步步朝她走近。「姊姊想知道為什麼我不讓妳去找朱槙，為什麼我限制別人見妳，為什麼──這整個皇宮，幾乎只有我們兩人。」

原來一直覺得聞玉還只是個少年，但直到這一刻，她發現這個少年比她要高很多，力氣比她大，甚至還比她心機深──他那如深淵一樣的心裡，不知道藏著什麼不可思議的、隱密的念頭。

元瑾的嘴唇微抿，她突然想起朱詢，於是她想要後退，但聞玉卻一步步地靠近，慢慢將她逼到牆角。

他露出笑容。「妳不是要知道嗎？」

「薛聞玉！」元瑾心中有種不祥的預感，她壓低憤怒的語氣。「你究竟要幹什麼！」

薛聞玉知道她恐怕是猜到了，就算沒猜到，她也感覺到了。

她終於退無可退，而他則伸手抓住她的肩。

薛聞玉看著她嬌柔白皙的臉，低下頭在她耳邊說：「姊姊，妳覺得我真的想要什麼皇位嗎？不，只是因為我得到皇位，就沒有任何事能阻止我了。」

他知道她想逃，但他偏偏就要逼上去，將這些像毒藥一樣的話，一句句地說給她聽。

元瑾聽到他執著而狂熱的語氣，有些腿軟。

她彷彿覺得這些年看到的薛聞玉都是錯覺，眼前這個人非常陌生，他的面容雖仍精緻典雅，如高山雪蓮，但他的眼睛緊緊地盯著她，內心病態而偏執。

「不，不是的……」元瑾說：「為什麼會這樣，你究竟怎麼了？」

她的弟弟不該是這樣！

「我一直都只有妳，姊姊。妳帶我走出來、教會我一切，我便只看得到妳。」薛聞玉用如同玉磬般動人又溫柔的語氣，在她耳邊說：「所以不要離開我。我愛妳，只愛妳。其實接近妳的任何人，我都不喜歡。那些被妳喜歡的所有人，我都嫉妒——所以我不想他們再見妳了。」

元瑾閉了閉眼睛。她一直只把聞玉當作弟弟，根本沒有想到會這樣。

這件事太過震撼，她的手微微發顫，但她的情緒卻迅速地冷靜下來。

「聞玉，」她冷靜地說：「這是不正常的。你為什麼會喜歡我？你怎麼會……」兩人縱然不是血親，但那也不過是一年多前才知道的。在此之前，他們一直都是親姊弟啊！

他究竟是什麼時候有這樣的心思？

「我知道不正常，所以一直怕妳知道。但現在，我終於控制不住自己了。」薛聞玉說：「我絕不會讓妳再回到朱楨身邊。」

他的薄唇帶著淡淡的熱氣，幾乎要貼住她的臉。

第七十七章

元瑾仰起頭，輕輕一笑。「可是，聞玉，你應該要知道，若我真的想要去做一件事，你是阻止不了我的。」

薛聞玉是皇帝沒錯，但蕭風是她的五叔，裴子清也帶著朱槙留下來的軍隊，顧珩也能助她。聞玉若強行跟她作對，恐怕也只會弄得兩敗俱傷。

「那就沒有辦法了。」薛聞玉露出些許苦笑，聲音又柔和起來。「只能是妳走一天，我便殺一個人……縱然妳能離開，很多人卻是妳帶不走的吧？第一個殺誰呢？」他像是想到什麼，柔聲問：「老夫人怎麼樣？」

元瑾瞪大眼，片刻後她猛然推開他，反手給他一個耳光。

薛聞玉被打得別過頭去，捂著側臉，低垂著眼睛沒有說話。

「你怎麼……」元瑾渾身發抖，不敢相信他竟然說這樣的話。老夫人一向對他極好，他怎能如此冷酷？「你現在怎麼變成了這個樣子！」

薛聞玉用指腹擦了擦嘴角，她打得太用力，以至於他有種流血的錯覺，然而卻是沒有的。

他抬起頭凝視她，緩緩露出笑容。「姊姊，我一直是這個樣子。」

只是以前，妳並不知道罷了。

元瑾頹然地坐在地上，突然失去所有力氣。

的確，她有能力強行突破薛聞玉的封鎖，但那些與她有關的人呢？她能都帶走嗎？她是絕對見不得這些人出事的。

薛聞玉凝視著她。

她身著青織金褙子，襟上繡著明豔的海棠花，將她的膚色襯得雪白。濃密的睫毛低垂著，覆蓋淺色的瞳。他覺得她美得驚心動魄，讓他無法控制自己，心中湧動著一股想要親近她的念頭。可她卻看也不看自己，一眼都不看。

「姊姊好生歇息吧，我先回去了。」薛聞玉站起身，離開慈寧宮。再留下去，也許他會做出無法原諒自己的事。

他愛她，所以他無法傷害她分毫，不管是親人、愛人，他身邊唯有她一人。

他走出慈寧宮後，回望著慈寧宮的燈火。

劉松看著出神的年輕帝王，他白皙的臉上還帶著掌摑的紅痕。

這天底下，恐怕也只有長公主殿下敢打皇上了吧！

以前他猜不透帝王的想法，現在他已經猜到了，但他什麼話都不敢說。更何況這位帝王，性子陰晴不定，不容置喙。

劉松沈默地跟在帝王身後，將燈籠挑得亮亮的，照亮他回去的路。

因為薛聞玉的威脅，元瑾沒有離開紫禁城，但她也沒有妥協。她採取漠視他的態度，完全不同薛聞玉說話，也不理會他，只當他不存在。

但薛聞玉仍舊一天三次地來，陪她吃飯。縱然她不說話，他一個人也能夠說。

「……母親告訴我，三表姊生了孩子，希望姊姊回去看看。我推說妳身體不適，沒有答應。」

或者又說：「對了，父親說錦玉明年就府試了，他在督促他好生讀書。父親倒是一如既往的淳樸，從未在我這裡給錦玉求個一官半職。」

元瑾嘴裡嚼著一片黃瓜，看也不看他。

「姊姊近日不好生吃飯，都有些瘦了。」薛聞玉見她沒有反應，突然轉換話題，他看向元瑾的手腕，放下筷子，輕輕握住她的手腕。

「我記得頭先握著姊姊的手腕，還是剩餘不到一個指節的，現在卻有了。」

他握住後卻沒有鬆開，而是用指腹輕輕摩挲她的肌膚。

元瑾終於有了反應，那就是強硬地把手抽回去。

薛聞玉一看桌上的菜，她只吃少許素菜，不怎麼吃肉，所以才迅速地消瘦。他曾讓御膳房全部上肉菜，希望能逼她吃一些，但那頓飯她幾乎完全沒動。後來他還是妥協了，不再這樣做。

薛聞玉又挾了一塊蔥燒羊肉放入她的碗中，她卻將羊肉挑到一邊，吃也不吃。

她這樣對待他，便是最冰冷直接的抵抗。

他緊緊握住自己的筷子。他也不喜歡這樣，但他沒有辦法，他絕不能鬆口。

最後他霍地站起來。「妳打算永遠不理會我，是不是？」

元瑾終於抬起頭，面無表情地看著他。

「好，好，姊姊不要後悔。」薛聞玉突然一笑，隨即離去。

皇上御駕起駕的聲音在外面響起。

寶結見人都離去了，才在元瑾身邊恭謹地道：「您多日未外出走動，蕭大人果然起疑，已經派人送來信。似乎是……知道您被皇上軟禁了。他說他正在想辦法。」

「想了又能如何？」元瑾用手帕擦著手腕處。「誰能跟瘋子作對？」

薛聞玉比他們任何一個人都要狠，所以沒有人能夠戰勝他。這世上最可怕的，就是這種什麼都狠得下心的人。

她覺得有些累，讓寶結調暗了燈火，她靠著迎枕休息會兒。

其實她不全是跟薛聞玉置氣，而是真的沒有胃口。

還有，薛聞玉臨走時說的那些話……他還要做什麼？

元瑾這般想著，迷迷糊糊地睡著了。但還睡不到一刻鐘，她就聽到外面火燒火燎的通傳聲，說是陛下那邊出事了。

夜色沈如水，宮中非常寂靜。

元瑾扶著丫頭的手，快步走在前往乾清宮的路上。

這是她這些天來頭一次出慈寧宮。

一眾宮女、太監跟在她身後，提著鎏金銀香球、羊角琉璃宮燈，將這一路照得明明晃晃。

轉過前方的漢白玉臺階就是乾清宮，見到元瑾前來，早已有宮人打開朱紅宮門，跪在原地請安。

元瑾沒有理會他們，她徑直跨過門檻，走過月門、帷幕，看到薛聞玉躺在床上。他的手臂受了傷，血已經浸透衣裳，那血流縱橫交錯，幾乎將整隻手臂都染成紅色。

劉松想給他包紮，他卻根本不要他靠近，只是躺在羅漢床上，任自己血流如注。

他聽到腳步聲回頭，給了元瑾一個微笑。「姊姊來了。」

元瑾衝到他的羅漢床前，看著他手臂上深極的傷口，還有他臉上無所謂的微笑，她非常想再給他一個巴掌，而她的手都揚起來了，最終卻沒有落下去。

「薛聞玉……」她氣得眼眶都紅了。「你瘋了嗎？」

她氣他不好好保重自己的身體，氣他竟然用自己來威脅她。也氣自己根本就放不開他的安危。

「還不快去拿包紮的紗布來！」元瑾厲聲對劉松說，接著坐下來，直接剪開他的衣袖。他的傷口非常深，所以血流不停。若是不包紮，任血這麼流，是會有危險的。

薛聞玉的聲音略帶沙啞。「姊姊別難過，我並非故意受傷，是練劍的時候，不小心傷的……」

「你給我閉嘴！」元瑾聽了就氣得發抖。「以你的身手，會劃傷自己的胳膊？」

「姊姊以後，不要同我置氣了。」薛聞玉卻笑著說：「姊姊忘了嗎？妳曾說過我們要相依為命的。我們經歷過這麼多事，任何苦難都沒有把我們分開，為何到了現在，妳卻要拋棄我了？妳向來說過，妳會一直在我身邊……」

他伸出手，環繞她的腰身，將她緊緊抱住。

「妳若同我置氣，我便會心神不寧，犯下大錯。」他的熱氣撲在她的耳側。

元瑾深深吸了口氣。他準確地抓住她真正的軟肋，那就是她仍然是愛他的，是對弟弟的疼愛，她無法對他的任何事情置之不理。

紗布和傷藥很快地送上來，元瑾將他推開，親自給他包紮。

薛聞玉是學過武的，他的手臂肌肉結實均勻，雖有種不見日光的蒼白，卻不影響它的修長有力。

薛聞玉垂眸看著她的手指，將他的傷口一點點包紮好。

終於，還是他贏了，她還是放不下他。

元瑾最後才說：「以後不要這樣來威脅我了。」

「只要姊姊理會我，我怎麼會捨得威脅姊姊？」薛聞玉笑道。

「是你軟禁我在先。」元瑾抬起頭，定定地看著他。「聞玉，你要知道，只要一日沒有確定他是否活著，我就一日不會安心。你若是心中還有姊姊，就放我去找他。姊姊是認真地同你說這件事。」

「我已經派人去了，不必姊姊親自去。」

元瑾卻笑了。「你派人？薛聞玉，若是你發現他真的活著，會告訴我嗎？」

薛聞玉沈默了，這個答案不關乎他說是或不是，而是元瑾不相信他會說真相。

元瑾與他僵持了片刻，見他當真不回答，實在對他失望透頂，起身準備離開，可薛聞玉卻伸出手臂拉住她。

他嘴唇微抿，目露乞求。「姊姊便要這麼拋下我走了嗎？我的手受傷了，許多事都無法做……」

他宮中幾十個宮人難道是擺設嗎？

元瑾看著他受傷的胳膊，心裡轉過很多念頭，最後還是沒能狠心甩開他。她只能回過身，坐到他身邊。她打算把那件事，同他說清楚。

「聞玉，你也說過，姊姊與你是生死相依，是不是？」

薛聞玉輕輕點頭。

「那我就同你講講，當初在龍崗時發生的事。」那日的事除了蕭風外，她一個人也沒有說過，關於她是怎麼活下來的、朱楨又是怎麼死了。她靜靜地把整件事說完。「……那日朱楨是為了救我，才失去性命。若不是我，他也不會出事。」

薛聞玉瞳孔微縮，第一反應是不信。朱楨是什麼樣的人，會為了救別人而犧牲嗎？

「我知道你不信。」元瑾苦笑。「其實在他做這件事之前，我也不信，不信他會捨棄唾手可得的天下來救我。可他真的做了。聞玉，若是我不去找他，我這輩子都不會心安的，你明白嗎？你以為我這幾日吃不下飯，只是為了跟你置氣？不是的，是我自己的確沒有別的心思，只記掛著他的下落。」

元瑾見他神色不動，又道：「聞玉，其實我知道你在害怕什麼。你我是最該信任彼此的人，縱然你這般想強留我，卻也沒有傷害我。你這樣威脅我，我還是一聽說你受傷後不肯包紮，就立刻來看你。你應該要相信，就算我真的找到朱楨，也不會離開你。」

元瑾發現在自己說完這些話後，他終於神色微動了些。

其實他真正惶恐的是她會離開，所以任何她有可能拋下他的地方，都會讓他無比恐懼。這並不關乎朱楨，若換作其他可能會把她從他身邊奪走的因素，他都會像今日這樣爆發。

「不，我不信。」薛聞玉終於開口。「難道妳找到了朱楨，還會回來嗎？」

「自然會，我怎麼放心得下你一個人在這裡？」元瑾回答得毫不猶豫。

薛聞玉盯著她的眼眸，似乎想要判斷她話中的真假。

而他的心裡，仍是滿滿的不信任。

「妳……難道不是愛上他了？」他很不喜歡這句話，但還是說了出來。「妳當真離得開他？」

元瑾這次卻沈默了。

這時，外面突然傳來通傳的聲音。「殿下，蕭大人來了，說是有急事，一定要求見您！」

薛聞玉看了元瑾一眼，而她沒有看他，只是站了起來。

該來的總會來的。

他軟禁元瑾一個月，蕭風應該是察覺了，他這次前來，自然是為了元瑾。

薛聞玉宣了進，宮門隨即打開，一身官服的蕭風快步進來，先看了元瑾一眼，確認她完好無損後，才跪下請安。

薛聞玉叫了平身，蕭風才站起來，猶豫片刻，尤其是特別再看了元瑾一眼後，才道：「皇上、長公主殿下，屬下剛從山西巡撫處得知，顧珩剛到山西，便剿滅了作亂的山賊，其首領已經被抓了。」

他這話完全出乎兩人的意料，薛聞玉自然暗自高興，元瑾卻有些不可置信地看著他。

「五叔，你是說……朱楨已經被抓住了？」

她還在這兒跟薛聞玉使心機、耍手段的，正要準備去找他，可他卻已經被抓了？

元瑾雖然沒有說出口，但蕭風已經知道她要說什麼，他輕聲道：「不是，顧珩說……那首領並非朱槙，都是咱們誤會了。」

元瑾聽得心中一涼，突然站不穩，後退一步扶住朱紅的牆柱。

不是他……原來不是他！

他們這般誤以為，不過是笑話一場。她的激動、她的期盼，也都是笑話。他已經被她害死了，不要她了，又怎麼會再回來找她！

元瑾緩緩蹲到地上，伸手抱住自己的腿。

在此之前，她一直覺得他是沒有死的。畢竟他這樣的禍害，是要遺留千年的，且他打過這麼多場仗，怎麼會輕易死呢？所以一聽到山西有人作亂，所有人都覺得就是朱槙，是他回來了。

但緊接著，蕭風就告訴她，這個首領不是他，這讓她怎麼相信、怎麼接受！

「你有何證據……」元瑾說：「你都沒有見到那人，怎麼就知道他不是朱槙！」

蕭風輕輕一嘆。「阿沅，正是因為旁人跟妳說，妳肯定都不會信，所以才由我來說。五叔是不會騙妳的。朱槙本就身受重傷，在那個情況下很難活下來。再者，妳覺得若是朱槙，會這麼容易被顧珩抓住嗎？」

元瑾不再說話，她只是用手環著自己，不斷地顫抖。

她曾告訴自己，若他還活著，她要一直陪在他身邊。若是他轉世而生了，她也要找到他；他要是喝了孟婆湯不記得她了，她會用盡辦法讓他想起來。

她在感情上很遲鈍，感情路走得也謹慎。可一旦她認定了，那必然是不會更改的。

可當他真的死了呢？

她卻茫然得沒有方向，不知道下一步該怎麼辦才好。

這事的發展顯然超過兩人的想像。若不是這消息是蕭風帶回來的，就連薛聞玉也要疑心真假。但正因為這消息是蕭風說的，所以才是確鑿的事實。

他走到元瑾身邊蹲下，將手搭在她的肩上，安慰道：「好了，姊姊，不會有事的，我還在妳身邊呢。」

但是就連他自己，都覺得自己說話的聲音很單薄。

片刻後，他聽到元瑾壓抑的哭聲，直至終於忍不住，不管周圍地放聲大哭。

這樣的元瑾，真的能夠忍受朱槙死了嗎？

第七十八章

直到此刻，元瑾才真正意識到什麼是失去。

這世間最後一個純粹地保護她、包容她，從不會傷害她的人，終究還是離開了。

她回到慈寧宮後大哭一場，哭得喘不過氣來。

人前，她還是尊貴無比的丹陽長公主；人後，她卻對什麼都提不起興趣，人迅速地消瘦下去。

薛聞玉對此也無可奈何，他能用親人威逼她不走、能用身體威逼她理會自己，但他能有什麼方法，讓她不再這麼悲傷下去？他甚至抓著她的手腕對她大吼過。

「他是妳的仇人，妳就這般放不開他嗎！」

可元瑾也只是淡淡看他一眼，彷彿他在說什麼無關緊要的事情。

薛聞玉只能換了語氣，低聲求她。「姊姊，妳不要再這樣了，妳想要什麼，我都會給妳。便是妳想要男人，我容貌不比他差，甚至比他更愛妳，我便不行嗎？」

元瑾只是甩開他的手。

她甚至都沒有再同他生氣。

這才是薛聞玉最擔心的地方，他覺得她像一縷越來越縹緲的煙，從他的掌心裡漸漸散去，他再也抓不住。

元瑾仍舊每天都去文華殿，同大臣們討論國家大事；回到慈寧宮，為手受傷的聞玉批奏摺。偶爾處理幾個跳梁小丑，或是太子餘孽。她每天的生活都忙得不可開交，但這只是因為她無法停下來罷了。

慈寧宮中，元瑾挑燈為薛聞玉看奏摺。

他們畢竟是從小相依為命的姊弟，她無法放下聞玉不管，聞玉也不可能真正傷害她。

「江西水患，米價瘋漲至市價的十倍之多，官倉無糧可放。可要從湖廣移糧救民？」元瑾抬頭問他。

薛聞玉坐在一旁看她批閱，很多事還是要他拿主意的，畢竟他才是帝王。

薛聞玉抵唇凝思片刻，才道：「湖廣卻也牽連受災，還是自福建和江浙運糧吧，另再從陸運調配賑災銀兩，水運此時恐怕是不通了。」

他其實很有治國天分，雖說皇位得來得不那麼光明正大，且手段殘酷了些。但除了這些，他仍然是個很精明的君主，元瑾也沒有看錯人。

元瑾依言寫在摺子上。

燭火下，她的側臉被照得明亮，肌膚毫無瑕疵。只是比起前些日子瘦了不少，下巴上真是多餘的一絲肉也沒有。

薛聞玉看了她良久，他讓她成為這世間最尊貴的女子，她還是不高興。

她就真的這麼愛朱楨嗎？

「姊姊辛苦了，喝一盅湯吧。」薛聞玉叫宮女將川貝乳鴿湯端上來，他親自舀了一碗，送到她面前。因為手上有傷，他的動作很緩慢。

元瑾嗯了一聲，卻許久沒有動。

薛聞玉深吸一口氣，很想將她一把抓過來，灌她喝下去，但這是不可能的。

「姊姊，妳若再不喝，湯就要涼了。」他儘量維持語氣平靜。

元瑾才似回過神來，看到那碗放在自己面前的湯。她將湯碗端起來，但只喝了兩口就覺得有種怪異的腥味，忍不住吐了出來，不住乾嘔。

薛聞玉的臉色更難看了。她這究竟是怎麼了？

他心中有一種非常不好的猜測，臉色難看到極致，以至於被叫進來的劉松看到了，都嚇得說不出話來。

薛聞玉低沈著聲音說：「傳御醫。」

御醫很快就趕來了，給元瑾細細把了脈，才走到薛聞玉面前跪下。

薛聞玉淡淡問道：「長公主的身體有無大礙？」

「稟陛下，殿下是因為心中鬱結，所以脾胃不調，開了健胃的湯藥煎服，應該就會好一些了。」御醫也是滿頭大汗，剛才聽聞長公主嘔吐不止，不由得便想到了別的地方，一來又看到陛下在，已經嚇得兩腿發抖，就怕看到什麼宮中秘事，會讓他人頭不保。

莫說是他，就是薛聞玉方才也略想偏了些。知道是自己想多了後，他神色微鬆。但緊接著，臉色又越發不好受起來。

姊姊為何心中鬱結？恐怕是她仍記掛朱槙，又責怪自己害死了他。什麼脾胃不調，這些統統是虛的。

只有元瑾自己一開始就知道不會是懷孕。她和朱槙是發生過關係，但那已經是去年的事了，總不會這時候有孕。她一開始便擔心是自己心裡的問題，如今被御醫診斷是心中鬱結，她反而明瞭了。

其實這還不全是因為朱槙。

之前蕭家覆滅，她心中便壓著沈重的擔子，要為父親、姑母報仇，要為蕭家報仇。只有當初遇到陳慎，度過了一段輕鬆愉快的日子。可後來她又知道陳慎就是靖王朱槙，她必須要留在他身邊當探子。在這個過程中，她背叛了朱槙，朱槙又因她而死。

她雖然已經完成復仇，一了心中夙願。但因為這一切都是用朱槙換來的，所以她又愧疚於害了他，心中難以解脫。

她盯著夜晚中孤暗的燈火，久久沒有說話。而坐在她床邊，給她餵藥的薛聞玉也不說話。

他知道她想要什麼，但他真的無法放開她，這輩子都不可能。

最後他只能長嘆一聲，叫她先好生歇息，讓人收拾了摺子，免得擾了她休息，隨即離開慈寧宮。

慈寧宮中發生的事，蕭風很快就知道了。

他看向那個昨天才從苗疆遠行來到京城、戴著斗笠的神秘人，說道：「咱們是不是應該做點什麼了？」

「那孩子終究是放不開啊。」戴著斗笠的人輕嘆，隨即招了招手。

本來肅立在一旁的侍從走上前。

神秘人輕聲問：「他現在把持朝政到什麼地步？」

侍從立刻恭謹回答：「已將內閣攏於手中，手下良將有遼東總兵、兵部侍郎、金吾衛指揮使，以及新任錦衣衛指揮使，統軍合計二十餘萬人。」

神秘人聽了一笑。「不愧是繼承先帝才能之人，倒真是厲害，要是再給他幾年，恐怕連我都撼動不得了。你們可都不是他的對手。」

「所幸他對阿沅極好，雖然性子偏執變態，也未曾傷她分毫。」蕭風又說。

「那又如何？」神秘人冷淡地說：「毒蛇只要在心裡，就總會有咬人的一天。」

蕭風靜默，過了很久才乾澀地開口。「但是您說的，我還是不認同……」

神秘人長長地嘆了口氣。「小五，阿瑾才是最要緊的。當年那些事倒也不怪他，不是他也會是別人，只要朱楠的心中有這等慾望，咱們就不會有善終的一天。更何況若不是他，我恐怕早就死了。」

蕭風想了想，又嘆了口氣，沒有繼續說話。

這時外面有人進來通傳，拱手對蕭風道：「大人，白大人來了，說是有事求見。」

「他來幹什麼？」蕭風眉頭一皺，立刻就想趕人。他跟白楚相處得並不好，更何況他現在又忠於帝王。

「叫他進來吧。」神秘人卻緩緩一笑。

蕭風一時不解，再一想後頓時有些震驚，看向神秘人。「您……白楚難道是您……」

「正是。」神秘人喝了口茶。「否則你真的以為，你隨便派個人就能把他請出山嗎？」

前來詢問的人已經出去通傳，可蕭風仍然覺得不可置信。

「他當時可要了我們這麼多銀子！而且他現在還……」

「所以才沒有人看出破綻。」神秘人平靜地道：「除了龍崗那事，他下手太狠，差點讓阿瑾出事——雖然那時候，我也不知道靖王妃就是阿瑾外，別的倒也辦事妥貼。」

「您是說……」蕭風聽到這裡，更加震驚了。當初朱楨領軍攻打龍崗，黃河決堤一事，難道不全是朱詢所為？甚至可能是白楚在背後做的？

神秘人對此不置可否，嘆了口氣。

蕭風頓時說不出話來。倘若元瑾知道了，恐怕會更加傷心、自責吧！本來就覺得朱楨是為她而死，若還知道是出於自己人的算計……蕭風倒吸了口涼氣。

這件事不能讓元瑾知道，好在這幾個月她一直心緒不寧，否則恐怕早也發現了。

「那……咱們怎麼告訴她，您還活著的事？」蕭風問：「薛聞玉忌諱我，不讓我接近阿瑾。」

「我會讓白楚安排。」神秘人說：「但是必須要快，我怕她……越來越折磨自己。」

明明是盛夏的光景，這兩日元瑾卻莫名其妙傷了風，起不了身，臥病在床。

薛聞玉派了很多太醫為她醫治，卻也只是說「長公主殿下這些時日不思茶飯，寒邪自然容易入體。即便藥能治病，但若不除根，也容易反覆……」

薛聞玉非常生氣，罕見地當眾發了火，罰慈寧宮中伺候元瑾的人在烈日下跪。

元瑾只覺得自己燒得厲害，睜開眼時，只看到聞玉坐在自己床邊，一張俊雅如謫仙般的臉因自己而冷峻，眼裡壓著怒火，但回過頭看到她醒的時候，又勉強露出幾分笑容。「姊姊醒了，妳已高燒兩日了。」

元瑾卻還牽掛著朝事，抓住他為自己擦汗的手，聲音有些嘶啞。「我病了，你又在我身邊守著，那國家大事怎麼辦……」

薛聞玉寬慰道：「有內閣盯著，白楚也會隨時向我稟報。妳好生歇息，不要操心這些雜事。」

元瑾搖搖頭，輕聲說：「不要守在我身邊，你是皇上。」

可她不好，他根本就無心朝事。

薛聞玉與她僵持不下，元瑾的聲音就嚴厲了些。「聞玉，不要任性。」

薛聞玉細緻的眉微皺，最後只能輕嘆一聲，低聲道：「那我晚上再來看妳。」說罷看著她，不知道想了什麼，俯身親吻了下她的額頭。

他的嘴唇乾燥而柔軟，觸感陌生。

元瑾渾身一僵，正想說什麼，薛聞玉已經站起身，吩咐侍衛將慈寧宮好生護著，隨後便離開了。

元瑾也只能在心中嘆了一聲，閉上眼沒有再糾結這個問題。她擔心真的同聞玉討論，會有她預料不到的情況發生。

她沒有過多精力去思考此事，喝過藥後，很快就再次睡著了。

最近這些天她一睡著就會作夢，夢境紛亂煩擾，讓她驚叫著醒來。但當元瑾醒來後，夢到的是什麼，她卻又不記得了。薛聞玉曾叫大國寺的得道高僧來看過她，對方只告訴她，她是孽債未清。

今天元瑾又作了惡夢，她夢到蕭太后死的那天。

她在夢中，親眼見到姑母被朱楠殘忍殺害。她痛哭而無能為力，只能眼睜睜地看著朱楠對姑母下手。

元瑾大汗淋漓地從夢中驚醒，卻發現床邊坐著一個人。

這人身穿檀色長袍，約莫五十的年紀，摻雜銀絲的髮髻梳得很光滑，一張秀麗端正、如同菩薩般的臉，眼角已經有了細紋，但不妨礙她有獨特而沈靜的眼神。

這張臉元瑾無比地熟悉，前世將她養大、把持朝政，蕭家最聰明的人，她的太后姑母。

元瑾瞪大了眼，姑母怎麼會在她的床邊?!

是她還在作夢嗎？又夢到姑母沒有死？

「阿瑾，姑母回來了。」蕭太后柔聲說，伸手撫摸元瑾的髮，微笑道：「看到姑母傻了？」

元瑾又怔怔地盯著她許久，漸漸淚盈於睫，才撲上來把她抱住。「竟然夢到您活著，真好……您不要去乾清宮，一定不要去！」

蕭太后失笑，才明白元瑾這是剛從夢中醒來，還分不清夢境與現實，只當是夢到她沒死了。

「阿瑾，妳好生看看，摸摸姑母的手。姑母是活生生的，妳不是在作夢。」蕭太后將她的手拉起來。「來，妳好生摸摸。」

元瑾一愣，仍然沒有反應過來。她伸手摸了摸蕭太后的手，察覺到她的手真的是溫熱的！

難道……她又仔細看蕭太后，她的頭髮中竟摻雜著銀絲，且臉也比以前蒼老。一如既往是她熟悉的眼神，這樣的氣勢，沒有任何人能模仿。

蕭太后對她微微一笑，輕聲說：「阿瑾，姑母來遲了。」

元瑾聽到這句話，突然一股鼻酸湧上。這是真的蕭太后……是把她養大的蕭太后！

元瑾緊緊抓著她的衣袖，眼眶泛紅。「這、這是怎麼回事？您不是……不是……」

姑母不是死了嗎？怎麼會突然出現，而且還坐在她的床頭，難怪她以為自己在作夢！

「這事說來話長。」蕭風突然開口，元瑾才注意到原來他一直站在蕭太后背後。

蕭風繼續道：「阿沅，現在情況特殊，妳這宮中我們現在進來不易，所以長話短說。」

蕭風便將蕭太后當初是怎麼逃脫的事同元瑾講了一遍。

其實說來倒也簡單，當時守衛太后的護衛正好是之前受過太后恩惠的人，知道朱楠要對太后下死手後，就設計了個障眼法，讓太后逃出去。而朱楨知道太后消失，只當是朱楠已經暗中殺了她，雖然惋嘆，也只是找了屍首來替代太后。

蕭太后這個人可以消失，但是她的屍首不能消失。

所以天下人都以為太后已經死了，甚至包括蕭風、朱楠，沒有人知道太后還活著。

蕭太后嘆了口氣，接著道：「當時我也以為你們都死了，便存著為你們報仇的心思去了苗疆。我早已查過，當年聞玉親祖母的後人就在苗疆。我與他們的勢力結合起來，想推翻朱楠的統治，故一直在民間搜尋當年太子後人的下落，便是妳的弟弟薛聞玉。

「我雖然找到了聞玉，但怕自己出現會引起朱楠的懷疑，便只派了徐賢忠等人來打探。後來，妳救了小五，還把蕭家的暗線都告訴他，我才對妳起了疑心。卻一直都猜不到妳是誰，直到聞玉給了妳丹陽的封號，我才真正猜到妳就是阿瑾。」蕭太后撫著她的頭髮，想到原來那個在她保護之下的少女，已經獨自一人完成了這麼大的事。

這讓她既心疼又辛酸。

她輕輕地說：「當年的事的確也有我的過錯。我早已察覺朱楠的野心，卻沒料到朱詢的背叛，導致蕭家腹背受敵，最終覆滅。阿瑾，為蕭家擔負這些，妳實在是苦了。現在姑母回來，妳不用擔心了。」

元瑾的眼淚再也止不住，她緊緊地抱住蕭太后，喃喃道：「您還沒有死，為什麼不出來，不出來見我……我一直以為……我以為您已經不在了，這世間，蕭家只剩下我一個了！」

她忍不住放聲大哭。

蕭太后心疼地拍著她的背，輕聲哄道：「阿瑾，我知道，我都知道，都是我不好，讓我們的小阿瑾受罪了。阿瑾打姑母吧！」

元瑾卻將她抱得更緊，緊得生怕一鬆開，她就會消失不見。

她哭了好久，終於才捨得放開蕭太后，從頭打量到尾，看她有沒有什麼傷。

蕭風在一旁笑。「阿沅，我已經看過了，妳姑母好生生的。」

元瑾才看向蕭風。「五叔，你早知道姑母還活著，卻不告訴我？」

「我也是前兩天才知道！」蕭風立刻喊冤。「再者，之前慈寧宮半點消息都遞不進去，我才知道不對。」

他說到這裡，元瑾就沈默一下，只能先暫時饒了他，又同蕭太后說：「即便您不知道我還活著，總知道五叔活著。當初我們奪取天下後，您為何不出來一見？」

蕭太后輕輕一嘆，她的眼神中，流露出以前從不曾有的平靜。

這些事過後，才明白成敗不過雲煙。當時若不是要為蕭家報仇、推翻朱楠的統治，興許她也會從此歸隱山林，不問世事。既然已經完成報仇，當時也不知道阿瑾還活著，就更沒有必要出來了。

「我本已打算隱居不出。當時我的確也受了不小刺激，自此後看待事物便不一樣了。更何況我出面並不好。」蕭太后苦笑。當初在朝野上，她妖婦之說盛傳，如今既然已經推舉薛聞玉出來做皇帝，她又何必再出現，引得朝廷風起雲湧，紛爭不斷？

「不過雖然聞玉繼位時我沒出現，但你們同朱槙打仗的時候，我是派人來幫你們的。他也一直作為我的耳目，潛伏在京城中，妳現在應該見見。」蕭太后說著，向帷幕後招了招手。

帷幕後走出一人，對元瑾拱手笑了笑。「長公主殿下，別來無恙？」

元瑾瞳孔微縮，這人笑容慈悲宛如神祇，眼神清明，不是白楚是誰？

「當日你們與朱槙大戰，我放心不下，故派了白楚過來。」蕭太后微笑。「他一個人，也抵得過無數謀士了。」

白楚竟然是姑母的人？元瑾覺得有些不可思議，不過仔細一想，有了這個解釋，許多她曾經懷疑的事，如今倒是對得上了。

那他還開價一個時辰八百兩銀子？

白楚察覺到他們的目光，挑了挑眉。「怎麼，我要價有什麼錯？我要是不拿錢白幹活，你們二人會信我？」

這倒是不假。白楚這樣的人，要是一分錢都不要，他們反而會懷疑他是敵方派來的奸細。他開出這麼高的價格，才會給人一種「他不會再背叛你」的感覺。

「阿瑾。」蕭太后又微微握了元瑾的手。

元瑾看向蕭太后，應了一聲「姑母」。

現在的蕭太后與當初已經有很大的不同。原來的姑母端莊威嚴，不怒自威，可現在姑母老了許多，氣質中更多了一分寧靜。褪去珠翠與錦繡，一身布袍的姑母，似乎更像個普通婦人。

「我這次前來，是為了妳。」蕭太后說：「妳如今身子不好，可是因為……朱槙的緣故？」

想來，五叔應是把什麼都告訴姑母了。

元瑾神色頓時暗淡下來，笑道：「是我不好，竟然會如此在意他……想到他的死，心裡怎麼也過不去。」

「阿瑾，妳從來都是個善良的孩子。」蕭太后的聲音平和而溫柔。「他雖然欠蕭家，卻對妳極好，甚至算是為了妳放棄了皇位，失去性命。在妳的一生裡，妳從未遇到過這樣愛妳的男子，妳怎麼會不在意他呢？再者當年，其實朱楨未曾追究我的下落，也是放了我一條生路。說來，他當年與蕭家，也不過是立場不同罷了，姑母並不在意。」

元瑾聽到這番話，眼淚頓時模糊了視野。

「可是姑母……」她說：「他已經死了，我親眼見到他流了好多血，掉進河裡……我找不到他了！」

「未必。」白楚卻在旁邊輕輕說。

見大家都看向他，他笑了笑，繼續道：「其實皇上一直疑心朱楨沒死，所以不斷派人在山西打探，而這件事——一直都是由我負責的。我的人曾在太原的崇善寺附近，看到過極似朱楨的人，我得到消息後親自比對過，那人的確長得與朱楨相像，年歲也接近，只是……」

元瑾捏緊被褥，立刻就直起身。

「只是什麼？」她的心中非常忐忑。這有些說不過去，倘若朱楨真的活著，憑他的才智，怎麼會去崇善寺，豈不是很容易被人發現？這個人當真是他嗎？

雖然在這個節骨眼上，出現一個長得像他的人，的確很讓人懷疑。

她已經失望過一次，不想再失望第二次。

白楚嘖了一聲，一副很難描述的樣子。

「倘若一個人除了外貌和年歲，幾乎都和朱楨完全不同，妳覺得他是不是朱楨？」白楚拋出一個問題給她。

元瑾被問得愣住了。他究竟……看到了一個什麼樣的人？

白楚含笑道：「倘若朱楨已經變得完全不一樣了，長公主殿下，您是否仍然能一眼認出他來呢？」

「自然。」元瑾幾乎毫不猶豫就說出口。在她剛遇到朱楨——那時候還是陳慎時，她不就喜歡他了？

「可我們不知道，如果他沒有這些特徵，我們無法確認他就是朱楨。」白楚說：「如果長公主殿下想知道，只能親自去確認。」

元瑾心中更加忐忑，白楚的那些形容讓她很不安。就算朱楨不再是靖王，他也是朱楨，白楚為什麼會有這樣的形容？

那個人……真的是朱楨嗎？

第七十九章

「阿瑾，一直留在宮中，妳是不會安心的。」蕭太后說：「妳去找他吧，妳心裡是有他的，怎麼樣也無法違背這一點。」

聽到朱槙或許還活著的消息，元瑾自然非常急迫地想去找他。

只是她還是想到了聞玉。

之前她提出要走的時候，他曾經爆發過一次。若是她再提，聞玉必不會同意，說不定還會再次爆發，出現更嚴重的後果。

她倒不怕聞玉的手段，但她怕他以傷害身邊的人，或以傷害自己的方式逼她就範。

她始終還是放不下他。

蕭太后知道她在想什麼，阿瑾如今雖經歷這麼多，心腸卻和以往一樣柔軟。當初她是怎麼對朱詢好的，她還歷歷在目呢。薛聞玉比朱詢好的地方是，無論如何他也不會傷害元瑾。他比朱詢更絕情，但又更純澈無瑕。

所以這次，元瑾總算沒有識人不清。

「阿瑾，今兒有我、有妳五叔在，便能讓妳做任何想做的事。」蕭太后說：「妳儘管放心地去做吧，不要有後顧之憂。」

元瑾看著姑母堅定的眼神，她知道姑母一言九鼎，從來都是說到做到。

但她卻想了很久，然後深深地吸了口氣說：「姑母，還是讓我試試吧。」

元瑾喝了粥又吃了藥，總算能下床梳整一番了。她讓蕭風先護送蕭太后回去，自己等薛聞玉來。

到了晚膳的時候，薛聞玉果然來看她。

他發現她的氣色比他離去時好多了，還叫尚膳監備了一桌子的菜，同他一起吃。

他很高興，嘴角都帶上微微的弧度。「姊姊若能每日如此，那我又何至於擔心妳。」

元瑾笑了笑，將一碟牛乳菱粉糕放在他面前。「這是我親自下廚做的，你嚐嚐？」

他很給面子，立刻就挾了一塊來嚐，說：「還不錯，姊姊應當多做一些菜給我吃。」

元瑾自己也挾了一塊，覺得果然很一般，她的廚藝仍然沒有絲毫長進。但聞玉自小對她的認知就有光環，所有關於她的一切都是好的。

「聞玉，」她又給他挾了一塊糕點，突然說：「我想去一趟山西。」

薛聞玉握著筷子的手立刻發緊，強笑道：「不是早說了，那首領不是朱楨，並且已經伏誅了。姊姊為何還要去？」

元瑾抬起頭。「聞玉，你讓白楚查過，朱楨是否真的死了，對嗎？且白楚還發現一個長得極像朱楨的人。」

薛聞玉嘴角一抿，在這一瞬間，他心裡閃過很多念頭。

的確，他是讓白楚查過。且當時他就對白楚下了命令，馬上處死那人。可是姊姊是怎麼知道的？這件事除了他和白楚外，再無第二人知曉。

「姊姊這說的是什麼話，」薛聞玉緩緩一笑。「我若是真的有所發現，怎麼會不告訴妳呢？」

「你不必偽裝。」元瑾說：「我現在已經什麼都知道了，我現在就要去山西找他，親自確認他有沒有死。這次沒什麼危險，所以你也不必在意我的安危。」

「可是姊姊……這是不可能的！」薛聞玉立刻扔下筷子，抓住她的手。「妳要是去了，就不會再回來了。」他像隻幼獸一般，帶著哀求的眼神。「所以妳不能走！」

元瑾輕輕一嘆，將手覆在他的手上，柔聲說：「聞玉，你覺得我這幾天，過得如何？」

薛聞玉頓時就沈默了。

「我的確愛朱槙，但我如此傷神卻不全是因為愛他。因為我在深深地愧疚。」元瑾說：「我虧欠他的，一定要還給他，你明白嗎？若是不解決這個問題，我一輩子都心結難解。你若是希望我好，就讓我去找他。」

她一說到這個，薛聞玉也不能反駁。

其實他這幾天也有些動搖，他想要元瑾過得好。他坐到這個位置，很大原因就是要讓她高興的。但他又怕極了她會離開他，從此與朱槙雙宿雙飛，再也不回來。

他深深地吸氣，仍然說：「不行，姊姊，無論如何，我都不會放妳走的，妳只需知道這點，旁的就什麼都不必說了。好了，我們繼續吃飯，行嗎？」

「聞玉，我知道你在擔憂什麼。我只是想要告訴你，不管發生了什麼事，我都會在你身邊。你封了我為長公主，不是嗎？那我便永遠都是你的姊姊，只要你在這裡一天，我便肯定會回到京城，回到你身邊。」元瑾走到他身邊，抓住他的手。「你怕我去找他，並非怕我同他在一起，而是怕我不會再回來，是嗎？」

薛聞玉將筷子握得越來越緊，但仍然不說話。

元瑾繼續柔聲說：「你是我弟弟，這天底下，沒有比這個更牢固的關係。既然在明知道你受傷博取我同情之時，我無法放開你，那麼你日後出任何事，我都不會離開你。在你軟禁我的這段時間裡，你當真以為我沒有反抗你的辦法？只是我不會對你做那些事情罷了。聞玉，你若是繼續如此，只會讓我們二人越來越遠，你知道的。」

薛聞玉終於被她這句話所觸動了。

「不……不是的……」他的眼中透出一些悲涼。「姊姊，妳走了，就會永遠和朱槙在一起，妳根本就不會理我了！」說到最後他站起來，幾乎是嘶吼著說出來。

「薛聞玉！」元瑾也生氣了。「你不要再執迷不悟了，這幾天你我弄得彼此都遍體鱗傷，有意義嗎？你我本該是至親之人，是我最看重的弟弟，但是你現在在做什麼，你想變成下一個朱詢嗎！」

薛聞玉終於承受不住心中的絕望，緩緩地半跪在元瑾的腳下，抓住她散落在地上的裙裾，但是他的手一直顫抖。

正如元瑾所說，其實很多事她都能做，可是她一直沒有做。

其實姊姊對他從來都是寬容的。但他卻用各種手段來要挾她，他和那些傷害她的人，又有什麼區別？

他不想當下一個朱詢，他不能和她反目成仇，他也受不了半分姊姊的疏遠……一點都受不了！

「聞玉，」元瑾最後說：「既然我知道你讓白楚調查的事，那麼很多事我也知道了，你現在是鬥不過我的。姊姊跟你談，只是因為我們是姊弟，我們不應該用別的方式來解決這個問題。我永遠不會那麼對你，而你，也永遠不會這麼對我。你明白嗎？」

薛聞玉沈默一會兒，突然將頭靠向她的懷裡，緊緊地抱住她。

元瑾本來想將他扶起來，但她聽到他壓低到極致、沙啞得快要聽不出來的聲音說：「姊姊，我答應妳。最後一次了……」

她的身體僵住，不是因為薛聞玉的話，而是感覺到溫熱的濡濕，浸沒了她的衣裳。

他哭了。

他大概是不想讓她看到他哭吧。

她輕輕地摸著他的髮，這個新任的帝王，如今在她懷裡，仍然如孩童一樣的無助。

片刻後，他終於忍不住了，肩膀顫動，將她抱得更緊，傳來了壓抑的哭聲。

這對他來說，應該很難吧。

但是不放開她，他就無法放開過去。聞玉也真的需要找到他自己的意義，他是帝王，他應該擁有天下。

「妳一定要回來……」他沙啞著聲音說：「我會派人跟著妳，妳一定要回來。」

元瑾笑了笑，知道他終究還是妥協了。她輕聲對他說：「好。」

聞玉終究不是朱詢，她不會再看錯人。

他不會以傷害她為方式，來獲取他想要的東西。他永遠不會傷害她，元瑾能深深地意識到這點。

他終於能放開了。

而她，也終於要去解開她的心結了。

薛聞玉答應後，立刻就開始為她準備此事。先是準備了一千精兵，隨行伺候的宮女、嬤嬤不下百人，又特地備下寬大華麗、要四匹馬才能拉動的車輦。還立刻傳諭山西布政使，長公主歸鄉省親，務必在太原準備住處，讓長公主住得舒心。

太原官場相當重視此事，準備在長公主省親時，在城門處列隊歡迎。

這樣聲勢浩大，弄得元瑾都覺得過了，說他鋪張。

薛聞玉卻笑笑說：「本來我封姊姊為長公主，便是想將這天下與妳同享的，姊姊千萬不能拒絕。」繼而又一頓。「這麼多人看著，才能防止姊姊跑了。」

元瑾心中凝滯，便不再說什麼意見了。

蕭太后卻仍然放心不下。她老人家打算先留在京城，住在蕭風的府上，等到一切塵埃落定，她才會回苗疆。

蕭風就更是不放心了，他親自來慈寧宮看元瑾，見到她的侍女正在收拾東西。

「他真的肯放妳去？」蕭風覺得不可思議。

「他畢竟不是朱詢。」元瑾只是說。

蕭風一笑，又沈默了下，才說：「阿沅，妳知道，其實五叔從來都不同意妳和朱槙在一起。當初我便想好了，即便妳和他相愛，我也要拆散你們。」

元瑾抬起頭。「您現在不拆散，以後怕是來不及了。」

「我覺得已經來不及了。」蕭風嘴角微扯，苦笑道：「誰讓妳欠他的。」

他走上前，摸了摸她的髮。「那麼五叔會護送妳，一直到確定你們二人能在一起為止。」又說：「阿沅，我原來答應過妳父親，要代表家中的父兄，好好地送妳出嫁的。」

元瑾看著蕭風認真而堅定的神情，不知道為什麼，突然紅了眼眶。

「可別哭了。」蕭風擦了擦她的眼角。「妳現在已經是萬人之上的長公主殿下，沒有什麼事能再讓我們阿沅哭了，妳可要答應五叔。」

「好。」元瑾答應著，卻是破涕為笑，笑中帶淚。

她怕時間拖得越久，消息會越發不準確。因此在說服聞玉的第三日，就打算出發。

三日後的早晨，這天陽光明媚，微風輕拂。

由蕭風親自帶領軍隊護送，中間是一輛龐大的華蓋馬車。

薛聞玉從城門上，看著她的隊伍漸漸遠去。

日光落在京城上，遠處運河人流如織。有人在喊號子，商販們在談笑，百姓們行走在街上，蒸籠中飄出白霧，皆是凡世間的煙火氣息。而近處是軍隊森嚴，手持長刀的侍衛裡三層、外三層地圍著他，寂靜無聲。

他看了許久，身影落在碧藍的天空下，成為一道孤獨的剪影。

元瑾在數日後的傍晚到達太原，果然得到太原官界的迎接。

山西布政使請她賞臉赴宴，想為她接風洗塵，元瑾推說自己舟車勞頓，辭了他們，才到了早已備好的定國公府原府邸休息。當地官員也已經安排好伺候的人手，甚至飯菜都已提前備下。

寶結替她摘下金累絲嵌寶石孔雀開屏冠，又另有丫頭替她除去身上織金褙子，笑道：「奴婢這還是第一次到山西地界來呢，雖不如京城繁華，卻也熱鬧。殿下便是長於山西的？」

元瑾思索了一下，其實不論是前世還是今生，似乎她的確都是長於山西的，說來似乎也沒錯。她在圓凳上坐下來，任丫頭給她拆耳環，一邊問道：「可有朱槙的消息了？」

寶結道：「蕭大人已經問過白大人的部下，說那人原就是偶然遇到，他們想要嚴密監視，卻把人跟丟了，如今是不知所蹤。要想找他出來，總得花一些時日。」

元瑾嗯了一聲，心情頓時有些黯然，雖然本就預料到這事不會順利。

她盯著珠光熠熠的八寶攢盒，裡頭所用之珍寶，就是與她當年還是丹陽縣主時相比，也是奢華極的。

此趟她來山西，確實抱著很大的期待。就怕期待越高，失望越大。

那就花些時日吧，反正聞玉有白楚幫忙輔佐朝事，倒也不急於一時。

「對了，」寶結又說：「您原來的本家……薛老太太攜著兩個兒子，想求見您，不過被侍衛擋下了，現下正在外院的廊房裡等著，不知道殿下見不見？」

「不見。」元瑾喝了口參湯，淡淡道。

她原來的那些丫頭中，寶結是最沈默寡言的，而如今，她卻是陪在自己身邊最久的人。她將人安排在廊房，是早就猜到自己不會見他們了。

「明日安排一下，去崇善寺上香。」元瑾最後吩咐她一句。

寶結屈身應諾。

誰知元瑾要去崇善寺上香的消息，卻被山西布政使知道了，他立刻提前將崇善寺清場，安排官兵守衛，等元瑾第二日到後，就看到原來人來人往、熱鬧熙攘的崇善寺竟沒有人出入，四周官兵林立，清靜肅穆，寺廟住持在外站著等她。

元瑾嘆了口氣，就是原來朱槙住在崇善寺，都沒有做過這樣大排場的事。實在是有些招搖了。

她叫人傳了山西布政使過來。

「殿下有何吩咐？」布政使恭敬地拱手。

元瑾淡淡道：「今兒是十五，本就是百姓上香祈福的日子，我來已是叨擾，你怎可因此而封寺？」

「這……」布政使似乎有些為難。「您來之前，陛下就傳了話，說您的安危是最要緊的……」

「如今天下太平，百姓安康，我的安危能有什麼問題。」元瑾卻打斷他的話。「立刻撤了吧。」

元瑾帶著寶結和貼身侍衛先進了寺廟。布政使無奈，只能立刻去安排。

寺廟裡非常寧靜，金箔貼身的佛像俯首低眉，香霧瀰漫的經殿中，傳來誦經的聲音，正是寺廟的僧人做早課的時候。元瑾沿著曲折的迴廊向前走，晨光透進來，光輝照在迴廊上雕刻的一百零八羅漢上，她想起第一次見到朱槙，就是在這些迴廊上迷路，遇見一個掃地的僧人，他替她指了路。

她靜靜地站在迴廊上，任晨光沐浴她一身，過了一會兒才問住持。「當年靖王所住的宅院是否還在？」

住持一愣，卻沒想到她會問起這個，隨後說：「當年靖王殿下常住於崇善寺，旁人倒是不知曉的，沒想到殿下竟然知道。他住得偏些，院子仍然保留著。」

說著住持領她走上小路。

從迴廊過去經過一個小花園，裡面種著許多忍冬花。這時節正是忍冬花盛放的時候，白色的忍冬花如絲一般綴滿花架，氤氳的芬芳瀰漫庭院。

經過小花園，便是當年朱槙的住處，一個不起眼的小院子。

元瑾讓人都留在門外等著，她獨自一人走進去。

大概是朱槙許久未來，裡面已經有些破敗。書房的門敞開著，飄了不少落葉進去，裡面的桌椅都已經陳舊，書卻不在了。元瑾在椅上坐下來，發現旁邊的笸籮裡，當年那個朱槙用來裝茶葉的竹筒還在。

她將竹筒拿起來，想起當時她把朱槙當作一個窮苦的修士，還把家裡的茶帶給他喝。現在想來的確好笑，朱槙怎會缺錢少銀呢？不過是逗她玩笑罷了。

元瑾將竹筒打開，發現裡面竟還有一些茶葉。她倒在掌心裡聞，這茶葉粒粒分明，帶著一股清冽微冷的香氣，恐怕是最極品的貢茶。她微微一笑，誰能想到當初一切都不起眼的陳慎，所用之物無不是極品呢。

元瑾正準備合上蓋子，卻看到裡頭似乎有些玄妙。

她又將茶葉筒拿正了看，發現內壁微微泛光，再用手摸，才判定這是羊脂玉胎。這是極難得的一種儲藏極品茶葉的辦法，以玉胎封存，方能使茶葉歷久彌香。

不對……

元瑾心中一跳，她看了看四周，如果藏書是之前被朱槙的人搬走，那這竹筒的價值重於這些書百十倍不止，為何這竹筒沒有被拿走？

她立刻叫了住持進來問話。「靖王殿下走後，這裡面可有人來過，帶走了什麼東西？」

住持卻搖搖頭，雙手合十。「靖王殿下走後，這裡便封起來，無人再進出了。」

那就是朱槙……是朱槙！

元瑾突然有了這個念頭，是朱槙把這個竹筒放在這裡的，他想引她上鉤！

就在這時，門外突然有響動傳來，似乎是什麼人被撞了，東西掉落一地的聲音。

難道是朱槙！

元瑾按捺不住激動，突然起身往外走。

「殿下！」侍衛們都跟著她跑出來。

元瑾彷彿在迴廊的拐角看到一抹熟悉的背影，好像就是朱槙。那背影立刻又消失了，她沒等身後的侍衛，就又追了上去。

迴廊曲折，綿延而無盡頭。

那人的背影幾次閃過，可每當元瑾追上去時，他又不見了蹤影。最後元瑾站在一處陌生之地，只見幾處小院合在一起，有一口水井在原地，卻沒再看到任何人影。
她追得太累，狼狽地喘著氣，心中越發絕望，大聲道：「朱槙，我知道是你！你沒有死，不要再騙我了！」
可她只聽到自己的回音，孤獨寂寥。
她絕望地閉上眼。
是她想多了吧，朱槙怎麼會出現在這裡呢？就算他還活著，也不會冒險到崇善寺來。
她正想轉身離開，背後卻傳來聲響。
有人走出了院子，腳步聲輕而穩，緊接著傳來木桶汲水的聲音。
元瑾轉過身，看到一個穿著赭紅僧袍的身影。他身長肩寬，頭頂光潔，睫羽修長，但卻看不到全臉。
雖然看不到全臉，但元瑾全身都顫抖起來。她緊緊地盯著他的身影。
他比她記憶中的更瘦削，僧袍半舊，當他打了水抬起頭時，露出一張儒雅而英俊的臉。因為表情平和，甚至更顯出幾分從未有過的寧靜和冷峻。
元瑾不可置信地看著他，眼淚漸漸模糊了視野。
他也看到了元瑾，但是目光只在她身上停留一瞬，就毫不留戀地轉開了，似乎她只是個陌生人。
他提著木桶要走進院子。

元瑾立刻奔向前，拉住他的衣袖，又哭又笑。「朱楨！你果然還活著，你沒有死……我就知道，知道你不會死的！」

他的目光先放在元瑾抓著自己僧袍的手上，是一雙雪白精緻、格外細嫩的手。隨後他的目光上移，落在她同樣精緻漂亮的臉上，滿身珠翠羅綺，華貴非常。

兩人宛如雲泥之別。

隨即他伸出手，堅定地將她的手拂了下去，淡淡道：「抱歉，施主似乎認錯人了。」

他的語氣甚至神態都非常陌生，好像真的不認識她一般。

拂下她的手後，他繼續提著水回院子了。

元瑾一愣，笑容終於緩緩淡了下去。

太陽的光輝落滿了院子，落在他堅毅而瘦削的背影上。

第八十章

「自那日後，長公主殿下就常來看這人。」

天空陰沈，飄著細濛濛的雨絲。寶結撐著傘站在廊廡下，同蕭風說話。

隔著細細綿綿的雨幕，蕭風也看向不遠處，正在禪房外整理經書的明玄。

他看了會兒，輕輕嘖了一聲。「的確和朱槙長得極其相似，就是……」

蕭風說到這裡驀地一頓，寶結看了他一眼，雖然蕭大人停頓不言，但她也知道蕭大人想說什麼。

其實，大家想的都是一樣的。

她沈默了一下，才說：「奴婢跟著殿下這麼多年，知道殿下其實只有在靖王殿下身邊的時候，才是最高興的。」有時候，甚至殿下自己都意識不到。

蕭風嘴角微勾，元瑾身邊有寶結這樣的侍女在，他放心許多。

「好好看著妳家主子，我要出去一趟。」蕭風說：「有事就叫阿武來告訴我。」

寶結屈身應諾，看著蕭風的背影走遠。

其實只要殿下覺得他是靖王，那他就是靖王。至於真的是不是，這並不重要，甚至，無數人巴不得他真的不是。

靖王若在，這天下會發生什麼變化，還很難說。

等雨停時，元瑾已經穿戴整齊，叫寶結將準備好的點心提過來。

「殿下，外頭剛下了雨，地上還濕漉漉的，仔細髒了您的裙子。」寶結勸道：「眼下太陽也出來了，不妨等地乾了再去？」

元瑾看了看窗外明媚的陽光，搖了搖頭。

「等地乾了，他便要開始曬書了。」她漂亮的眼睛微瞇。

她已經完全將他的日常摸清楚，早上起來是早課，隨後是挑水、劈柴，然後做寺廟裡分給他的事。下午去法會供奉長明燈，晚上又是晚課，日復如此。

自那日起，元瑾便在崇善寺住下了，就住在當初朱槙所住的別院裡。她也向住持問清楚，那長得酷似朱槙的人法號明玄，說是上次鬧洪災的時候，家裡受難，故避到了寺廟裡。

元瑾當時以銳利的眼神盯著住持半天，才喝了口茶問：「難道住持不覺得，他酷似靖王？」

住持苦笑道：「當時貧僧是有所懷疑，只是見他可憐，才將他收留下來。更何況貧僧再三盤問，見他渾然不知，也就失了疑心。殿下您多慮了，他當真不是靖王殿下，若他是，如何會到崇善寺來。」

收容靖王無疑是非常有風險的事。當年靖王對住持有恩，所以無論如何，住持都會護下他。

元瑾並沒有對此過於追究。

不論旁人是怎麼看待朱槙的，元瑾與他朝夕相處，只一眼便能認出他來，但他卻表現得完全不認識她。這些日子無論她幾次三番地糾纏他、威逼他，他都毫無反應，也從不和她說話。甚至有時元瑾看著他陌生而冷淡的眼神，不禁疑心自己是不是真認錯人了。

其實，只要元瑾看過他的身體，便能判斷他是不是朱槙，到時候他也無從狡辯。不只腹部的刀傷，他身上這些年行軍作戰留下的傷痕，這些都是不可能抹滅的。

但她總不能直接把人綁過來，脫他的衣服吧！

太陽懶洋洋地露出頭，藏經閣前的池水反射著明晃晃的光芒，寂靜的寺廟深處有鳥兒的聲音傳來。

明玄正在整理經書，要將它們分門別類地放到藏經閣裡。

他一如往常地穿著僧袍，比原來清瘦許多。但他長得極高，站起來後人如竹修長，以至於他過門的時候，也要微躬下身。

當他看到站在他面前的元瑾時，臉色微微變了，嘴唇抿得更緊。

元瑾擋住他的去路，他就抱著書繞過她，徑直朝藏經閣走去。元瑾怎會讓他過去，上前一步又擋在他面前。

「女施主。」他終於開口，語氣淡淡。「我早說了並不認得妳，能否不要打擾我的生活？」

「你現在不認得我，那我說了之後，不就認得了嗎？」元瑾笑著說。

他的眼神亦沒有波動。「施主乃高高在上的長公主，貧僧卻是一介出家人，無論施主想什麼，都是不可能的。」

他說完推開她，往藏經閣走去。

元瑾卻不覺得挫敗，之前是她欠朱楨太多，現在她要用盡所有來彌補他。

她跟著他往裡走。「我給你帶了些糕點——放心，並非我親手所做。不過也是我盯著做的，算是有些心意在裡頭。都是素點，你吃得。」

他不再說話，埋頭整理東西。

似乎覺得她油鹽不進，所以他也不打算再理會她了。

元瑾把竹籃放在地上，坐在門檻上支著下巴看他。

明玄在萬千的藏書間穿梭，對於她隨意出入佛門重地，也不置一詞。只要她高興，就算拆了寺廟，住持都不敢說什麼，更何況只是隨意出入而已，他也不必去自討沒趣。

之前這藏經閣做過他的書房，但如今這藏經閣已經半點他存在的痕跡都沒有了，不過是個普通的書閣。正如眼前這個人，當真是除了外貌，在他身上看不到半點朱楨的痕跡。

「朱楨，」元瑾說：「你不理我，可是怪我害你失去皇位？或者你後來查到，黃河決堤其實是白楚所為，就以為是我使了計策？」

他仍然不理會。

「你何必在這裡裝和尚呢？你頭上連戒疤都沒有，就不要再騙我了。這不是你靖王殿下的作風。你難道不想重奪皇位嗎？」元瑾又說。

他深吸一口氣，跨出藏經閣去搬書，似乎是想避開她。

元瑾跟著他出來，笑道：「你要搬書嗎？那我幫你搬吧！」

幾個伺候的丫頭在藏經閣外候著，見長公主準備親自去搬書，立刻要上前來幫忙，卻被寶結攔住。

她搖搖頭，示意丫頭們跟她一起退下。

元瑾搬起一摞書，他看了她一眼，既不阻止也不贊同。

不管元瑾做什麼，甚至有一次被掉下來的書砸到腳，鑽心般地痛，他都未曾理會。

元瑾長這麼大，何曾做過力氣活？她搬了小半天的書，累得兩隻胳膊痠痛不已。方才那書掉下來時，書尖砸到她的腳，夏季穿的緞子鞋非常輕薄，她便被砸得一瘸一拐的，跟在他身後。

元瑾其實有些喪氣，便是他罵她、呵斥她，也好過完全不理會她。

可這樣卻讓她更確定他就是朱槙，並且肯定是記得她的。否則任是誰，也不會這般對一個陌生人。

自然，元瑾已經完全忘記她這些天的糾纏，能讓一個人有多煩。

明玄下午還要繼續幹活，因此到了吃齋飯的時候，也沒有去食堂吃飯，而是一個小沙彌送過來的。

他雙手合十，平靜地對小沙彌道了聲佛號，客氣地說：「麻煩師弟了。」

他身著僧袍，氣質溫和，態度比面對她時好上一百倍，所以看起來是如此儒雅，這倒是跟平日的他有些像了。元瑾坐在一旁抱膝看著，有那麼些嫉妒。怎麼他對旁人就這麼友善，對她就這麼冰冷？

小沙彌也回了句佛號，卻是紅著臉，眼睛不住地往元瑾這邊瞟。

寺廟裡的人都知道，新來的明玄師兄竟然被長公主殿下看上，欲收為面首，可明玄師兄堅決不從，讓無數的師兄弟為之扼腕。聽說這位長公主不但身分極為尊貴，而且長得美若天仙，時常跟在明玄師兄身後，大家都想一睹芳容，故給明玄師兄送飯這事成了熱門任務，大家都爭搶著要來。最後是住持覺得太不像話，乾脆安排他來。

現在一看，這長公主果然漂亮得像仙女一般，而且一直盯著明玄師兄看，那肯定是當真喜歡他了。

小沙彌不是很理解，明玄師兄怎能如此不憐香惜玉呢？他知道，有好些師兄都巴不得長公主看上的是自己，便是還俗也心甘情願。

小沙彌送了飯就走了。明玄接過食盒，坐到臺階上打開。

元瑾悄悄地走過去，只見他吃的東西是一小碗炸豆腐、一碟青菜和兩個饅頭。她頓時有些心疼。難怪他瘦了這麼多，如此吃法，他又整天幹活，怎麼會不瘦！

自然，她也明白，寺廟裡的飯菜就是這樣，不可能有葷腥，豆腐就是最好的菜了。

她見他已經拿起饅頭開始吃，就悄聲走進藏經閣，將她帶來的那盒素點打開。裡頭是棗泥蜂蜜糕、炸得金黃的紅豆餡金絲酥、一碗糖蒸杏仁豆腐，以及一碟切好的香瓜。

她提著食盒坐到他身邊，執起筷箸，挾了一塊金絲酥到他碗裡。「這些菜色太清淡，你吃這個。」

他沈默了一下，咀嚼的動作停下來。

隨後他伸出筷，卻是將她挾來的金絲酥撥到一邊，繼續挾了一筷子青菜。

元瑾深吸一口氣，腳還隱隱作痛，他卻偏偏這樣倔強。她又一向被人嬌慣，什麼時候是將就人的性格了！

她又挾了塊棗泥蜂蜜糕給他，他依舊是如此。元瑾終於忍不住了，筷子一拍。「朱槙，你到底要鬧到什麼時候，吃這些對你的身體好嗎？就是要和我置氣，也不必和自己過不去！」

他神色平靜，但終於說：「施主若是忍受不了，便離開吧。」然後又加了一句。「我的身體如何，實在與妳無關。」

說完時兩個饅頭已經吃完，他將食盒放在屋簷下，一會兒自然會有人來收。不再理會元瑾，進了藏經閣。

這時寶結正好來叫元瑾回去吃午飯。

「殿下，宴席已經備下了。」她道：「陛下來信，問您什麼時候回去？」

寶結說完沒有聽到回答，抬起頭，卻見殿下目光灼灼地盯著藏經閣。她突然心裡一寒，有種殿下想一把火將這裡燒了的感覺。

殿下本來脾氣就不怎麼樣，又愛記仇……想必是那男子又讓殿下吃閉門羹了，而且比前幾次更嚴重。

「沒事，我不想吃。」元瑾道。

「那殿下……是如何打算的？」寶結試探地問。

元瑾笑了笑。既然如此，那她也必須拿出狠招，這樣溫水煮青蛙，對他是沒有用的。

「我晚上會自己回去，妳叫所有的侍衛、宮女都撤下，不許隱藏在我周圍。」元瑾淡淡道。就算她現在住在寺廟，其實暗中也有無數人保護她的安全。

寶結猶豫著不敢同意，但當長公主的眼神掃過來，她也只能低頭應諾。

陛下的吩咐她不敢違背，可長公主同樣也不是個善茬。更何況現在陛下山高皇帝遠，還是聽長公主的比較重要。

如此安排之後，元瑾就沒有再跟著明玄。

他偶然一回頭，發現她已經沒有坐在門口，地上只放了一個描金的食盒，在夕陽的餘暉下泛著柔和的金色光芒。

四周空無一人。

明玄看著門口，眼神如不見底的深海，沒有人知道他在想什麼。

藏經閣的書終於整理得差不多了，此刻已經暮色四合。

明玄離開藏經閣，準備去禪房做晚課。

路上他遇到很多人，在此之前他在寺廟裡是很低調的，但現在因為元瑾的事，路上師兄們都對他側目，笑著跟他打招呼，且開玩笑地道：「長公主今兒沒跟著師弟？」

他對此並不回答。

師兄們嫉妒也沒有辦法，誰讓明玄長得好看呢，聽說有權勢的女子便喜歡這樣的。模樣英俊，身材又好，性格沈默，能夠在某方面特別滿足她們。

不過明玄師弟一直剛正不屈，難道是長公主終於不耐煩，所以不糾纏他了？

難怪明玄師弟的臉色不算好看。

明玄經過這些無聊的師兄們，才到了上晚課的禪房。

禪房在花木深處，盛夏盛開的忍冬花香氣瀰漫。

這是住持最喜歡的花，既能看，又香，還可以泡茶喝。天氣好的時候，他就會讓寺廟的僧人收一批曬乾，省了買茶葉的錢，還格外別緻。

花架旁是個池塘，住持剛種下的荷種發了葉子，但今年還沒有開花，荷葉倒是長了半個池子。

明玄正要進禪房，突然聽到背後傳來熟悉的聲音。「明玄法師請留步。」

他的背影微頓，但似乎仍不想理會，徑直朝門內走去。

元瑾站在池塘邊，黑色緞子鞋的鞋面上，正好繡著精緻的荷花花樣，與背後的池水交相輝映。她垂眸盯著自己的繡鞋，笑了笑。「你還是不理我啊。我知道，自己欠了你一條命，就一輩子都還不清。如今，我百般討好你，你仍然不接受，倒不妨就把這條性命還給你吧。你要不要就是你的事了。」

他仍然往前走。

元瑾最後無謂一笑，閉上眼張開手，向後一步，瞬間就掉入荷池中。撲通一聲濺起水花，隨後就完全沈沒了。

明玄的腳步終於停住。

他閉上眼。

不，他不能回頭，她不會死的！

她這樣的人，永遠都有辦法讓自己不死。

他再睜開眼時已經堅定了想法，一步步地向前走，只是腳步越來越艱難。

因為背後一絲聲音都沒有傳來。

元瑾卻很快被水吞沒。

頭頂有無數光線穿過池水，將池水折射出無數的、深深淺淺的綠色。她死死地控制著自己不掙扎，屏息等待。可窒息感實在太難以忍受，她很快就有些控制不住了，但他還是沒有下來救她。

是不是太冒險了？賭他還愛自己，可是他真的愛嗎？

她很快就無法再思考這些問題了，窒息感讓她非常不舒服，意識模糊，她已經忍不住開始掙扎。她知道這是最後的機會，若是再不浮上去，也許她就真的要死在這兒了。而在此之前，她讓護衛都撤走了，所以也不會有旁人跳下來救她。

她不能就這麼放棄。

但是越等就越失望，她的身體已經開始違背她的意志。

水像噩夢般將她包圍，她想著再等一下，他肯定會來救她的，肯定會的……

元瑾非常難受，眼前逐漸出現白光，思緒開始混沌，只剩下身體下意識開始掙扎奮起。

她幾乎就要放棄了……

就在這時，突然傳來破水的聲音，一個如箭般的身影直衝下來，他的手從後面摟住她的腰，奮力劃開水幕，將她帶上岸。

他還是捨不得拋下她，來救她了！

元瑾心中湧動著欣喜。

上岸後她立刻被他按著胸口，咳出一大口水。

元瑾本就沒有完全溺水，吐了水後就清醒過來。但還沒反應過來，突然就被他掐住脖子，對上一雙憤怒的眼眸。「妳費盡千辛萬苦，重回尊位，就是為了尋死嗎？妳知不知道這池子的水有多深？」

元瑾看著面前僧袍盡濕，不停喘氣，幾近憤怒地看著她的明玄，露出了笑容。「朱楨，果然是你……你總算承認了。」

這笑容讓他更加惱怒，他冷笑。「什麼朱楨，您是長公主，您的事蹟自然大家都知道。」

「但是只有朱楨會說這些話！」元瑾拉住他的衣袖，握住他的手。「朱楨，你不要這樣，讓我帶你離開吧！你根本就沒有受戒！」

「受不受戒是我的事，與施主無關。」明玄想甩開她的手，她卻抓得很緊，露出孩童般乞求的眼神，可憐地看著他。「朱楨，你欠我的已經還清，可是我欠你的，恐怕要用餘生來償還了。你不能丟下我。還有，我現在頭疼，走不動路……」

她還訛上他了！

明玄知道，平日就是暗中都會有無數人跟著她，他根本不必同情她。

他堅決地甩開她的手離開。

元瑾躺在長椅上，看著他遠去的背影，嘴角帶著微笑。

他果然還是忍不住來救她了。他就是在生她的氣吧？不管怎麼說，有了這個缺口，她就能一點點地將他的固執土崩瓦解。

休息了好一會兒，元瑾才能站起來。

雖是夏天，但是元瑾渾身濕透，被風一吹還是冷極了。她得回去換身衣裳，否則明天恐怕要傷風了。

他的心還真硬，竟然就這麼丟下她走了！

元瑾心裡抱怨，一瘸一拐地消失在禪房的花木裡。

待她走後，竹林中才走出一個人，穿著半舊僧袍，面容英俊而儒雅。他平靜地看著她的背影走遠，眼神終於有了波瀾。

她竟然真的將所有人都撤去了。方才若他沒跳下去救她，她是不是真的打算被淹死？

明玄看了很久，才轉身離開禪房。

元瑾濕漉漉地回去，卻將寶結嚇了一跳，生怕她冷出個好歹，連忙又是燒熱水給她洗澡，又是喝祛寒的薑湯。第二日起來，摸到元瑾的額頭不燙，她才鬆了口氣。

「替我梳妝吧。」元瑾吩咐她，一邊揭開被褥。

長公主竟然又要出去，寶結這次勢必要阻攔了！

她勸道：「殿下，您不能再這般了！您不能拿自己的性命開玩笑。倘若您有什麼好歹，跟著的侍衛必定要賠命，就是您不在乎自己，也得想想他們！」

元瑾輕輕嘆道：「我心裡都有數。」

她坐到妝檯前，用檀木梳輕輕梳著頭髮，看著鏡子中漂亮得不可方物的臉。她皮膚雪白，翦水秋眸，眉眼間又有一絲清冷倨傲，似乎比原來還要有幾分色氣之美。

「明玄法師今日去早課了嗎？」她側頭問。

寶結搖搖頭，低聲說：「說是昨夜回去就傷風了，今早便罷了早課。奴婢已經暗中叮囑人送去治病的湯藥。」

傷風？

元瑾眉頭輕輕一皺，他不是救起自己後就回去了嗎，怎麼會得傷風？

他現在身子真是差到如此地步了？那當真是她的不是了。

僧人的住處都在後院，一向是謝絕訪客的，更何況還是女香客。不過這對於元瑾來說自然也不算什麼，她徑直朝院中走去，將侍衛留在門口守著，不許任何人進出。

普通僧人的住處自然不會太華麗，一排排的僧房，院中種著幾株棗樹，綠葉間開著細小翠綠的棗花，窸窸窣窣地落在地上。寺中清靜，有鳥兒清幽的鳴叫聲迴盪在山間。明玄的住處在最拐角的一間，十分小，怕是只有元瑾半個書房大。

元瑾站在門口，叩響了門。

裡頭傳來他略帶沙啞的聲音。「是小師弟嗎？快進來吧。」

元瑾自然不管他說的是誰，反正他說了請進。她推門入內，只見裡頭的陳設也十分簡單，一張木床，一只小桌，不光放著茶杯，還供著一尊小小的佛像。

屋中的光線很暗，只見男人躺坐在床上，正在喝藥，俊容果然有一絲憔悴。僧袍疊得整整齊齊地放在一旁。

當明玄一抬頭，看到竟然是元瑾時，表情立刻就變了。

「法師似乎不想見到我的樣子。」元瑾走到他面前，笑盈盈地道。

明玄淡淡地道：「女施主既然有自知之明，又何必前來？」

「法師昨夜為救我，得了傷風，我自然要來看看的。」元瑾很自來熟地說：「這藥可還好？我記得你不喜苦，便叫人放了許多甘草，嚐來應該就沒這麼苦了。」

明玄忍了又忍，才問：「妳還想做什麼？」

元瑾抬起頭，笑道：「今日來是逼法師還俗的。」

說罷她站起來，手放在腰間，解開翡翠禁步，放在桌上，接著又開始解腰帶，脫下外面的褙子。裡面是一件薄如蟬翼的杏黃色紗衣，已能隱隱看到褻衣，以及雪白的脖頸。

明玄的瞳孔一縮，在看到她隱約雪白的胴體時，他腹下就已經一緊。

已經完全長大的元瑾，自然要比少女時期還要誘人，身姿姣好，肌膚如雪。

只是佛門重地，她竟如此作為，果然大膽。他閉上眼睛轉向一邊，冷冷道：「請女施主自重。在男子面前寬衣解帶，這……著實不知廉恥。」

「哦？」元瑾笑著坐在他床上，甚至爬到他身邊，坐到他大腿上。她細白的手指放在他瘦削的下巴上，輕輕靠近，在他耳邊說：「那麼法師，為什麼不推開我呢？」

輕而熱的氣流，帶起陣陣火熱。明玄能感覺到她身體的柔軟，與她相反的，是自己越發地堅硬。他無可避免地立刻就被她所誘惑，甚至要捏緊拳頭，才忍得住不狠狠將她抱在懷裡吻她，進而要她。這已經用盡他所有的力氣，他哪裡還有別的力氣去推開她。只怕沒有推開，已經反將她擁入懷中，肆意親吻了。

「妳自己就該自重。」他僵硬地道。

「那我自己要是不知道呢？」元瑾笑著，手挑開他的衣襟，手指如游魚般伸進他的衣裳裡，摸到他壁壘分明的寬厚胸膛。

再往下探去，果然摸到他腰間的傷口。傷口已經完全癒合，只能摸到微硬的傷疤，而她這些摸索的動作，無疑是一種極致的挑逗。

在燃著檀香、供奉著佛祖的屋內，他苦苦壓抑著自己湧動的慾望。當她摸索到他的身體，帶起陣陣酥麻時，他的拳頭已經越捏越緊，咬牙道：「妳給我出去……」

「我才不出去。」她說著，伸手捧住他的下巴，在上面印了個柔軟的吻。

而這個吻，就是一切崩潰的開始。

他終於忍不住，一把按住她的後腦，狠狠地吻了下去。緊接著一用力，將她身上僅餘的衣裳也扯掉，露出雪白得耀眼的峰巒。

他翻身將她壓在床上。

佛曰：一切有為法，如夢幻泡影，如露亦如電……色即是空，空即是色。但都沒用，他就是無可避免地被她誘惑。

她就是魔，無所不在地誘惑他，他為這個魔付出了一切，而魔還不滿足。

元瑾終於得償所願，她自然無比地配合他，自己也沈淪在慾望中。但他的需求仍超過了她的預期，彷彿在宣洩某種情緒，又好像是壓抑不住的情潮。他的動作非常強硬，毫不留情。

她為自己這個行為痛悔不已，幾經哀求，也沒有換來他的停止。最後她疲憊地沈沈睡去。

他摟著她靜坐，看著在他懷裡沈睡的她，面容白皙，呼吸輕甜，睡得毫無防備。

大概只有到這個時候，他才終於確定，她是真的愛他的。

他輕輕摸著她的臉，道：「是妳自己送上來的，不要怪我以後不放妳離開。」

而她的回應，只是發出愜意而模糊的哼聲，轉身一側，繼續睡在他懷裡，手裡還抓著他的衣襟。

門再次被叩響。

明玄……或者說朱槙，扯過一旁的被褥將元瑾蓋住，淡淡地道了一聲「進」。

房門打開，一個身著程子衣的侍衛走進來，在朱槙面前跪下，道：「殿下，這崇善寺……咱們還要留到什麼時候？裴大人說王府有一堆事等著您處理，若是再不回去，就要火燒眉毛了。」

朱槙嘴角輕輕一扯，道：「我的傷已養好，現在就可以走了。」

一行人帶著沈睡的元瑾，消失在崇善寺的僧房裡。

陽光明媚，當元瑾再次醒來的時候，發現透過窗扇的光線已經昏黃，照得滿室金色餘暉，有種靜謐而安寧的溫暖。

她渾身痠痛，勉強撐著身子坐起來，才發現自己並不在僧房裡。周圍陳設華麗而低調，看得出是在極為富貴的地方，只是一個人也沒有，靜得連風吹動屋簷下的燈籠都聽得見。

這是何處？她怎麼到了這裡？

元瑾揉了揉太陽穴，立刻想到了個猜測，這個猜測讓她頭痛不已的同時，臉上又浮現一種無奈的笑意。

果然，朱槙再怎麼落魄，也絕不可能讓自己變成那樣，他留在崇善寺就是有目的的。

隔著屏風，元瑾聽到輕細的說話聲。

她勉強支撐著站起來，走到屏風旁，就看到一個陌生男子站在朱槙面前，恭敬地道：

「……顧珩的確厲害……您又在養傷，我們不敢叨擾……營山的總旗已經被抓了……」

「知道了。」朱槙只是說：「你先下去吧。」

陌生男子拱手退下後，朱槙才道：「妳要聽到什麼時候？」

看來他已經知道自己醒了。

元瑾從屏風後走出來，看到朱槙的裝束仍然未變，還是著一襲半舊僧袍，一副禁慾清冷的模樣，與剛才強勢的樣子判若兩人。

她道：「殿下既把我帶到這裡，總得告訴我這是何處。寶結若晚上沒找著我，是會著急的。」

「妳冰雪聰明，猜不出這是哪裡？」朱槙只是問。

其實元瑾已經猜到了，這裡應當是太原真正的靖王府。

她朝他走過去，問道：「殿下怎麼扮成和尚了，當真是想引我上鉤？」

「引妳上鉤？」他冷淡道：「想得美，我本就在崇善寺養傷。」

當時朱槙知道救元瑾勢必凶險，其實已經安排了人接應。他掉入黃河後不久，就被自己的親信救起來。只是那時的他的確命懸一線，別說出來爭奪皇位，就連睜眼的力氣都沒有。親信知道他此刻病情危急，連忙將他送往崇善寺。

崇善寺中有個老僧人是不出世的聖手。當年他看破紅塵，遁入空門，還是朱槙將他安置於此處。所以朱槙一直留在崇善寺養傷，且剃了光頭假扮成一個僧人，以混淆別人的耳目，同時將自己原來的部下暗中聚集起來。

山西本就是他的大本營，很多將領都是他的舊部，聚集勢力非常容易。

元瑾笑咪咪地朝他走過去。「殿下就別誆我了，你若只是養傷，何須裝得這麼像，還需要做什麼早晚課、劈柴挑水的，你就是在生我的氣，所以不理我，對不對？」

她走到他面前時，又徑直坐到他的懷裡，仍然像剛才那樣，掐著他的下巴問：「你為何生我的氣，之前明明是不氣的。讓我猜猜，你查到黃河決堤是白楚所為，便覺得是我的算計在裡面，終於徹底對我死心了，是嗎？」

朱楨摟緊她的腰，垂眸看著她的臉。「除此之外，妳還能想到什麼原因？」

這難道還不夠嗎……

「方才，妳在我的湯藥裡下藥了吧？」朱楨繼續說。

即便是她引誘他，他也不會這麼難以自持。這只有一個解釋，她在藥裡面動了手腳。

「我沒有。」元瑾眨巴著眼睛，她怎麼會承認。

「還不認？妳以為我若沒有確鑿的證據，會胡亂冤枉妳？」朱楨眉一挑，眼神冷峻起來。

這有點像他平日要責問人的樣子，元瑾看得有些心虛。

「喔。」元瑾說著，想從他身上站起來。「既然殿下不信我，那還有什麼好說的。」

但放在她腰間的手卻桎梏得緊緊的，她連起身都做不到，更遑論離開。

元瑾也伸手抱住他的腰，貼著他的胸膛，聽著裡頭有力的心跳聲。他是比以往瘦了，但還是鮮活的、健康的。

她將他抱得緊緊的，喃喃道：「朱槙，你怎麼能這麼對我，為什麼活著不回來找我？我以為你死了，你知道我有多難過嗎……」

她終於完全置於他的氣息和懷抱中，有些委屈地說：「你還一直不理我，你知道溺水多難受嗎？」

朱槙伸手輕輕撫摸她的髮。「難受妳還往下跳，不想活了嗎？」

「可是你不理我。」

「我需要思考。」朱槙終於說：「其實妳做這些事，我很高興。我終於確認了一件事。」

元瑾側過頭看他，竟然看到他的目光同以往一樣溫和，她不由得好奇。「你確認什麼事了？」

她突然感覺到，就是因為確認這件事，朱槙才終於轉變態度，將她帶來靖王府。這等於是徹底暴露身分了。

「不重要了。」他笑了笑。「妳不報家仇了？」

元瑾埋在他懷裡，搖搖頭。「家仇已經報完了，剩下的是我欠你的。朱槙，接下來你休想拋下我去別處。」

「好啊，那以後妳便休想離開我了。就是妳想離開，我也不會放妳走。」他俯下身在她耳邊說。最後一句話的語氣加重，若說是誓言，倒不如說是如影隨形的詛咒。「薛元瑾，妳記住了嗎？」

她心中卻倍覺甜蜜，點點頭靠他更近。

兩個人就這樣躺著，夕陽的餘暉籠罩整間屋子。她不再心中不安，不再心緒不定，她知道在他懷裡，她什麼都不必擔心，他永遠都會保護她。

過了很久，元瑾又問道：「你什麼時候放我回去？」

「不知道，也許十天，也許半個月，也許永遠不會。不過妳可以傳信給妳的侍女，免得她們到處找妳。」

「其實山西就是你在作亂吧？」

「嗯。」他沒有絲毫隱瞞。

「那你為何不回來重奪皇位？」

他沈默後說：「我在等時機。」

「那你等到了嗎？」元瑾笑著問。

「不想等了。」朱槙說著，低頭親了她一口。「不過元瑾，妳弟弟這輩子別想踏實了。」

元瑾笑了起來。「朱槙，其實我知道，你向來想要的東西根本不是皇位，對不對？否則早在很久以前，皇位就是你的了。」

「那我想要什麼？」朱槙淡淡道。

元瑾跪坐起來，將手放在他的肩上，又輕輕吻了下他的唇。

她看到他的眼眸亮起來。

她微笑，再次投入他的懷抱中。

夕陽美好得像一場華麗的夢境，暖洋洋的金色，溫柔而繾綣，揉盡這世間的一切溫情。

至德三年，周賢帝將山西、陝西東部、河南北部部分地區劃為靖王朱槙的封地，統轄邊疆九鎮，以禦外敵。

同年四月，靖王清掃邊疆，收復襖兒都司部，擴大帝國版圖。周朝達到史無前例疆域最廣的盛世，靖王名聲空前絕後，一時無雙。

同時，周賢帝任用賢臣白楚、徐賢忠、張世林等人，開創「賢德之治」。自此國富民強，百姓安居樂業。

兩人將周朝推到繁榮的頂端，史稱周賢帝與靖王為「至德雙雄」，百世流芳。

周賢帝一生無子，過繼嫡姊薛元瑾與靖王之長子為太子，於至德二十五年繼承皇位，史稱周景帝。景帝一生離父，養於賢帝身側，自幼聰慧過人，天資不凡，後為千古名君。

——全書完

番外

至德三年，薛聞玉等來了回朝的嫡姊元瑾。

元瑾許久未歸，歸來便是大事。當初剛找到朱槙的時候，元瑾便想先回來一趟，可朱槙不讓她回來。

元瑾曾在孩子敏哥兒滿三個月的時候問過他。「……頭先你非說自己傷勢未癒，也不肯放我走。如今你就算斷手也該好了，怎會拿那傷口再拖延我！該讓我回去了。」

朱槙正把妻子抵在床上，手按住她的手腕，沿著她的脖頸親吻，聲音模糊而低沈。「都到我的地盤上了，妳還想回去……」

他這便是飽暖思淫慾！

元瑾羞憤掙扎，許是想把過去幾年的禁慾補回來，朱槙經常在兩人獨處的時候就把她往床上帶。他身強力壯的，需索無度，弄得元瑾有時候看到他就要躲。

「敏哥兒都生下來了，就是你再不讓我回去，我也要回去了！」元瑾推著他的胸膛，他便放棄她的脖頸，但還沒等她喘口氣，他就吻上了更敏感之處，元瑾渾身一顫。

「妳以為我不知道妳在想什麼？」朱槙說：「想回去幫妳的寶貝弟弟？告訴妳，想也別想。」

「如今你已不與他爭奪天下，他也復了你靖王的封號，何必不讓我回去？」元瑾苦口婆心地勸他。「再者我答應過聞玉，一定會陪著他的。不如我每年只回去幾個月？」

朱槙略抬起她的下巴，臉上笑著，眼睛卻微眯。「妳覺得一個男人，會放任自己的妻子跟別的男人在一起嗎？」

「聞玉是我弟弟，不是什麼別的男人。」元瑾盯著他的眼睛。

「弟弟也是男人，何況你們二人並非血親。」朱槙輕輕摩挲她的側臉。「何況我又向來小氣。」說著已分開她的腿，快速地攻城掠地，讓她再也沒有空暇想別人。

這般誰也奈何不了誰，直到一年後，北邊戰亂，邊疆被犯，薛聞玉催姊歸的詔書足足來了十五道，朱槙都無法漠視成天坐在他家門口求見的山西眾官員了。

皇帝雖然威脅不了朱槙，卻能威脅山西的眾官員。皇上說了，三個月之內，他們若不能讓朱槙放元瑾回來，就撤掉山西一半的官員。

布政使抱著朱槙的腿痛哭。「殿下，就是為了山西、為了大局，您也不能得罪皇上啊……」

「您不怕皇上，可咱們還是看朝廷的臉色過日子啊……下官上有老、下有小，若沒了這俸祿，只好帶著全家來殿下這裡吃飯了啊……」

朱槙看著抱著他的腿乾嚎的布政使，嘴角微抽。

可以演得再假一點，嚎半天一點眼淚都沒有。

不完全的大權在握，就是這點麻煩。他根本就不怕薛聞玉，但是有很多人怕。再這麼拖下去，與薛聞玉兩相對峙也不是辦法，看來勢必還是要完成那件事。

當然，最重要的是，元瑾已經失去耐心，在策劃出逃了。門前跪著求朱槙的官員只是拖延他，實則元瑾已經帶著人準備從後門溜走，要不是他回來得及時，她已經跑了。

雖然朱槙心裡已經同意隨她回去，但看到她騎在馬上對自己露齒一笑，還是忍不住氣得血氣上湧，將人扯下馬扔進馬車，沈聲吩咐手下前往京城，他把元瑾從頭到尾教訓了一遍。

還敢帶著他的孩子一起出逃，她真是活膩歪了。

當車隊終於抵達京城的時候，元瑾已經雙腿發軟，只能被他抱著進定國公府。

如此自然不適合進宮面聖，第二天休整好，她才親自抱著敏哥兒，攙著朱槙一同進宮。

縱然薛聞玉早就知道她已經與朱槙重新成親，且於一年前產下與朱槙的長子敏哥兒。但當他看到跟在姊姊後面，身著華服、一臉漫不經心的高大男子，以及姊姊懷中那個到處張望的粉團子時，仍然覺得非常不舒服。

孩子一歲多，穿著件討喜的寶藍團花綢褂，只在腦後留一小綹頭髮。黑澄澄的大眼睛，嵌在白玉般的小巧臉盤上。兒多像母，他與元瑾長得有五分相似，漂亮極了。

雖才過周歲多一些，但竟已能清晰地喊人，還用肥嫩的指頭指著梁柱上的龍問：「娘親，那是什麼？」

「是龍。」元瑾回答他。

他牙牙學語地道：「是嗡。」

接著又興高采烈地指著飄出裊裊香霧的仙鶴。「那又是什麼？」

孩子剛學會說話，正是好奇心最旺盛的時候，元瑾耐心地回答：「是仙鶴。」

「是咯咯。」他一本正經地重複。

元瑾也不知道他所說的咯咯是什麼。

當他指到薛聞玉，又問：「那是什麼！」

元瑾不得不按下他的手指。「哥兒，這位是皇帝舅舅，不可不敬。快跪下請安。」

這粉團子脾氣非常好的樣子，立刻從他娘親的懷裡爬下來，被他娘親扶著，乖巧地行了個禮。「舅舅安好。」

這粉團子與他背後那個只是衝他點點頭就了事的朱槙相比，倒是又顯得可愛許多。

元瑾戳了戳朱槙的手。明明在家裡說得好好的，怎地到了這裡，他又不幹了？

朱槙看了她一眼，才給薛聞玉行禮。

薛聞玉只是淡淡頷首，也並無親熱應答。

兩人之間似比原來還生分，一時間殿內只餘寂靜。

過了一會兒，朱槙才道：「阿瑾，我看老夫人獨自逛園也無聊，不如妳去陪陪她吧，我一會兒就過去。」

他們二人要說什麼？

元瑾看了看薛聞玉，又看了看朱槙，覺得兩個都不是善茬。這兩年，薛聞玉把持朝政，幾乎已經成為一個真正的帝王。而朱槙手握邊疆重權，兩人又回到當初鼎力之勢，雖然因為已是大舅子和姊夫的關係，未有過兵刃相見，但也絕對算不上友好。

「無事，姊姊去吧。」薛聞玉溫和地笑了笑。

他這兩年也成熟不少，至少要比原來內斂多了。尋常時候，元瑾都看不出他在想什麼。

元瑾無奈，只能說：「凡事好商量。」

她抱著小團子離開，小團子卻不樂意，他對乾清宮的一切陳設都非常感興趣，不停地要求要留下來玩。直到被元瑾拍了兩下屁股，才算老實起來，委屈地伏在母親懷裡被抱出去。

待她抱著孩子走後，朱槙才坐下來，姿態隨意，一掃方才還勉強算是尊重的態度，淡淡地道：「明人不說暗話，今日本王來找陛下，一則是為請安，二則是來談條件的。北邊再犯邊境，想來陛下最近也為此事焦頭爛額，朝廷可用之人不多，能在短時間內為你除去叛亂的人更少。」

薛聞玉表情仍然不變。「靖王說這事是何意？」

「我能為陛下掃蕩敵人，只需陛下答應我幾個小小的要求。」朱槙一笑。

「哦？」薛聞玉輕描淡寫道：「靖王現在是臣，朕是君。朕若派靖王出征，靖王似乎並不能拒絕吧。」

朱楨聽著就笑了。「薛聞玉，這裡也沒有旁人，你不必將那套搬出來。你我之間若真一戰，誰勝誰負，你心裡有數。如今我只有一個條件，將山西以及周圍地區，全部劃為我的封地，自此後朝堂不再插手，就是官員的任用也必須通過我。我便能保你的邊疆一輩子無憂，也不會對你的帝位有任何想法。」

朝廷被北邊所脅，的確需要朱楨上戰場，他行軍作戰無人能比。但是這麼長時間，薛聞玉都沒有下旨讓他出征，那是因為薛聞玉心裡清楚，一旦他有了要用朱楨的地方，朱楨肯定會乘機提出無理的要求，比如現在這樣。

這要求著實霸道，就算要將山西劃為朱楨的封地，也絕不可能將地方官員的任用交給他，這和自立為王有什麼區別？古往今來就從沒有過這樣的慣例！真如他所言，那不如將山西直接送給他算了！

「靖王這話，是覺得朝廷除你之外，真無可用之人了？」薛聞玉強壓下心中的憤怒，淡淡道。

朱楨聽了一笑。「陛下治國初始，國庫尚且空虛。若派顧珩上戰場，將戰事拖延三、四年，那將國窮民貧，我相信殿下自己也明白這點。」

朱楨的情緒依舊平靜。「陛下可萬不要生氣。我覺得這是一筆合適的買賣，陛下再也不必將我當敵手對待。說真的，我對於管天下事也興趣不大，希望陛下能夠好生考慮，這也是我最後一個條件，我不會再退讓。」

薛聞玉深深地吸了口氣。他知道，若論行軍作戰，誰能真正比得過朱槙？只有他能夠快速解決爭端，保萬民康泰。他現在身在這個位置，就必須要為百姓、為天下考慮。不能光憑自己的喜惡做事，要有長遠的謀劃。

可將山西送給他，那也是癡人說夢！

且這次若讓他占了上風，以後豈不是次次都要被他所壓制？

他強壓著怒氣說：「愛卿倒真是為國為民了。」

朱槙笑道：「陛下為國，那臣自然就為國。」

薛聞玉不想再與他多說，只冷淡至極地道：「愛卿退下吧。」

朱槙一笑，也沒有逼他，起身拱手告退，準備去找元瑾。

劉松端著一杯熱茶進去給陛下換上，只見陛下正眼神冰冷地盯著靖王離去的方向，在貼身太監面前，毫不掩飾他性情中的陰鷙。劉松每次看到時都會心中發冷，不敢說話。

薛聞玉看了一會兒，才說：「擺駕去慈寧宮。」

姊姊既回來了，便會在那裡等他。

劉松應諾，迅速去準備。

待薛聞玉乘著轎輦到慈寧宮門口時，果然聽到裡面傳來說話聲。

平日代管宮中事宜的太妃，在與元瑾悄聲說話。「……旁的都好，唯子嗣一項令我擔憂。陛下即位已久，後宮妃嬪總有十幾人，如此幾年，卻無一人有孕……」

薛聞玉站在門口一頓，太監立刻想要通傳，卻被他抬手制止。

裡頭傳來元瑾的聲音。「太妃為陛下操心甚多，我感激不已。不過這子嗣一事，可是聞玉不曾招幸……」

太妃嘆道：「長公主與我同有此疑，可我私下找妃嬪問過，並非如此。當真是說不出什麼原由。長公主可知道其中是什麼緣故？」

裡頭元瑾沈吟，不再說話。

薛聞玉才對太監點頭，太監立刻通傳，屋裡才驚覺是皇上來了，跪下一片。

薛聞玉提步走進去，只聽他們齊聲道：「陛下萬安。」竟連姊姊都跪在其中。

他眉頭一皺，對太妃、國公老夫人等人道：「妳們先下去。」

待人都下去了，薛聞玉才將元瑾扶起，淡淡道：「姊姊久去山西未歸不說，歸來便要跪見我，這是什麼意思？」

「能是什麼意思，」元瑾只是笑了笑。「你跟朱楨談好了？沒把對方給吃了？」

薛聞玉嘴角一扯，不想說朱楨的事，更有些生她氣的意思。「回答我的問題。」

元瑾嘆了一聲，知道他想問什麼，道：「不是我不想回來，是朱楨百般阻止。再者我先有孕，後敏兒年幼，怕路上有什麼閃失。到他歲餘，我便想盡辦法回來。現在不是就回來了？」

薛聞玉如何能滿意這般解釋？這幾年他日思夜想，幾乎是飽受折磨，可她卻音訊全無。他恨不得再發動一場戰爭，不顧一切將她奪回。

難道她就是為了孩子才捨棄他？

薛聞玉想到這裡，只聽外面傳來一陣孩子的啼哭，原來是乳母抱著敏哥兒回來了。

乳母將敏哥兒抱到元瑾面前，無奈道：「長公主，世子爺要找您，奴婢怎麼也哄不好……」

元瑾見敏哥兒哭得鼻子紅紅，不禁心疼，將他抱過來拍背哄著。孩子軟軟的臉立刻靠在母親肩上，小手緊緊抱著母親，不住地抽噎著，好一會兒才不哭。

「還有，」元瑾突然問：「你三年無嗣，這是怎麼回事？」

「我如何知道。」薛聞玉淡淡道。

元瑾抬起頭，直直地看著他。「聞玉，你應該知道這是件大事，國無嗣則不穩，你當真不知？」

薛聞玉淡淡一笑。「怎麼，姊姊不信？」

元瑾長吁一口氣，她不能說什麼。她說不信，那又能怎麼樣，她三年未曾回來，他身邊發生什麼，都是她沒管造成的。

她理虧，沒有辦法反駁。

敏哥兒不哭後，就在母親周圍玩耍起來。這孩子竟天生親近薛聞玉，不知是不是因他身上有與母親相似味道的緣故，他竟對薛聞玉張開小手，笑道：「舅，高高。舅，高高！」

薛聞玉一愣。

元瑾也一愣。敏哥兒固然聰明，可怎地才教了一次，就知道面前的是舅舅呢？

「他叫你把他舉高高。」元瑾笑著解釋，摸了摸孩子的頭。「舅舅是皇帝，不能舉高高。」

薛聞玉看著敏哥兒一會兒，竟紆尊降貴地彎下腰，將他抱起來。

元瑾有些驚訝，敏哥兒則快樂地笑起來，被放下來時仍手舞足蹈地要求。「還要高高！」

他不斷地要求高高，薛聞玉竟沒有不耐煩，讓敏哥兒玩得很開心。要被母親帶走的時候，竟百般不情願。他覺得新舅舅很好，甚至比爹爹還要好。爹爹那個壞蛋，至多舉他三次便不肯再舉了。

薛聞玉早年是習過武的，也不覺得累。

元瑾卻有些不好意思。「你不必慣著他，他喜歡的東西就要重複玩，他爹都不耐煩。」

朱槙其實不是很喜歡小孩。小孩必須生，這是他與元瑾結合的產物，可生完後也成了阻擋他與元瑾二人世界的魔鬼。

薛聞玉對這孩子還挺喜歡的，只道「沒關係」。

他們遲遲未歸，孩子的父親終於找上門。

父親自然不允他們娘兒倆留在宮中，小的哭嚷著想繼續跟舅舅玩，被父親打了屁股，哇哇大哭著被抱起來。

臨走前，朱楨甚至有禮地道：「還請陛下好生考慮我的提議，我靜候佳音。」

薛聞玉看著他們走遠。

劉松站在他身後，意外地發現陛下的表情有了一絲變化。他說不清是什麼，但就是有了不同。

薛聞玉回過頭來，淡淡道：「叫內閣首輔過來。」

劉松應諾。「可要奴才告訴首輔大人所為何事？」

薛聞玉看著遠處道：「……我要把山西，給朱楨。」

劉松心裡大驚。他知道這是一個非常、極其過分的請求，皇上沒當場砍了靖王殿下都是輕的。

可是他為何想通了？

但他不敢多問，只能去傳話。

商議了一宿，不僅首輔，內閣五位大人都在裡面，房門關得緊緊的，根本聽不清裡面說什麼。

直到凌晨，房門才打開，幾位大人皆面有菜色地離開。而陛下的神情帶著一夜未眠的疲憊，告訴他讓將靖王找來。

朱楨一早從家裡趕過來見薛聞玉，他還在批奏摺。放下筆，薛聞玉只說了一句話。「我答應你了。」

朱楨頓時意外。這麼大的事，他本以為還有些周折，沒有半個月恐怕做不到，沒想到薛聞玉竟這麼痛快就同意了。

他知道昨晚內閣閣老們趕赴宮中，畢竟這種事，沒有一個輔政大臣不會阻止。難道薛聞玉竟然想辦法說服了這幾人？這倒是讓朱楨意外，一瞬間他都覺得有些看不透薛聞玉的想法，他究竟要做什麼？

「自然，我如此痛快地答應你，是有條件的。」薛聞玉又補充了一句。

「皇上請講。」朱楨也覺得肯定還有貓膩。

可當薛聞玉講完後，朱楨卻更為驚詫。

「……立敏哥兒為太子？」他皺了皺眉。「這是為什麼？」

「沒有為什麼，這對你更是好事。」薛聞玉平靜地道：「只是我現在還無法做到這件事，但當我能做到的時候，我希望你不要反對，甚至要幫我一把。」

「陛下正當年盛，就算幾年無子，也不代表以後不會有。所以微臣只想問……」他目光犀利地直看著薛聞玉。「陛下是不能有，還是不想有？」

他隱約地察覺到一絲什麼。

「重要嗎？」薛聞玉道：「其實這個辦法，才真正解決了你我之間的爭奪和衝突，畢竟是殊途同歸，什麼分不分你山西，最後都是敏哥兒的，不是嗎？」

薛聞玉說對了，其實他也的確不在意。

但若關乎那個人，他就不得不在意了。薛聞玉並不喜歡他，肯定也不想立他的兒子為太子，但為什麼他卻想這麼做呢？孩子還小，薛聞玉不會一見便覺得是曠世奇才，非他不可。只能是因為另一個人，那就是孩子的母親。

薛聞玉做這件事，是因為元瑾。

難道是元瑾想要如此？

但是不管怎麼說，這的確是件好事。從各種意義上來說，既解決了他和薛聞玉的衝突，又能讓這小子不來打擾他和元瑾，且還能給孩子這天底下最好的東西。

朱楨把這件事在腦海裡想了許多遍，實在想不到對自己不利的地方，笑道：「陛下放心，到時候，我自會助你。」

兩人定下協議，真正生效，則又過去了三年。

薛聞玉需要時間來證明他的確無後，也需要一點時間給朝政加把火。

眼下國家四海昇平，百姓富裕，所要憂愁的事並不多。唯有這一件，那就是皇帝陛下仍然無後。

群臣焦急，急得成天出餿主意，可沒用就是沒用，到了他們都覺得絕望的時候，陛下提出一個辦法，那就是過繼靖王殿下的長子為太子。

群臣自然反對。雖皆為朱家，可靖王殿下畢竟已經不是正統，正統不能無後！

可他們反對也沒有辦法，畢竟他們無法往妃嬪的肚子裡塞孩子，更不能整天給皇帝把脈，懷疑皇帝不行，腦袋還想不想要了？

罷了，過繼就過繼吧，好歹也是朱家人。若是以後陛下再有親生，重立太子也不遲。

再加上朝政中一股神秘勢力做推手，不過一個月，年四歲的朱敏便成了這天下的太子爺，要同他第二喜歡的皇帝舅舅住在一起。

朱小朋友知道時，歡呼雀躍了許久，因為可以和皇帝舅舅玩。

而他，並不知道太子的身分意味著什麼。

但是他打算帶著他第一喜歡的娘親一起去京城！

娘親則勸爹爹一起去京城，只要一家人在一起，住哪兒不都一樣？

可是這行為被爹爹罵了一通，只准送他自己去，不要娘親陪同。朱小朋友離開的時候，傷心地哭了許久，娘親卻握著他的手，告訴他要乖乖的，她會去看他的。

於是朱楨在第十八次發現元瑾背著他、偷跑去京城陪兒子的時候，除了震怒，還有恍然大悟。

那姊控為什麼要立他的兒子做太子？分明是醉翁之意不在酒啊！

晚了，太晚了。

朱敏已經是冊立的太子，覆水難收。

朱楨只能憤怒地搬到京城。無法防止老婆逃跑，總能隨時盯著她，不要她跟那病態姊控相處太久吧？

反正只要和她在一起，其實……似乎……的確住哪兒都是一樣的。

——全篇完

733

嫡女大業 4 完

國家圖書館出版品預行編目資料

嫡女大業 / 千江水著. --
初版. -- 臺北市 : 狗屋, 2019.03-
冊 ; 公分. --（文創風）
ISBN 978-986-328-982-1（第4冊：平裝）. --

857.7　　108000573

著作者　千江水
編輯　王冠之
校對　黃薇霓　周貝桂
發行所　狗屋出版社有限公司
地址　台北市104中山區龍江路71巷15號1樓
電話　02-2776-5889～0
發行字號　局版台業字845號
法律顧問　蕭雄淋律師
總經銷　知遠文化事業有限公司
電話　02-2664-8800
初版　2019年4月
國際書碼　ISBN-13　978-986-328-982-1

本著作物由北京晉江原創網絡科技有限公司授權出版

定價250元
狗屋劃撥帳號：19001626
網址：love.doghouse.com.tw　E-mail：love@doghouse.com.tw